春到福妻到

5

完

瀟瀟清泉 著

風文創 689

風文創 689

目錄

第四十八章

幾日後，了塵搬去靜棠庵。楚令宣不敢讓陳阿福再長時間坐馬車，不許她去，他和楚令奇領著大寶、楚含嫣兩個孩子去送了塵，在那裡玩到晚上才回來。

十月底，楚令宣要去西南部一趟，他知道陳阿福生孩子的時候，自己或許趕不回來，但那件事隱密又重要，他不得不親自去。

陳阿福看他眉頭緊鎖，勸道：「家裡有這麼多人，我無事的；再說，你即使在家，也幫不上忙啊！去吧！等你回來的時候，咱們家又多了一個成員……」

楚令宣走之前，不僅拜託了宋氏、王氏、江氏，還把大寶、嫣兒、阿祿，甚至連小哥兒倆都囑咐了一番，讓他們懂事，不能煩娘親。

天更冷了，冬月初二，迎來了第一場雪。

雪很大，一連下了幾天，為了陳阿福的安全，李嬤嬤連院子都不讓她去，若是想活動活動，只能在院子裡轉圈圈。

現在不僅楚令智和大寶會按時來西側房吃早飯，連楚小姑娘都要來。因為從這個月起，她也開始跟一位女先生學習讀書認字了，時間不長，只在上午學一個時辰。

吃完早飯，陳阿福把他們送出房門，看著穿得圓滾滾的孩子們和動物們消失在院門口。

轉眼到了臘月，這天下晌，外面狂風呼嘯，大雪紛飛，上房東側屋裡卻溫暖如春，笑鬧聲不斷。

羽哥兒和明哥兒握著欄杆，站在小床裡，嘴裡嘟嘟囔囔說著幾個詞，還不時看著娘親和姊姊呵呵傻樂，嘴咧大了，一絲銀線便會從嘴角流下。

楚含嫣坐在小床外面逗著弟弟，見他們流口水了，就用帕子幫他們擦乾淨；他們抱在一起打架了，她又會好言相勸，把他們分開。

陳阿福坐在暖烘烘的炕上，嘴裡和王氏說笑著，眼睛卻一直看著三個孩子，心裡溢滿了溫情。

外面的風更大了，吹得窗紙啪啪作響。她的心緊了緊，不知丈夫怎麼樣了？還有婆婆，她在山上，會更加寒冷吧？

在這種壞天氣裡，她越溫暖，就越想到在外面辛苦奔波的丈夫和在庵裡修行的了塵。

突然，陳阿福覺得肚子一陣劇痛，叫道：「哎喲，肚子好痛！」

王氏急得一下站起來，說道：「應該是要生了，快、快去叫接生婆。」

李嬤嬤趕緊過來，把一件大棉袍給陳阿福穿上，幾人扶著她去後院的一個廂房。

這幾天是陳阿福的預產期，該準備的都準備好了，兩個接生婆也在上月中旬就被請來府裡。

由於上次生小哥兒倆給楚小姑娘留下了陰影，她一聽說娘親要生了，便哭了起來，又怕把弟弟嚇著，不敢哭出聲，轉過頭去擦眼淚。

楚含嫣想跟去後院，被黃嬤嬤勸住了，說道：「姊兒不要去，妳去了，哥兒也會跟過去，把他們嚇著怎麼辦？放心，大奶奶無事的。」

這一胎生得比較容易，陳阿福沒遭大罪。第一天下晌申時末陣痛，第二天寅時初就生下來了，是一個白胖漂亮閨女，七斤八兩，名字是楚侯爺之前取的，叫楚含玉。

小玉兒長得非常漂亮，如粉色珍珠般瑩潤的肌膚，大大的杏眼，花瓣似的小嘴；或許營養太好，頭髮有齊耳那麼長，由於太胖，小鼻子顯得有些塌。

儘管剛出生，還是能看出來鼻子以下的部分像陳阿福，眼睛像楚令宣，也就是了塵，可以這麼說，小妮子的相貌取了父母最好的地方。

不說陳阿福和幾個孩子喜歡得愛不釋手，就連不怎麼待見重孫女的老侯爺看了，也喜歡得要命。

老侯爺對陳世英和陳名笑道：「孫媳婦的名字取得好，阿福，果真是個有福的，成親不到兩年，就兒女雙全。」

陳名嘿嘿笑著直點頭，這個名字是當初他取的，希望孩子有福。當時他以為自己破敗的身子不會有親生的孩子，那阿福就是他唯一的後人了；沒想到阿福真是有福的，不僅她自己有大福，還為他帶來了阿祿，也為家裡帶來了福氣。

陳世英就更不用說了，本來就喜歡陳阿福，現在看到這麼像自己的外孫女，簡直喜歡到心裡去了。
這孩子真的如珠似玉，集萬千寵愛於一身。
為了多看妹妹一眼，陳大寶和楚含嫣連課都不想上了，小哥兒倆則握著妹妹小床的欄杆，目不轉睛地看她。
楚令智也高興，站在門口說：「小姪女的洗三宴，我娘肯定會來。」
陳阿福聽著外面的呼嘯聲，說道：「這種天氣，三嬸不要來，太遭罪了。」
楚令智篤定地說道：「為了看小玉兒，我娘不怕遭罪。」
因為楚令宣不在家，洗三這天，楚家沒有大辦，只請了幾家親戚和朋友。
令陳阿福沒想到的是，剛送走客人不久，楚三夫人真的趕來了，和她一起來的，還有楚三爺楚令安。
楚令安的妻子沈氏四個月前也生了一個閨女，取名楚含芝。
那時楚令宣沒有時間，陳阿福大著肚子，都沒去，這次三爺過來吃大房孩子的洗三宴，肯定讓楚二夫人心裡又不舒坦了吧？
楚三夫人走進廳屋，脫下貂皮風毛斗篷，在炭盆前祛身上的寒氣。
楚令智來給她施禮，拉著她的袖子說道：「果真如兒子所料，妳的姪孫女比妳兒子有臉面，妳從來沒有專程來看過兒子，卻來看姪孫女。」

楚三夫人大樂，摸著他的總角說道：「你是小子，又是長輩，不會吃你姪女的醋吧？」

「當然不會，兒子說著玩的，小玉兒十分可愛，我們都喜歡她。」楚令智又說道。

大寶和楚含嫣過來給三夫人見禮。

楚三夫人笑著點點頭，又多看了陳大寶幾眼。她三年前也看過他，但那時她不知道他是自己的堂弟小十一，沒有太注意他。聽小十一叫她「三奶奶」，覺得十分有喜感，堂姊弟的關係，被叫成了堂祖孫；再想想榮昭，親姊弟的關係，卻成了繼祖孫。

楚三夫人祛了寒氣，進了臥房，從小床上把小玉兒抱起來。

小玉兒被錦緞小紅被包著，正睡得香，被人抱起來也沒清醒。她嘟了嘟嘴，居然扯出了一抹笑靨，好像作了什麼好夢一般。

楚三夫人更喜歡了，低頭親了親她的小臉，又把臉埋在她的小胸口上聞了聞，笑道：「哎喲，多可人疼的孩子，真漂亮，真香。怎麼辦，我都想帶她回京城自己養了。」

楚三夫人的話音一落，站在一旁的羽哥兒和明哥兒不開心了，大聲哭起來，邊哭邊吼道：「妹妹，我們的，壞銀……打出去，打出去……」

小哥兒倆把屋裡的人逗得大笑不已。

陳阿福有些臉紅，嗔道：「看你們小氣的，她是你們的三奶奶，是五叔叔的娘親，咱們是一家人。」

小哥兒倆聽懂了前半句話，沒聽懂後半句話，知道三奶奶不會搶妹妹了，方才破涕為笑。

不多時，宋氏來請楚三夫人去西側屋吃飯。

宋氏笑道：「今兒天冷，就給三嬸準備了羊肉鍋，祛寒。」

楚三夫人滿意地點點頭，起身去吃飯，儘管楚令智不餓，還是懂事地過來陪著娘親一起吃。

楚三夫人看看二兒子，不僅長高、長壯了，還清新俊逸，氣質頗佳，最主要的是膚色好，肌膚細膩，白裡透紅。

楚三老爺和楚三夫人在西部邊陲待了許多年，那裡風沙大，陽光烈，皮膚不太好，有些粗糙。儘管楚三夫人非常注重保養，但跟京城貴婦們的皮膚相比還是有細微差別；而三老爺更甚，小麥皮膚，毛孔粗大，有種粗獷豪邁的灑脫。連在西部出生、長大的楚令衛和楚令智，也沒能倖免，皮膚比楚家的其他孩子微黑，也稍顯粗糙。

可是楚令智如今完全變了樣，皮膚又白又嫩，如玉一般的小少年。

楚三夫人越看越喜歡，笑道：「讓你在爺爺身邊盡孝，居然還有意外的收穫。你大嫂會養人，幾個孩子都養得這麼好，沒想到，你爹那樣的男兒，也能生出這麼個白面書生的兒子來。」

楚令智不高興地說道：「我不是白面書生，我天天都會跟著大哥或是護院練武，我是文武全才。」

因三夫人放心不下丈夫，只在定州府待了三天，就要回去。

由於陳阿福要到明年正月初七才出月子，所以楚令宣一家年前不能回京，他們一家不回去，楚令奇一家也被留了下來。

與楚三夫人他們一同回京城的，還有老侯爺和楚令智。一下子走了一老一小，別說楚含嫣和陳大寶不習慣，連陳阿福都不習慣。

而且，楚老侯爺還暗示過自己，年後他可能不會再來定州府居住。他不來，楚令智肯定也不會來。

陳阿福失落之餘，猜測京城的局勢應該更加微妙。最近幾個月，楚令宣常常出去，很少在家，這次更甚，已經出去一個半月了……

他們走後，日子更平靜了。

臘月中旬，江氏來府裡辭行，過兩天她便會帶著兒女回京城過年。陳世英等到衙門封印，也會去京城。

幾日後的下晌未時，楚令宣終於回來了。

他風塵僕僕，一身落滿了雪花，一下馬就匆匆忙忙去正院。他知道陳阿福此時在歇晌，沒讓下人稟報，進門前把斗篷脫下，在廳屋裡的炭盆前把寒氣祛散，才進了臥房。

臥房裡溫暖如春，暗香浮動，大床旁邊是小床，大人和小人兒都睡得正香。

楚令宣的唇角勾了勾。自己日夜兼程，就是想早些看到他們。他輕輕走到床邊，先看小人兒。

小小人兒粉粉的一團，長長的眼睛，小小的鼻子，粉嫩嫩的小嘴，似乎被人一直盯著不自在，輕輕動了動小腦袋，花瓣似的小嘴露出一點粉粉的小舌尖。

楚令宣的心如盈滿了飄著花香的春風，暖暖、柔柔的。他低頭想去親親女兒，想著自己還沒洗臉，又停住了。

看完了小閨女，他走近兩步看媳婦。

媳婦比他走之前又圓潤了一些，依然那麼美麗，美得讓他……抑制不住自己，顧不得許多，坐在床邊便吻了下去。

陳阿福正睡得香，突然覺得自己被丈夫吻上了。是的，哪怕她不清醒，她也能感覺出來這是丈夫的吻——熟悉的味道，熟悉的纏綿，熟悉的觸覺……她在半夢半醒中，與他唇齒相依。

突然，她恢復一絲清明，日思夜想的丈夫回來了？

陳阿福猛地睜開眼睛，那張熟悉的臉近在眼前，還閉著眼睛極是享受。她晃了晃腦袋，艱難地說了兩個字。「令宣……」

楚令宣抬起頭來，看到妻子睜著驚喜的眼睛看著自己，笑道：「嗯，我回來了。閨女很可愛，很漂亮。」他用拇指摸了摸她的臉，遺憾地說道：「可惜，妳生她的時候，我不在妳身邊。」

陳阿福抓著他的手笑道：「閨女貼心，沒折騰我，生產很順利。」

晚飯擺在東側屋的炕上，陳阿福也上桌了。她和楚令宣領著陳大寶和楚含嫣在炕桌上吃，兩位嬤嬤抱著羽哥兒和明哥兒在較矮的小几上餵他們。

小玉兒也被嬤嬤抱著坐在一邊，她已經醒了，睜著澄澈的眼睛望著他們，嘴巴時而吐出兩個泡泡來。

羽哥兒和明哥兒邊吃著飯，邊看著妹妹，一見妹妹吐泡泡了，就興奮地大叫。「妹妹，泡泡，泡泡。」

三個小傢伙的互動，讓屋裡更熱鬧幾分。

陳阿福非常有成就感，自己這麼年輕，就有了五個兒女，雖然有一個兒子總會還回去，但現在還在自己身邊。

楚令宣也是這個想法，眼裡的笑意掩都掩不住。

天雖然依舊寒冷，但陽光燦爛，風也沒有那麼大。

這天上午，楚令宣領著大寶、楚含嫣，還有小哥兒倆，一起去了靜棠庵，他想把了塵接回家裡過年。

離開之前，他一再囑咐孩子們，要想辦法把奶奶拉過來，讓她回家住兩天。陳阿福還特地畫了一幅小玉兒的畫像，讓楚令宣拿去給了塵看。

楚令宣驚豔地看著紙上的大頭娃娃，笑道：「真像，我媳婦居然還有這個本事。」

陳大寶得意地說道：「我娘有這個本事我早就知道了，不管什麼東西，我娘都會畫，而且畫得特別傳神。」

陳阿福笑著嗔道：「娘親哪有那麼厲害。」

楚含嫣幫腔道：「哥哥沒說錯，娘親就是這麼厲害。」

陳阿福等到天黑了，才看到他們垂頭喪氣地回來，知道他們沒能把了塵勸回「楚家」。除了楚令宣，最難過的就是楚含嫣了，她拉著陳阿福的袖子哽咽著說：「我們說了很多好話，奶奶都聽流淚了，卻還是不願回家。」

陳阿福安慰小姑娘道：「娘親知道你們盡力了，奶奶不回來是因為大人的原因，不怪你們。」

陳大寶問道：「是因為爺爺嗎？」

楚令宣皺了皺，說道：「小孩子，莫胡說。」

大寶閉上嘴，但面上是一副「我猜對了」的神情。

陳阿福已經感到一些異樣，楚令宣在去南邊之前，就加派了很多暗衛在靜棠庵和羅家莊周圍。「娘在外面過年，會有危險嗎？」

楚令宣說道：「無事，娘雖然不來這裡，但已經去了羅家莊，這段時間都讓她住在那裡，明天下晌我和嫣兒去羅家莊陪她。」他看了看陳阿福，又說：「妳有這麼多孩子陪伴，可我娘……」

陳阿福笑道：「我知道，娘一個人寂寞，你理應去陪她，若是我出了月子，也會跟你一起去莊子裡陪她。」

大年三十，楚令奇一家三口上午就來了，他們今天會在這裡吃團圓飯。陳阿福見房姨娘沒來，又讓人去把她請來。

楚令奇和宋氏真心不錯，幫了楚令宣和陳阿福很多忙，所以把房姨娘請來，是讓楚令奇面子好看些。

飯擺在西側屋裡，主子們都坐在大八仙桌上，單給房姨娘設了小几，也給動物們擺了一個小桌。

這頓團圓飯雖然人不多，但熱鬧，隨意，歡聲笑語。

楚令奇高興，酒喝得有些多，脹紅著臉說道：「來定州府真好，天天都順心。原來在侯府裡，那日子過得……嘿嘿……」他沒好意思再說下去，又道：「聽祖父的意思，他老人家過了年也不一定會再來定州府了，大哥也快回京城了吧？」

楚令宣喝了一口酒，說道：「我嘛，還不一定，要看情況；若二弟不想回京，就在這裡長住吧！定州是兵家必爭之地，我娘也在附近，咱們楚家總要有個人守在這裡。」

不說楚令奇，就是宋氏和房姨娘聽了，都是一喜。如此，他們這一房不僅不用回侯府，楚令奇的前程也會不錯，既然讓他守在定州，官職肯定不會太低。

吃了晌飯，楚今宣便帶著楚小姑娘去羅家莊。

陳大寶今天特別高興，嘴一直咧著，不只因為今天過年，還因為他又能和娘親一起睡了。

本來讓他睡在東側屋，可他就是不願意，心裡想跟娘親同睡一張床，但不好意思說出來，就說要睡在暖閣，陳阿福也就如了他的意。

夜裡，因為大寶在屋裡，陳阿福不敢把小玉兒帶進空間，直到大寶睡熟了，她才拿了幾樣金燕子喜歡的乾果和滷肉進去。

乾果是陳阿福特地替牠做的，有奶香松子、琥珀核桃、五香瓜子和花生碎。

金燕子還等著小玉兒進來玩，聽陳阿福說了緣由，不高興地唧唧叫道：「那個臭大寶，總是那麼討嫌，大過年的只想著自己高興，就沒想想別人。」

人過年，小傢伙也要過年不是？

大年初一，陳阿福起床，穿上喜氣的紅襖、紅棉裙，來到小床邊，低頭親了親小玉兒。

小玉兒被娘「拱」醒了，望著娘的方向，「啊」了兩聲，漾出一抹微笑。

一家人剛吃完早飯，外面的小丫鬟稟報道：「大奶奶，羅家莊的小羅管事求見。」

羅源，他這麼早來幹什麼？

陳阿福說道：「讓他進來。」

羅源匆匆走進來，衣裳綴巴巴的一拿下帽子，頭髮也十分凌亂，還有幾綹頭髮掉下來。

看到他這個樣子，陳阿福心裡猛地一沈。

羅源施了禮，低聲稟報道：「大奶奶，羅家莊出事了。」

陳阿福直起身問道：「出了什麼事？婆婆還好嗎？還有大爺，嫣兒，他們還好嗎？」

羅源起身看了看屋裡，下人趕緊過來把孩子們帶出去。

大寶本來不想出去，但看陳阿福使了個眼色，還是不甘心地走出去了。

「大爺的胳膊受了傷……」羅源見陳阿福驚叫出聲，趕緊道：「大奶奶莫慌，大爺沒大事，只是輕傷；主子還有大姊兒，她們都無事，只是受了些驚嚇……」

昨天夜裡，羅家莊突然來了十幾個蒙面壯漢。羅家莊雖早已安排了許多護衛，把他們攔在莊外，可這群人武功高強，還是有幾個人衝進莊子裡。他們的目的就是了塵，了塵屋子又有明顯的標誌——檀香味。在保護了塵的過程中，楚令宣受了傷，羅管事和楚懷等人也都被刺傷，特別是羅管事，現在還沒脫離危險……

陳阿福的心如過山車一樣，聽到楚令宣沒事剛放下心，一聽羅管事出事，心又提了起來。羅管事不只是忠僕，還是大好人，幫過陳阿福及陳家良多，陳阿福和楚令宣對羅管事都非常有感情，把他當成了長輩。

她紅著眼圈說道：「但願好人有好命，羅叔能安然無恙。」

羅源的眼淚也流了出來，他用袖子擦擦眼淚，說道：「大爺讓我來跟大奶奶說一聲，主子已經同意回府暫住，請大奶奶讓人把落梅庵收拾出來，他們下晌就回府。」

陳阿福聽羅源說了塵會回府暫住，才放下心。

她猜測，那些蒙面人應該是二皇子派來的。二皇子一定是狗急跳牆了，才會派人去劫持了塵，以此來威脅楚家吧？看來，二皇子已經開始出手了。

了塵住在城外，總是危險。

陳阿福說道：「好，我知道了。羅小管事還沒吃飯吧？去外院吃完飯，再回家歇息歇息。」

羅源搖頭道：「謝謝大奶奶，小的還要馬上趕回羅家莊，我爹還……」

想到還沒脫離危險的羅管事，陳阿福心又緊了起來，她起身說道：「羅小管事等等，之前無智大師給過我一味治外傷的藥，或許對羅叔有用。」

陳阿福進了臥房，從衣櫥裡的小抽屜裡拿出一根燕沉香小木籤，這是給小哥兒倆煮羊奶用的。

她把小木籤交給羅源說道：「這是無智大師給我的，你把它放進藥裡熬，可以反覆使用。」

羅源一家都知道陳阿福跟無智大師關係匪淺，他激動地接過藥，跪下給陳阿福磕了幾個頭，哽咽道：「謝謝大奶奶，沒想到我爹還有這個福氣，能用上無智大師給的藥。」

羅源出去後，陳阿福趕緊讓李嬤嬤帶人去收拾落梅庵。

落梅庵在府裡的西南邊，偏僻清靜，小院裡有十幾棵梅樹，當初楚令宣就是特地給了塵建的。

建好了，了塵卻不來，所以裡面除了有金玉雕的佛祖和菩薩，還有特地做的大家具，其他生活用的家具、擺件都沒有。

把炕和地龍燒起來，再去庫房裡拿些家具擺進去。了塵出生富貴，連出家的庵堂都相當精緻，東西必須要拿上好的才行。

楚令奇也聽說羅家莊出事了，他趕去羅家莊，讓宋氏領著文哥兒來副總兵府。

宋氏一來，陳阿福又省了許多心，她現在不能出屋，許多事要由宋氏處理。

下晌未時末，了塵帶著楚含嫣回了府。

陳阿福還沒滿月子，不能出去迎接，只得在東側屋裡等。

宋氏把了塵扶進廳屋，陳阿福出去給她屈膝行禮。

了塵臉色蒼白，眼圈發紅，衣裳還有些微縐，邊走手裡還不停地轉動著念珠，她伸出另一隻手拉著陳阿福的手流淚道：「都是貧尼不好，以為貧尼是出家人，遠離塵世喧囂，那些人不會把主意打到貧尼身上。誰知……唉，我害了宣兒、羅管事，還有那幾個好孩子……」

為了保護了塵，不只楚令宣和羅管事等人受了傷，還死了三個護衛。

陳阿福不知道該如何安慰她，只得說道：「婆婆回府就好，這下安全了，大爺和兒媳都放心了。」

楚含嫣跑過來抱住陳阿福就哭起來，說道：「娘親，怕，怕，姊兒怕……」

小姑娘的頭髮有些亂，眼睛紅腫，身子還在發著抖。

陳阿福拉著她仔細檢查了一圈，見她確實沒傷著，才放下心來，摟著她輕聲安慰道：「嫣兒不怕，回家了，壞人不敢來了。」

了塵看了兩眼小玉兒，送了一串紫檀佛珠做見面禮，就被宋氏扶去落梅庵。

陳阿福把小姑娘拉到東側屋的炕上，讓她坐在自己懷裡，給她擦乾眼淚，輕聲安慰著，大寶也在一旁拉著小姑娘的手安慰她。

聽跟去莊子的黃嬤嬤說，大爺親自把羅管事送去羅家，同去的還有幾位千金堂的大夫。她還說，昨天夜裡，大爺和姊兒住在正院的上房。一聽到外面的打鬥聲，大爺就跑去了後罩房，走前讓黃嬤嬤把姊兒藏在西屋的一個櫃子裡。壞人沒進他們住的屋子，只是外面的喊叫聲把姊兒嚇著了……

晚上，陳大寶依然睡在暖閣，陳阿福則領著小姑娘睡在大床上。小姑娘嚇壞了，一直抱著陳阿福不肯鬆手，連夢裡都會說幾句胡話。

楚令宣很晚才回來，他看到兩個孩子都睡在臥房，就前往東側屋，讓值夜的丫鬟在炕上鋪上褥子，他要睡在這裡。

陳阿福聽見了動靜，輕輕起身，來到東側屋。

看他左胳膊包著繃帶，臉色發青，陳阿福心疼得眼淚都流出來了，問道：「你的傷勢怎樣？羅叔醒了嗎？」

楚令宣拉她坐在炕上，低聲說道：「我無事，傷口不深。羅叔已經醒了，大夫說已經脫離了危險。」

陳阿福長出一口氣，說道：「羅叔總算好了，否則，婆婆定會更自責。那些人是二皇子的人嗎？」

楚令宣點頭道：「肯定是他的人。那些是死士，來之前服了毒藥，若不及時服解藥，就會毒發身亡。我們抓住了兩個活口，可惜都死了。」

見陳阿福探究的目光，他又說道：「妳還沒出月子，怕妳勞心，之前有一些事就沒跟妳講……妳也知道，王國舅兩年前就回南中省養病……」

兩年前，身為太師的王國舅以病重為由，辭官回老家南中省養病。之後，一些王家的子弟陸續被安插去陝西和蜀西軍中。

陳阿福知道這些事，她還特地查過大順朝的地圖。南中省是王國舅一家的老家，也是發跡之地。之前，王家把楊慶安插在陝西當總兵，若再把蜀西聯合起來，那麼這三個連成一片的省便成割據一方，若是造反了，朝廷還真不好打。

楚令宣還說，他之前去的，就是陝西省和蜀西省，代表九皇子和楚家跟這兩個省的軍方與地方行政長官見面。

兩個多月前，王國舅說老父病重，恐不久於人世。王皇后知道了大哭，皇上心裡雖然特別希望那個狠戾的老頭快些死，但還是賜了不少好藥材，也准了王家幾個兄弟的假。他們幾個兄弟便帶著老婆、兒女回南中省探望老父，說若老父活過來，他們過完年就回來；若老父去世，只得在家守制，而京城的王家，只剩下一個嫡子及一些族中子弟。

九皇子和楚家卻覺得，二皇子和王國舅一黨極反常，也開始暗中部署。

楚令宣從南方回定州府之前，先去了一趟京城，見了楚侯爺和三老爺，得知了一件令他既震驚又高興的事。

聽楚侯爺說，臘月中旬，皇上私下跟九皇子及幾個心腹言明，現在時機哪怕還不完全成熟，年後他也會封九皇子為太子。

因為皇上的身體已經非常不好，前些天已開始咳血，他不知道自己還能活多久。他想在有生之年，把大權交給這個兒子，再把二皇子的外家王家以及岳家趙家，還有三皇子的外家孫家拉下馬。特別是王家，軍中勢力盤根錯節，必須根除。他們幾家的罪證都已經蒐集齊全了，只等王家人回來就動手。

可皇上仁慈，總不忍對二皇子和三皇子下狠手，還讓九皇子以後善待這兩個兄長，說這兩人沒有了倚仗，也掀不起大浪，放他們一條生路。

這件事絕對隱秘，只有皇上、九皇子、楚侯爺和楚三老爺，以及其他幾個皇上的絕對心腹知道。

知道真相的楚家人都欣喜不已，隱忍了這麼多年，終於要成功了。雖然王家主幹都去了南中省，但二皇子在京城，他們總不敢輕舉妄動。

這個最高機密，楚令宣之所以能跟陳阿福說，是因為楚家人已經把陳阿福當成家裡的核心分子，大事從來就沒有瞞過她。

陳阿福聽說了這事，也是極高興，她怕自己得意忘形，被人聽到她的笑聲，還用帕子捂住了嘴。

可楚令宣的話音一轉，又說了一件不好的事。半個多月前，二皇子對皇上說他作了一個夢，夢見先帝托夢，說他在天上得知皇上身體不太好，甚是掛念，還哭了。

二皇子痛哭流涕地說，他作為孫子和兒子，讓祖父在天之靈不安生，讓父親被病痛折磨得無計可施，是他的大不孝。他想去報國寺燒香茹素一個月，讓祖父的亡靈得到安寧，讓父親養好身體，萬歲萬歲萬萬歲……

皇上覺得日有所思、夜有所夢，二兒子一定是擔心自己的身子，才夢見先帝托夢。見二兒子如此，皇上又欣慰、又感動，甚至還有些自責，覺得對不起他；不僅准了他的奏請，還大力表揚二皇子孝心可昭日月。

皇上被感動得有些糊塗了，二皇子退下之前，居然說了句。「父皇知道你是個赤膽忠心的好孩子，只是……唉，去吧！」

當時，九皇子也在場，皇上的說法讓九皇子心裡「咯噔」一下，他雖然沒有明說，但意思已經非常清楚了。他看到二皇子的身子僵了僵，轉瞬即逝，又給皇上跪下磕了個頭，感動地說道：「謝父皇對兒臣的厚愛，兒臣會永遠銘記於心。」

翌日一早，二皇子就帶著隨從去京郊報國寺。

九皇子、楚侯爺和楚三老爺都覺得二皇子此舉反常，但不知道他在耍什麼花招，只得緊密注意他的動向。

幾日後，楚令宣突然接到楚侯爺派人送的信，說二皇子使用了金蟬脫殼之計——跑了，去報國寺茹素燒香的是二皇子的替身。

楚侯爺幾人分析，二皇子很可能已經去往南中省，因為定州是京城往南的必經之地，他肯定不敢走這條路，一定是繞道膠東再南下。

二皇子在活著的皇子中居長，又是中宮所出，當儲君名正言順；若皇上宣佈九皇子為太子，二皇子和王家很可能以「重病的皇上被九皇子蠱惑或挾持」，再以「清君側」的名義造反……

楚令宣用拳頭砸了一下炕几，低聲說道：「二皇子肯定早已算到，大年三十晚上他已脫困，加上過年大家都放鬆了警戒，才讓人在這個時間去劫持我娘。」

這麼多信息，讓陳阿福一時難以消化，愣在那裡。

楚令宣又狐疑道：「皇上的那個想法應該不是知道內情的人透露的，是二皇子身邊的高人算到的；或許，他們早就算到了，才讓王國舅先去南中省，再帶著族中子弟過去，還把楊慶放到那個關鍵位置上。他們應該是在做兩手準備，若二皇子被封太子當然好，若沒有，他們就會擁立二皇子造反。所以，連幾個國舅爺都帶著家眷去了，然後二皇子再過去……」

陳阿福緩過神來，她當然不能說二皇子是重生人，知道皇上會在年後封九皇子為太子，明年再找機會滅了王家，他這麼做，是在放手一搏。

「若是在路上把二皇子劫住就好了，放虎歸山，以後可不好對付。」

楚令宣搖頭道：「二皇子跑去南中省，也不完全是壞事。皇上仁慈，始終覺得二皇子仁厚，孝順，兄友弟恭，連他年少時的頑劣狠辣，皇上都認為那是皇后沒教好，是王家灌輸他不好的思想。隨著二皇子慢慢長大，那些毛病都沒了。二皇子回到南中造反，才有正當的理由斬草除根。光是一個南中省，還掀不起大浪，到時三方夾擊，甕中捉鱉……大概的形勢就是這樣，妳莫要操心。」

初二開始，楚令宣又早出晚歸，有時甚至晚上都不回家。

陳阿福也不能回娘家。其一是她還沒坐滿月子，其二是陳世英一家回了京城，陳名一家和陳實一家也都回老家過年，去喝陳阿菊的喜酒。

陳阿菊找了個婆家，是個大地主，家住三青縣城。據說家有良田千畝，還開了兩個鋪子。後生十八歲，長相一般，即使長相再一般，也不會看上陳家大房和陳阿菊，那家看上的，還是陳阿福的勢力，以及二房和三房光明的未來。

由於陳阿菊的歲數大了，親事在上年七月定下，正月初八就成親。

陳家人都回去喝喜酒，陳阿福也讓陳名帶上她給阿菊的添妝，同時帶回去的，還有給胡家的五十兩銀子，因胡為會在初十娶媳婦。

陳阿福又請宋氏去了趟羅管事家，代表她看望羅管事，又送去二百兩銀子和人參、靈芝等補藥。

幾日後，小玉兒滿月，陳阿福不想大辦。因為楚令宣不在家，由於情況特殊，京城和石州府也不會來人，只請了幾家相好的人家及小舅舅家來吃頓晚飯。

這天陳阿福終於出月子了，一大早就洗了個舒服的澡。早飯後，穿上棉褙子，披上斗篷，再戴上昭君套，帶著幾個孩子去落梅庵看望了塵。

到了落梅院，看到滿院子的紅梅競相綻放，在風雪中傲然挺立，美麗極了。

陳阿福覺得，相比於海棠花，了塵更像這紅梅，傲然，奪目，執拗，過於堅持自我。

一看到孩子們，了塵原本愁苦的眼裡有了一絲笑意。

上次了塵見小玉兒的時候，小妮子還閉著眼睛睡覺，此時已經睜開了眼睛，也不認生，對奶奶笑了笑，「啊」了兩聲。

了塵笑起來，眼裡又有濕意，說道：「好漂亮的小人兒，多招人疼啊！瞧這小模樣，比華兒小時候還要俊幾分。」

她抱著小玉兒坐在炕上，小哥兒倆一人一邊倚在她身邊，沒話找話地跟她聊著天。「妹妹，好看。」

了塵點頭。「嗯，是好看。」

一個哥兒說：「我們妹妹，壞人搶。」

另一個哥兒趕緊道：「打出去，不許搶。」

了塵說道：「搶妹妹的壞人，是該打出去。」

她不知道小哥兒倆指的壞人是楚三夫人。

小哥兒倆的童言童語不時把了塵逗得大樂，她低頭親了親小玉兒，又側過身親親他們。

他們真聰明，堅決貫徹爹爹和娘親給他們分派的任務，一定要好好巴結奶奶。

楚小姑娘和陳大寶則乖巧地倚在陳阿福身邊，聽兩個弟弟講著傻話，跟著呵呵笑著。

正月十一衙門開印，前一日晌午，陳世英一家從京城趕了回來。他們一回來，便讓人給陳阿福帶信，讓她帶著孩子去吃晚飯。

陳阿福等到下晌，覺得他們應該收拾好了，便開心地領著五個孩子去陳家。

一行人到了正院，卻看到陳世英臉色不太好看，江氏的眼睛有些紅腫。

這兩口子生氣了！

江氏原本一直是無原則地遷就陳世英，今天是怎麼了？

他們見陳阿福一家來了，都堆起笑臉招呼著孩子們。

江氏把小玉兒抱過去，笑道：「哎喲喲，姥姥的外孫女長開了，更像姥爺了。」

聽了江氏的話，陳世英又看了小玉兒幾眼，眼裡方露出幾分笑意。

不多時，陳雨晴、陳雨嵐、陳雨霞和陳雨朝姊弟來了。陳雨朝沒有羽哥兒和明哥兒健壯，走路還不穩，要有大人牽著；不過，已經會說不少話了，還會背幾句詩。

幾人說了一陣話，陳阿福見江氏跟她使了個眼色，便跟著江氏去側屋。

原來，江氏的娘家給陳雨晴說了一戶人家，家裡條件不錯，祖父是正三品的督察院左都御史，父親也是個知府，在遼州那邊任職；後生功課也很好，已經考中秀才，今年秋天會下場考舉人，對方比陳雨晴還小半歲，年僅十七。

陳阿福說道：「聽條件還可以啊！父親不同意？」

江氏嘆了一口氣，說道：「妳爹不同意，說後生長得不好，又矮又胖，配不上晴兒。」

陳阿福笑了起來，說道：「我爹長得俊，所以看女婿的眼光要高一些。」

江氏被逗笑了，遲疑地說道：「這個後生……唉，也不是妳爹眼光高，這個後生比晴兒還要矮半頭。我琢磨著，矮胖又如何？只要後生好，家裡好，晴兒嫁過去不受苦就成。晴兒已經十八歲了，再挑下去，我怕……」

她們正說著，陳世英走了進來，說道：「那馮大人脾氣怪異，又重規矩，嫁進他家，不見得晴兒就一定過得好；而且那馮家小子也太……」覺得一個男人評價別人的外表不好，他住了嘴，只嫌棄地皺皺眉，又道：「我、我陳世英怎麼能找這樣的女婿，還不如找個俊俏、多才、人品好的寒門小子。我不就是出生寒門？也沒讓夫人和孩子們受委屈。」

江氏說道：「像老爺這樣品性高潔的寒門子弟又有幾個？那是打著燈籠也難找。我怕找到那些天天想著媳婦嫁妝的寒門小子，一家子幾十口人都想靠著那點嫁妝過日子，那晴兒以後的日子就糟心了，聽說，這樣的人家可不少……」

江氏為母則強，第一次忤逆了丈夫。

聽了馮家後生的條件，陳阿福也不太喜歡。陳雨晴雖然長相只能算中人之姿，但絕對不醜，身材也好，許給那樣的男人，著實有些可惜了。

不是陳阿福要以貌取人，實在是雙方不瞭解，又沒有感情基礎，當然先看長相了；又想到九皇子就快立太子了，說不定明天一上朝皇上就會頒聖旨。

若這樣，不僅楚家徹底起來了，陳世英也注定前程似錦。

「娘別著急，再等等。那個馮家後生不是還沒考舉人嗎？考上了舉人再說；別是他連舉人都考不上，又矮又胖、又沒本事，這樣的人當然不配給又高又俊、又有本事的爹當女婿了。」

陳世英大樂，把一封信交給陳阿福，說道：「這是老親家給妳的信。」

陳阿福接過信打開，信中說，老侯爺以後會在京城長住，不會再去定州府；還說，他想重孫子和重孫女，不久的將來，讓楚令宣和她帶著幾個孩子去京城。

看了信，陳阿福更加篤定，楚家盼望已久的好事就快來了。

「爹，我們可能過不了多久就會回京城，祖父說他老人家想孩子們。」

陳世英已經有了某種猜測，笑道：「永安侯府才是你們真正的家。」

飯後，陳阿福帶著孩子回了楚家。

車上，她跟陳大寶和楚含嫣講了太爺爺想他們，過些日子會一起回京城，兩個小人兒很是高興。

大寶問道：「娘親，這次也帶兒子去嗎？」

陳阿福把他摟在懷裡說道：「當然，這次我們一家人都回去。」

看大寶咧著嘴笑，陳阿福的心顫了顫，把他摟得更緊。

睡覺前，楚令宣突然回來了。他風塵僕僕，衣服上有很多塵土，大冷的天，頭髮還被汗浸濕了，似乎又瘦了不少。

陳阿福極心疼，把他的外衣脫下，又一迭連聲地讓人趕緊準備熱水讓他沐浴。

楚令宣從淨房出來，陳阿福把他的頭髮擦乾，見丫鬟們出去了，才把老侯爺的信給他看。「若我們去京城，娘怎麼辦？」

楚令宣說道：「二皇子沒有被消滅之前，絕對不能讓娘離開府裡，我們不在定州府的時候，就請令奇和弟妹來府裡陪著娘。如果二皇子和王家真的在南中擁兵造反，很可能三叔和我都會去平叛，以後的日子，我會更忙……」

陳阿福的心又緊張起來，刀箭無眼，何況二皇子一黨恨毒了楚家；可惜，無智老和尚留下的神藥已經用完了。她知道自己不能阻止楚令宣去建功立業，或者說為保護九皇子甘願犧牲自己的性命，她的鼻子一酸，眼淚湧了上來。

陳阿福把頭靠在他的懷裡，哽咽道：「為了孩子和我，你要好好的，一定要活著回來。」

楚令宣把她緊緊地擁在懷裡，下巴搭在她的頭頂上，低聲說道：「放心，我們做好了萬全準備，為了妳和孩子們，我定會愛惜自己的生命。」他感覺到妻子微微顫抖的身子，又笑道：「都說妳是有福的，有福的婦人，是不會當寡婦的。」

一句話把陳阿福逗得破涕為笑。

第四十九章

大寶和楚小姑娘來上房吃早飯，看見爹爹回來了，都高興地過來見禮。

大寶說道：「爹爹，太爺爺想我們了，讓我們一家過些日子去京城。我曾經聽五叔叔說，皇宮特別大，坐馬車繞著宮牆走一圈，一個時辰都走不完，真的有那麼大嗎？」

楚令宣此時也有些捨不得這個專跟自己搗亂的小十一，把他拉到身邊笑道：「嗯，差不多。」還幫他理了理並不凌亂的衣裳。

吃完飯後，陳阿福領著兩個孩子把楚令宣送出房門，看著他消失在院門口。

這一整天，陳阿福都心神不寧。

皇上的意思是，今天一上朝他就會頒發立九皇子為太子的聖旨。可惜這個時代通訊不發達，即使一得到消息就快馬加鞭往這裡趕，也得等到大晚上才能把消息送到這裡。

在東側屋裡，陳大寶坐在炕桌前寫著大字，楚小姑娘則在學著打絡子。

陳阿福呆呆地看著大寶，心裡五味雜陳。從早上到晚上，她是既盼著那個時刻，又害怕那個時刻。

大寶寫寫字，就抬頭對娘親笑一笑。他覺得今天娘親格外不一樣，看他的眼神有些令人難解的涵義，但他喜歡娘親這樣看自己，心裡還是相當高興。

若是平時，陳阿福定會提醒大寶要集中精神學習，可今天她什麼都沒說，只要大寶抬頭對她笑，她也會對他笑。

如今的大寶長得唇紅齒白，手神俊美，個子也比同齡的孩子高。他穿著橘色繡花薄襖，同色褲子，兩個總角上繫著兩條藍色綢帶，一副富貴小公子的模樣，跟四年前那個又瘦又矮的鄉下窮孩子大不一樣。唯一沒變的，是他眼裡對自己的孺慕……

在屋裡服侍的李嬤嬤和丫鬟們也看出陳阿福有些不一樣，但只是心中納悶，不敢出言相問。

後來，連不太敏感的楚含嫣都看出異樣來了，問道：「娘，妳怎麼了？眼圈都紅了。」

陳阿福忙穩穩心神，笑道：「哦，是嗎？娘最近可能有些上火。」

晚上，楚令宣難得按時回來了，他也焦急地盼著京城的消息。他來上房跟陳阿福和孩子們說了幾句話，就去落梅庵，說在那裡陪了塵吃齋。

戌時，陳阿福把孩子們打發去歇息，又給小玉兒餵了奶，便聽到楚令宣匆匆忙忙的腳步聲。

陳阿福起身迎出屋，楚令宣已經進了廳屋，他沒有刻意壓低嗓門，對她笑道：「剛剛接到父親差人送的信，九殿下已經被皇上冊封為太子，單婕妤也被冊封為賢妃。」

陳阿福激動地說道：「太好了，咱們多年隱忍，終於盼到了這一天……」

她的話沒說完，就被楚令宣摟進懷裡，屋裡服侍的下人趕緊紅著臉避去側屋。

楚令宣又在她的耳邊低聲說道：「爹讓咱們準備準備，早些去京城，皇上、單賢妃、太子，都盼望著十一皇子快些進京。以後，妳可能也會長期住在侯府了。」

陳阿福聽了楚令宣的話，極是不捨，眼淚不由自主地流出來。相處這麼多年，真捨不得大寶呀！

楚令宣聽到妻子低低的啜泣聲，又說道：「小十一跟我們生活這麼久，我也捨不得，但他是皇子，不屬於我們。能把他安然送回去，讓他跟家人團聚，壓在咱們心頭的一塊巨石，才算是落了地……這是喜事。」

翌日，陳阿福給王氏寫了一封信，讓人趕緊送去鄉下。說自己一家五天後就要去京城，以後或許都會住在京城侯府，讓他們來聚聚。

自家以後跟王氏一家還能偶爾見面，而大寶，以後想見，怕是不容易了。

陳大寶是王氏一手養大的，跟他們一家三口生活那麼多年，有著極深厚的感情；但陳阿福卻不能告訴他們大寶的真實身分，只能讓他們來跟大寶多聚一聚。

王氏幾人第二天就來了定州府，直奔楚家，還帶來了旺財和元寶。元寶的肚皮有些大，像是要生崽了。

陳阿福幾人等他們來了，才一起吃晌飯。

陳大寶並不知道自己以後再難見到「姥姥」、「姥爺」、「舅舅」，還問他們。「姥爺、姥姥、舅舅，你們喜歡什麼東西，我在京城幫你們買，讓人帶回來。」

王氏把他摟在懷裡，摸了他的臉，又摸他的頭，十分不捨。當初那個襁褓裡的奶娃娃，一下長成了這麼俊俏的少年郎。

王氏不擔心其他幾個孩子，他們都是侯府的血脈，而大寶，只是一個義子。雖說老親家和女婿會對大寶好，可侯府還有別人，不是每個人都會對大寶心存善意。都說一入侯門深似海，何況大寶還這麼小，她怕他以後會受委屈……

王氏不能說出心裡的想法，嘴上還是笑道：「姥姥家裡的日子好過，什麼都不缺。大寶是大孩子了，以後要好好照顧自己，好好發憤，有出息，將來掙個好前程。」說到後面，眼圈都紅了。

大寶看出姥姥眼裡的不捨，他也捨不得姥姥一家人，說道：「姥姥，以後你們多來京城玩，到時讓我娘給你們特地準備一個院子住。一到京城，我就給姥爺買醉仙坊裡的燒酒，給姥姥買錦雲繡坊裡的繡品，給小舅舅買文尚齋裡的筆墨硯。我現在的私房銀子多得緊，足有一百多兩。」

一旁的楚含嫣聽了，也說道：「我也有私房銀子，給姥爺和姥姥、舅舅帶禮物。」

王氏又把小姑娘摟過去，說道：「謝謝姊兒，姥姥家什麼東西都不缺，只要你們兄妹和妳娘日子過得舒坦就好。」

陳名也捨不得，但想著以後自家多去京城幾次，總能見到他們，所以並不像王氏那麼難過。

阿祿想得更遠。姊姊在信裡說，廖先生二十日還是會來定州府，等他考完秀才後，可能就不會離鄉背井來定州府教他了；但只要他考上秀才，楚家就會想辦法讓他去國子監裡讀書。那時，他又能經常跟姊姊和姪子、姪女見面了；而且，他希望自己能夠考個好成績，不讓姊夫幫忙，憑著成績入國子監。

這天，楚令奇和宋氏一家也住進副總兵府。

幾日後，迎來別離的日子。天才矇矇亮，十幾輛馬車以及幾十匹馬，從楚家離去。宋氏扶著淚流滿面的了塵，還有流淚的陳名一家，把楚令宣一家送出門外。

楚令奇和阿祿送他們到城外，那裡還有王成、陳實、陳雨嵐、陳阿堂、王小弟，還有付將軍等一眾送別的朋友。

看到高高的城牆漸漸被甩在後面，陳阿福放下簾子，眼裡又湧出眼淚。這幾天太忙亂，以至於沒有多的時間好好思索。

這次進京，她不僅即將送走心愛的大寶，也離開了她生活這麼久的定州府和福園。她一直覺得，只要在定州，她就能隨時回福園，可是進了京，再想回福園就難了。可惜，時間太緊，她都沒有再回去看看。

楚令宣知道陳阿福心裡不好受，跟送別的人告別後，就進了馬車，勸陳阿福道：「京城離這裡不遠，等河道融冰後，坐一天船就到了。以後妳想娘，想岳母他們，或是想老家了，隨時都可以回來看看。」

這幾天的天氣不錯，雖然冷，卻沒有下雪，第二天下晌便抵達侯府。

楚令安帶著楚令衛和楚令智，以及一些管事在門口迎接，一旁竟然還有三個拿拂塵的內侍在裡面。

女眷、孩子們沒下車，直接去了二門；但楚令宣把大寶領下車，和幾個兄弟寒暄了幾句。

儘管楚令安十分納悶，伯父來的時候為什麼會帶著三個太監來，其中一位還是思沅宮的大太監何公公——思沅宮是單賢妃的宮殿，何公公是她的貼身公公之一，雖然大哥之前幫太子殿下做事，但也當不得賢妃娘娘派太監來迎接大哥一家啊！

他納悶歸納悶，還是不敢多說。

等楚令宣和陳大寶下了車，楚令安的餘光看到何公公的眼睛就沒離開過陳大寶，居然還流了淚。

陳大寶是大哥的義子，更確切地說，是大嫂帶過來的拖油瓶；再仔細一看大寶的模樣，楚令安的心猛地一陣狂跳。天啊……

之後，何公公回宮，另外兩位公公居然跟他們一起去了內院，直接去安榮堂。

廳屋裡坐了一屋子的人，除了上衙的楚三老爺不在，其餘所有人都在。

楚侯爺和老侯爺坐在上座，楚令宣和陳阿福帶著孩子們去給長輩們見禮。

陳大寶卻被魏嬤嬤直接牽去側屋，沒讓他去給楚家長輩磕頭。

大寶見狀，之前的喜悅和新奇一下子拋到九霄雲外，委屈得眼淚都流出來了，哭著問羅氏道：「魏嬤嬤，是不是因為我是我娘親帶過來的拖油瓶，所以不讓我給楚家長輩見禮？我娘那麼喜歡我，她知道你們這樣對我是會難過的……」

魏嬤嬤的眼圈也紅了，幫他擦著眼淚，低聲安慰道：「哥兒，快別哭了，不是你想的那樣。大爺，還有老侯爺、侯爺，他們都是極喜歡你的，跟大奶奶一樣喜歡你，他們為什麼會這樣做，過會兒會來跟你說清楚。」

大寶吸了吸鼻子說道：「不需要跟我說清楚，我怕他們會因為我這個拖油瓶不待見我娘，早知道這樣，我就不該跟著來侯府的，我娘也不會為難……」

卻說廳屋中，楚二夫人看到楚含嫣時，眼睛都瞪圓了。她聽過兒子說楚含嫣變聰明了，但沒想到真的會變得跟正常小姑娘一樣。

再看看一歲四個月就走得穩當的小哥兒倆，健壯、漂亮、討喜，她的心裡像針扎一樣痛。大房已經有兩個孫子了，可自己這一房連個嫡孫都沒有，想想過去的癡心妄想，還真是可笑。

楚二夫人的手在袖子裡捏了捏，若不是九皇子當太子，換成哪個皇子當都成，那樣，榮昭公主也不會像現在這樣管不住大伯，大房一家也不會翻身……

見完禮後，老侯爺把楚侯爺、楚令宣、陳阿福、楚三夫人幾人留下，讓其他人都回去，等晚上再來吃飯。

當陳阿福一個人去了側屋，看到大寶——現在應該叫他十一皇子了，正紅著眼睛委屈又緊張地望著門口。

小十一見陳阿福進來，起身過去抱住陳阿福的腰，說道：「娘，我……」他突然不知道該說什麼，想說自己受了委屈不高興，又怕娘親會傷心。

陳阿福嘆了一口氣，用手捧了捧他的臉蛋，把他拉著坐下，一隻手緊緊拉著他的手，指著跟進來的王老五說道：「好孩子，你認識他吧？」

陳大寶納悶地說道：「他是王五叔，是咱們在響鑼村的鄰居，後來一直給我當長隨，我當然認識了。」

陳阿福說道：「他真正的身分是御林軍的暗衛，是特地保護皇上的，後來，被派來保護你。」見大寶睜大眼睛看著她，又說道：「其實，你不是孤兒，你有父親和母親，他們沒有不要你，是為了好好地保護你，才把你送走。」她的眼淚流了出來，繼續說道：「咱們相處這麼多年，是難得的母子緣分，以後，不管你在哪裡生活，我都會一直惦記著你，那隻無形的手，也會時刻牽著你……」

大寶不等陳阿福講完，就哭了起來，說道：「娘，妳這麼說，是因為不想要兒子了嗎？是不是他們嫌我是個拖油瓶，不讓娘要兒子了？娘，妳說過會永遠牽著兒子的，怎麼一來京城就要把兒子往外推呢？」

走進來的楚侯爺說道：「殿下，你不是什麼拖油瓶，相反地，你的身分無比高貴。八年前，是我讓王護衛把你放在小樹林裡，看著王氏把你抱走的……」

小十一立即大哭起來，打斷楚侯爺的話，趴在陳阿福的懷裡說道：「娘，楚家不讓妳要我就算了，我不當爹爹的義子，只當娘親的兒子。我、我回定州的姥姥家，他們定會要我的……嗚嗚嗚……」

陳阿福摟著他，輕輕地撫著他的後背，說道：「大寶，我也捨不得你啊！可是，有一個娘親天天盼著兒子，她望眼欲穿，盼著兒子能早日回去跟她團聚。」

聽到小十一的哭聲小了些，她又說：「那位可憐的母親，她的兒子一生下來就被抱走了，旁邊的人還騙她說，她的兒子死了，她便天天哭，把眼睛都快哭瞎了。那位父親這麼做也是沒有辦法，他為了更好地保護那個孩子，讓王護衛把他放在響鑼村西邊的小樹林裡。那個孩子，就是你……」

楚侯爺見小十一沒有大哭大鬧，便跟他講了他的真實身分，想著小十一早慧，跟大多八歲稚童不一樣，還大概講了一下前因後果。

小十一沒想到自己居然是皇子，還是太子的同胞弟弟，因為怕遭到二皇子等人的加害，才被送出了宮。

小十一在陳阿福的安撫下，情緒稍微平靜了一些。他把腦袋從陳阿福的懷中抬起來，看到「爹爹」和「太爺爺」、「三奶奶」都進了屋，表情嚴肅地看著自己，還有兩個拿拂塵的太監也躬身站在屋裡。

他雖然是第一次看見太監，但早聽楚令智說過太監是什麼樣。這麼看來，「娘親」和「爺爺」說的話是真的，不是在騙他。

小十一的眼裡又湧上淚水，重新把頭埋進陳阿福的懷裡說道：「娘親，兒子捨不得妳，不想離開妳。」

這是他的心裡話，即使他知道這無異於癡人說夢，是不可能的，但他還是說了。

陳阿福替他擦去眼淚，強忍著淚水，在他耳邊輕輕說道：「小殿下，你不能再喊我娘親了，那樣會給我招禍……」

她知道這樣說很殘忍，但為了讓小十一能盡快接受自己的新身分，還是說了。

小十一聽了既難過，又失落，哭出了聲，但還是忍住，不敢再當眾喊她娘親。

楚侯爺說道：「小殿下，聖上、賢妃娘娘和太子殿下都在宮中等著您去團聚，您，該回宮了。」

小十一像沒聽到一般，依然坐在陳阿福的腿上，把她的脖子摟得緊緊的。

楚令宣勸道：「小殿下，皇宮離我們侯府不遠，只有不到半個時辰的車程，以後您想我們了，可以來府裡串門子，我們也可以進宮見您啊！」

小十一聽了，才好過些。

兩個太監躬身道：「小殿下，請吧！」

小十一想到了什麼，說道：「我還要見見妹妹和弟弟，跟他們告別。」

他們怕楚含嫣幾個姊弟添亂，早讓人把他們領走了。

楚令宣笑道：「小殿下，嫣兒什麼性子，您還不知道嗎？下官怕她大哭起來，讓您為難。」

小十一擦了擦淚說道：「你讓妹妹不要難過，過兩天我就會來看你們；還有追風、颯颯、長長、短短、七七和灰灰，我也會來看牠們。」

楚令宣笑道：「我跟阿福都商量好了，讓追風和颯颯先跟著您進宮玩，以後，動物們輪流去宮裡陪您。」

小十一的嘴角扯了扯，點點頭。一路上，他把陳阿福的手攥得緊緊的，緊抿著嘴唇，不讓眼裡的淚水掉出來。

眾人把他送至二門，陳阿福和楚三夫人便停下腳步不能再送了。

小十一跪下給陳阿福磕了一個頭，哭著說道：「謝謝娘親待我那麼好。」又磕了兩個頭，說道：「這是給姥姥和姥爺磕的，謝謝他們養育了我。」然後起身，擦著眼淚走了。

看著小十一小小的背影，陳阿福哭出了聲。

楚三夫人勸道：「宣兒媳婦莫難過，以後妳長住在京城，想小十一了，就進宮看看他，他也能來看妳；若以後他封王另建府衙，見他就更容易了。」

陳阿福回了竹軒，小哥兒倆已經在東廂房裡睡著了，只有楚含嫣心神不寧地坐在東側屋的炕上。

楚含嫣看到娘親的眼睛通紅，跑過來拉著她的袖子，著急問道：「娘親，是哥哥出什麼事了嗎？哥哥在哪裡？為什麼我到現在都沒看見哥哥呢？」

小姑娘真的變聰明了。

陳阿福牽著她坐在炕上，把她摟在懷裡說道：「大寶找到他親生的爹爹和娘親了，他回自己的家去了，以後，嫣兒不能再叫他哥哥，而是要叫他——殿下。因為，他是皇上的兒子。」

小姑娘聽到前半段話就大哭起來，後半段話根本沒聽進去。陳阿福不停地勸慰著，可小姑娘這次特別不聽勸，一直大哭不已，陳阿福無法，只得抱著她，輕輕拍著她的後背。

趴在炕角的七七和灰灰聽說大寶走了，也跟著小姑娘一起大哭起來，用的都是大寶的聲音。

楚含嫣以為是大寶回來了，驚喜地抬起淚眼，一看是牠們，又沮喪地癟著小嘴哭起來，直到她哭累，漸漸睡著了。

陳阿福輕輕把她放在炕上，給她蓋好被子，又一手一隻，把七七和灰灰拎去西側屋，嗔道：「不許再鬧了，以後大寶會來看你們，你們也能進宮陪他玩。」

兩個小傢伙聽完才住嘴了。

陳阿福去淨房洗澡，坐在大木桶裡，湯水溫暖，水氣氤氳，卻沒有緩解她的情緒。

她似乎看到一個小小的男孩蹲著給原主洗腳、擦腳，然後給她脫衣裳、脫裙子、蓋被子……要出門了，怕娘親長得太美惹禍，還往她的臉上抹鍋灰……

當小男孩聽到村人當著他的面議論他是野孩子，是給傻子撿的兒子時，他惶恐的眼神是那麼無助……

那個小小的人兒，不時浮現在陳阿福眼前，她捂著臉哭起來。正哭著，腦海裡浮現出金燕子的聲音，牠也張著小尖嘴哭著，說：「人家也捨不得臭大寶，沒有臭大寶的日子多無聊……」

門外傳來李嬤嬤的聲音。「大奶奶，水快涼了，您別著涼了。」

陳阿福擦乾眼淚，平復了一下心情。

她的日子還要過下去……

晚上，楚含嫣還是難過，陳阿福哄了她一陣子，帶著她和羽哥兒、明哥兒去安榮堂吃接風宴。

其實，她一點都不想去，但楚令宣送小十一進宮了，她只得打起精神出席。

這場接風宴吃得沈悶，因為楚侯爺、楚三老爺和楚令宣三人都缺席。

楚二夫人看陳阿福、楚含嫣都紅腫著眼睛，明顯興致不高，暗喜不已。她覺得，一定是楚令宣和陳阿福做了讓老爺子或是楚侯爺不高興的事情，被訓斥了。

老侯爺看到楚令安好奇的眼神，想問又不敢問的表情，說道：「不錯，宣兒之前的那個義子，其實是皇上的兒子，太子的胞弟，十一皇子。因為十一皇子的命格奇異，無智大師說他八歲之前不適合在富貴鄉生活，必須把他放在民間歷練疾苦，為後半生積福。所以，皇上就讓人將他放在棠園附近，由宣兒媳婦的娘家收養了。」

這是九皇子的意思，若是說真話，會傷及皇上的面子；畢竟皇帝還在位，就把皇子送出宮保命，這是間接地擺明了皇上的無能。

這個消息像一記炸雷，嚇得楚二夫人等人差點跳起來。

這消息日後還炸亂了京城的貴族圈。沒想到啊沒想到，被人嘲笑好久的楚令宣繼室帶的拖油瓶，竟然是皇子，還是太子的胞弟。怪不得陳氏當初是個村姑，還帶個拖油瓶，楚令宣也娶了她；卻原來，他早就知道那個拖油瓶是皇子啊……

這些自以為是的私下議論當然是後話了。

接風宴上，除了楚二夫人聽了這個好消息心裡不舒坦，楚二老爺和楚令安等人都相當高興。

楚家有了這個倚仗，便更得皇上和太子的青眼了。

楚令智也是笑得不行，跟楚三夫人說道：「娘，那個大寶，哦，不對，我應該叫他十一皇舅舅，他之前是我的姪兒，要叫我五叔叔，叫娘三奶奶；可現在他卻成了娘的弟弟，要叫娘堂姊，叫我外甥。老天，不僅身分轉得快，輩分轉得更快。那以後……他該叫大哥、大嫂什麼呢？」

他的話把眾人都逗笑了。

陳阿福扯了扯嘴角，她實在笑不出來，吃完飯，她看著三夫人欲言又止。

楚三夫人了然地笑道：「明兒一早，我就去宮裡看望我皇祖母；要不，妳多做些點心，我送給皇祖母的同時，再送一些去思沅宮給賢妃和小十一？」

陳阿福想了想，並沒同意。

小十一剛回到親娘身邊，養母就送吃食過去，這不太好，還是先讓他們母子好好相處一段時間後，再說吧！

楚三夫人也後知後覺地發現自己的提議不太好，笑道：「喲，這個主意不好，改天再說吧！」又低聲說道：「賢妃娘娘我接觸得不多，不是很瞭解，但看她把太子殿下教得那麼好，應該是個和善的。」

回到竹軒，小哥兒倆也覺得事情不對了。因為好久沒看到大哥，也沒看到狗狗一家，便開始鬧騰起來。

「哥哥，偶要哥哥……」

楚含嫣心疼弟弟們，見他們鬧起來，只得強打起精神，哄著弟弟們。

此時，李嬤嬤、余嫂子已經帶人把屋子和帶來的東西收拾好了。

楚含嫣住在竹軒的西跨院，羽哥兒和明哥兒住在東廂的北屋和南屋。

陳阿福看著挺著大肚子的余嫂子，說道：「妳懷了身子，不要大動，有事讓小丫鬟做。」

余嫂子笑道：「不礙事的，奴才做慣了，不做難受。」

陳阿福去西跨院和東廂看了看，收拾得不錯，儘管侯府的空院子不少，但楚含嫣初回侯府，小哥兒倆還小，暫時讓他們跟自己住在同一個院子。

夜裡，陳阿福作了一個夢，夢見她才穿越不久，住在響鑼村的舊房子裡。她躺在炕上，把大寶當抱枕一樣抱著，只是，這個抱枕太硌人，讓她很不舒服。她抱著大寶不停地變換著姿勢，讓自己能夠舒服一些。

「阿福，阿福……醒醒，妳怎麼了？」

陳阿福正在床上來回翻，被楚令宣叫醒了。她一下子坐起來，看看楚令宣，再看看床上的錦被羅帳，屋裡的華麗擺設，青玉燭臺上的大燭，才徹底清醒過來。

原來，剛才是在作夢，自己穿越過來將近四年，已經嫁人生子。那個可憐的大寶居然是皇子，已經被接回了皇宮……

陳阿福抓住楚令宣的胳膊問道：「令宣，大寶怎麼樣了？都說天家無親情，他沒有受委屈吧？」

楚令宣嘆了口氣坐下，幫她擦去前額上的汗，說道：「小殿下在宮裡很好。這些年，皇上惦記他，賢妃娘娘和九皇子盼著他，他們疼惜他，怎麼會讓他受委屈！肯定會暫時不適應，慢慢就好了。皇上已經給他賜了名字，叫李澤泰，希望他能安寧泰適，一生順遂。今天晚上，皇宮裡舉辦了宮宴，除了王皇后和八皇子因病沒參加，所有的宮妃、皇子、皇孫，還有公主們都參加了；也給父親、三叔和我賜了座……」又道：「賢妃娘娘這幾天忙著跟小殿下相處，可能過幾天才能召見妳，但九殿下和賢妃娘娘送給妳的謝禮，明天會送來府裡。」

「謝我？其實，我病好之前，養育小殿下的是我娘。」陳阿福汗顏地說道。

楚令宣又道：「那些禮物裡，也包括了給岳父、岳母的。明天一早，我會讓人快馬去定州府告訴岳母他們十一殿下的真正身世，再告訴他們對外的說詞。」

陳阿福點頭，八卦道：「今天的宮宴，馬淑妃和榮昭的表情一定很精彩吧？」

楚令宣笑起來，點頭道：「馬淑妃還好，榮昭就有些與眾不同了。其他人表面上看著都是高興多於驚訝，只有她是驚訝多於高興。」又道：「二皇子的替身在被人滅口前，已經被父親派去的人擄獲；還有王皇后的弟弟王八爺，在逃跑的時候也被擄獲了，如今還在密審，沒動王家的其他人。不過，皇上即使不願意承認，也知道二皇子肯定是跑去南中省了……」

思沅宮的寢宮裡，穿著軟緞褻衣褲的小十一李澤泰躺在暖閣裡，疲憊至極的他已經睡著了。

哪怕他進入了夢中，還是睡得不踏實。夢中他還在響鑼村，睡在那個土炕上，他把娘親抱得緊緊的；哪怕娘親不停地翻動身體，有時候壓得他連喘氣都有些困難，他還是捨不得鬆手，嘴裡含糊嘀咕著。「娘親，娘親……」

坐在一旁的單賢妃，拉著小十一的手垂淚道：「十一、十一，母妃在這裡，娘親在這裡……」

她一直坐到半夜，才被女官勸去床上歇息。

第二天早晨，小十一睜開眼睛，他嚇得一骨碌地坐起來，才想起自己是皇子，已經進了宮。因為生母賢妃娘娘捨不得他，留他睡在她的寢宮裡。

這時，魏嬤嬤和秋月及兩個眼生的宮女走過來，四人先磕了頭，才起身服侍他。魏嬤嬤和秋月已經被楚家除了奴籍，或許她們在不久的將來就會成為有品級的女官。

小十一穿上繡祥雲紋四爪蟒的蟒袍，戴上綴有七顆東珠和數顆寶石的紫金冠，去了偏殿。

不只單賢妃和六公主在，連太子都來了。

小十一走過去給單賢妃和太子見禮，說道：「見過母妃，見過皇兄。」

他剛見過禮，就被單賢妃拉過去摟進懷裡，捧著他的小臉看了又看，憐惜地問了昨天就問過多遍的話。「好孩子，你在鄉間過得好嗎？」

儘管接觸不多，小十一也能看出這位母親對自己的愛。不過，這位母親看著比姥姥還要老；還有父皇，鬍子都已經灰白了，比楚家太爺爺小不了多少。更令他吃驚的是，他的大姊居然是被烏鍋蓋拉糞的那個壞女人，那麼，原來的爺爺就成了現在的姊夫。還有，他現在有九個哥哥，五個姊妹，姪子、姪女若干……

他心裡有諸多不習慣和不可思議，但還是非常乖巧地依在單賢妃的懷裡，說道：「稟母妃，兒子過得很好，我娘……哦，不對，楚少夫人，楚世子，還有鄉下的姥姥、姥爺、舅舅，他們對兒子都非常好。」

昨天來宮裡的路上，楚令宣一再囑咐他，千萬不能再叫自己爹爹，也不能叫陳阿福娘親。他的爹爹是皇上，娘親是賢妃。

所以，小十一稱陳阿福為楚少夫人，依然稱王氏等人為鄉下的姥姥、姥爺、舅舅。因為，單賢妃的娘家都沒有人了，這樣的稱呼不會冒犯皇上和賢妃。

太子在一旁笑道：「母妃，妳看看小十一，長得又高又胖，眉目俊朗，這說明他不僅過去的日子過得好，還過得開心；至少，比母妃、兒子那十幾年間要好過得多……」

單賢妃欣慰地點點頭，紅著眼圈說道：「也是，當初那兩人當道，若小十一在宮裡，活不活得下來還另說；雖然母妃的眼睛快哭瞎了，但小十一活著，還能快樂地活著，這比什麼都重要。」

小十一被單賢妃的話感動了，覺得這位母親跟宮外的娘親一樣愛自己。「母妃，以後我會陪著妳，讓妳一直快快樂樂，也不讓妳再哭了，永遠開開心心，笑口常開……」

他跟陳阿福相處得久，肉麻的甜言蜜語張口就來。

單賢妃聽了，喜極，又捧著他的臉笑道：「好孩子，有孝心，嘴也甜，你過去的長輩教得很好。」

太子見他們母子相處愉快，很滿意，對小十一說道：「十一弟，你才進宮或許有些不習慣，慢慢就好了。父皇說，你這幾天就在思沅宮陪母妃解悶，還要去慈寧宮給皇祖母她老人家請安，三天後再去御書房裡學習。」遲疑了一下又說：「宮裡不比民間，關係和利益錯綜複雜，雖然現在的情況比過去好很多，但還是要事事小心……」

小十一起身恭敬應是。面對這位跟楚爹爹年紀差不多大的太子兄長，他內心是又敬又怕。

巳時，太子殿下和賢妃娘娘賜楚少夫人及其母親的十車禮物，送到了永安侯府裡。

翌日一早，楚令宣便帶著五車禮物，急急回了定州府。

陳阿福帶著四個孩子在永安侯府住下來，楚三夫人本來想把侯府中饋交給陳阿福，陳阿福撒嬌耍賴，說自己是親自哺乳，又對京城不甚熟悉，再等半年，小玉兒長大些，她也熟悉環境了再接。

正月二十下晌，賢妃娘娘派內侍來傳話，請陳阿福母子五人明日去宮裡一聚，再把七七和灰灰帶上。

第二天一早，陳阿福把四個孩子和七七、灰灰收拾妥當，一起進宮。

楚含嫣和小哥兒倆聽說要去見十一殿下，都激動得不行。

陳阿福一再強調，見到原來的哥哥要叫殿下。

楚含嫣雖然心裡抗拒這個稱呼，但還是點頭同意了。

可小哥兒倆卻是不聽指示，直嚷嚷。「是哥哥，不是殿殿。是哥哥，不是殿殿。」

陳阿福沈下臉，拉著他們的小手打了兩下，罵道：「若敢亂喊，不僅娘親和姊姊不理你們，還不讓你們見小玉兒。」

小哥兒倆天不怕、地不怕，就怕不讓他們見妹妹，聽了這話，只得癟著嘴答應下來。

「好嘛，好嘛。」

陳阿福又抓著七七和灰灰說，見到大寶不能叫大寶，要叫殿下。在今日之前，夏月就開始教牠們喊「娘娘、殿下」，牠們聰明，這兩個稱呼沒多久就學會了；可一聽讓牠們叫大寶為殿下，不願意了，嘴裡直嚷。「臭大寶，臭大寶……」

牠們是鳥，不聽話陳阿福也沒辦法。

坐著馬車到了宮門前，一行人換乘轎子去思沅宮。

陳阿福幾人來到思沅宮下轎，由太監領入正殿。

殿裡有一股濃郁的檀香味，羅漢床上坐著一位宮裝婦人。婦人四十幾歲，長得慈眉善目，眉清目秀，她的宮裝半新半舊，也沒怎麼上妝。

單賢妃若不是身著宮裝，初見還以為是普通婦人。太子出事的前十幾年她必須低調，生了小十一後又心如死灰，哪怕現在兒子貴為太子，她也不願意高調。

陳阿福暗想：有一位強勢的兄長，再有一位慈悲的母親，小十一在宮裡的日子應該不難過吧？

在單賢妃的右側，坐著身著蟒袍的小十一，他已經激動地站起來，嘴巴張了張，還是沒有把「娘親」喊出來。

下方坐著一個漂亮小姑娘，是六公主李珠。

左側坐著三位麗人，宮裝豔麗，珠翠滿頭，是太子妃張氏、良娣楊氏、良媛黃氏。

楚含嫣看見幾天不見的哥哥，小鼻子吸了吸，有種想哭的感覺，但還是乖巧地站在娘親身邊；羽哥兒和明哥兒可管不了那麼多，激動地想衝上去，被陳阿福一手一個拉得緊緊的。

羽哥兒叫道：「哥哥。」

明哥兒糾正。「不對，是殿殿。」

羽哥兒趕緊改口。「哦，是殿殿，不是哥哥。」

小哥兒倆的童言童語引來一旁幾聲嬌笑，連小十一都抿嘴樂起來。

陳阿福和楚含嫣、小哥兒倆，以及抱著小玉兒的嬤嬤，跪下給單賢妃磕頭道：「見過賢妃娘娘。」

單賢妃起身親自把陳阿福扶起來，笑道：「楚少夫人，快快請起。」又拉著她的手說道：「妳把小十一帶得好，教得好，謝謝，再替本宮謝謝妳的母親。」

陳阿福謙虛笑道：「十一殿下天資聰穎，乖巧懂事，任誰都喜歡。」

單賢妃又看看幾個孩子，笑說：「這幾個哥兒、姊兒，個個都俊俏，討喜。」

身後的宮女給了幾個孩子一人一個玉如意。

他們又依次給太子妃、太子良娣、太子良媛見禮。給她們見禮不需要磕頭，陳阿福和楚含嫣行福禮，小哥兒倆作揖。

貴人們也笑著感謝了陳阿福，又誇了孩子幾句，給了見面禮。

接著轉向小十一。

小十一見陳阿福向自己屈膝萬福，眼圈都紅了，但還是強忍著把湧上的眼淚壓下去。來皇宮沒幾天，他眼睛看到的，耳朵聽到的，最多就是禮教，不能逾矩；自己，不能給娘親和妹妹、弟弟惹禍。

當陳阿福向他行禮的時候，小十一微微躬了一下身，輕聲喊道：「楚、楚少夫人。」聽到小十一的稱謂，再看到他的極盡隱忍，陳阿福的內心也不是滋味。他進宮沒幾天，似乎一下子長大好幾歲；原來的他雖然聽話，但不太會掩藏心事，也不會隱忍。

皇宮，的確是讓人迅速成長的地方。

陳阿福笑了笑，故作輕鬆地說道：「十一殿下穿上這身衣裳，更威武俊俏了。」

這話不僅單賢妃喜歡聽，小十一也不好意思地笑起來。

見完禮，羽哥兒和明哥兒都衝上去抱住小十一的腿，喊道：「殿殿，殿殿，想，想，想。」

小十一看了兩眼站著沒動的楚含嫣，低頭牽著小哥兒倆笑道：「我也想你們。」他坐下後，一手一個把小哥兒倆拉到自己的腿邊。

這時，兩個不和諧的聲音冒出來了，一個是「臭大寶，臭大寶，臭大寶……」，像是楚令智的聲音。

一個是「大寶要尿尿，大寶要尿尿，大寶要尿尿……」這個聲音雖然有些稚嫩，還是聽得出像小十一的聲音。

看到一大一小兩隻鸚鵡撲著翅膀亂叫，眾人都大笑起來，特別是六公主，很喜歡。

陳阿福幾人落坐，單賢妃招手把楚含嫣叫過去，摟著她跟陳阿福敘著話；太子妃讓人把小玉兒抱過來，她接了過去，不住地誇著。

單賢妃和太子的幾個女人，對陳阿福母子幾人非常禮遇，讓陳阿福的心情也放鬆下來。她說了些小十一在民間時的趣事，逗得幾個女人大笑不已，單賢妃則又是笑、又是哭。

看到這樣的單賢妃，陳阿福徹底為小十一放下心。看得出來，這個母親善良，又非常愛這個兒子，以後，若自己和小十一表現得當，兩人應該能夠保持良好的「君臣」關係。

敘了一陣話之後，眾人起身去慈寧宮給太后娘娘請安。

太后已經七十一歲了，滿頭華髮，看著身體還算硬朗。

因為小十一，也因為楚三夫人，她很喜歡陳阿福母子幾人。她賞了他們母子見面禮，又拉著陳阿福的手誇她長得俊，做的點心好吃，還留他們和單賢妃等人在慈寧宮吃了晌飯。

吃飯的時候，太后跟單賢妃說：「妳比哀家小了那麼多，還算是中年，怎麼如此清心寡慾，心態比哀家還要老？現在小九已經是太子，小十一也回到妳身邊了，妳應該打起精神把日子過好……那些前塵往事都過去了，人要往前看。」

聽了太后意有所指的話，單賢妃紅了臉，也紅了眼圈，起身應是。

小十一見狀，趕緊起身給太后躬身說道：「皇祖母放心，小十一會在母妃跟前盡孝，讓母妃天天都開開心心過日子。」

太后呵呵笑道：「真是個好孩子，孝順，性格也好。」又對陳阿福笑道：「小十一的性子像華昌，討喜，嘴甜，還會哄人；若這孩子不送出宮去養，性子八成會像小九，小小年紀就跟老頭似的。」

這話又讓眾人大樂。

陳阿福等人回到竹軒，已經未時，幾個孩子在馬車裡睡著了。

陳阿福把幾個孩子打發回屋睡覺，又讓人領著追風一家去湖邊散步。這一家子待在皇宮的幾天悶壞了，因為牠們長得凶悍，小十一對宮中又不熟悉，所以都把牠們關在思沅宮沒放出去玩。

申時末，陳阿福又領著孩子們去安榮堂。

因老侯爺想天天看到孫子和重孫，便提出現在大房已經回來了，一家人每天還是要聚聚，就定下每天晚上去安榮堂吃晚飯的規定。

到了安榮堂，看見楚華領著兒子恒哥兒、閨女怡姊兒來了。

陳阿福是第一次看到怡姊兒，楚華也是第一次看到小玉兒，互送了見面禮。陳阿福把怡姊兒抱起來，楚華把小玉兒抱過去。

怡姊兒已經半歲了，長得冰雪可愛，抿著嘴向陳阿福笑。

陳阿福親了她兩口，逗得小妮子笑出聲。「哎喲，姊兒真漂亮，像小姑多些。」

楚華笑道：「若長得像她爹，那可糟心了，都不好嫁人。」

說得眾人笑起來。

楚三夫人笑道：「也不能這麼說，謝家二姑奶奶長得就像國公爺，還不是找了個好後生。」

眾人說笑一陣，楚二夫人領著二房的女眷來了。

楚珍上年底已經訂了親，後生是勤進伯家的劉四公子，在五城兵馬司當差。楚二夫人對這門親事並不算滿意，覺得勤進伯府在京城門第不顯，劉四公子又不是世子，只是五城兵馬司的一個八品小官，配不上永安侯府的嫡女。

但楚三夫人倒是相當滿意，覺得後生聰明能幹，家世也過得去，以後日子會好過。而且，劉家會看上楚珍，是看上她是經楚三夫人調教過，覺得她跟楚三夫人的感情肯定好，以後自家孩子有三夫人作倚仗，前程會更好。若不是這原因，憑著楚二老爺的不成材和楚二夫人在京城的壞名聲，根本不會看上楚珍。

所以楚三夫人跟老侯爺和二老爺商量後，直接定下這門親。楚二夫人氣得哭鬧了幾天，也沒把婚事攪黃。

陳阿福對楚華低聲說道：「大姊，我之前拜託妳的事怎麼樣了？」

楚華婆家有一個適齡的堂兄弟還沒有訂親，就是謝五爺謝峰。謝峰雖然生在武將之家，卻喜歡讀書，今年十八歲，早兩年就中了秀才，今年秋便會下場考舉人。

陳阿福看上謝家家風正，聽楚華的意思，謝五爺勤勉，人也不迂腐。

若是原本，陳阿福不敢肖想，但現在自家的行情好了，陳世英一脈也會水漲船高。

楚華跟陳雨晴接觸過幾次，又聽陳阿福說了一些情況，很喜歡那個姑娘。她低聲說道：「我前兩天跟祖母提了提，祖母覺得不錯，說陳夫人賢慧知禮，風評很好，若隨了陳夫人，定是個好的；只是三叔父和三嬸還有些猶豫，說陳家的名聲不好聽……」

陳阿福很失望，陳家的名聲已經被那兩個女人敗光了。

沒多久，老侯爺和楚家的男人都來了。

楚侯爺看見楚華，很是高興，見到閨女嘟嘴不願意理自己，就向恒哥兒招手道：「恒兒，來姥爺這裡。」

楚華雖然後來知道了一些內情，知道許多事怪不得父親，但想到母親受的苦，便不太願意搭理他；不過，還是私下交代恒哥兒，要多跟姥爺親近。

恒哥兒高興地跑過去，爬上楚侯爺的膝頭坐下。

羽哥兒和明哥兒一看爺爺被表哥霸占，不高興了，爭相瘋跑過去，大叫道：「爺，我們的爺。」然後，兩人使勁地把恒哥兒往下拉。

恒哥兒不高興了，雙手抓著姥爺的衣裳，用腳踢著兩個小表弟。

小哥兒倆不願吃虧，開始一起打表哥，邊打還邊叫嚷。「打你，打你，搶爺爺。」

許多年不受待見的楚侯爺，見自己如此受歡迎，笑得下巴上的鬍子都抖了起來，勸著架。「別打，別打，他是你們表哥。」

陳阿福起身把小哥兒倆拉回來，嗔道：「表哥是客人，不能打架。」

小哥兒倆嘴裡還不服氣地嚷道：「打，打，打他。」

老侯爺哈哈笑道：「好，好，打仗親兄弟，上陣父子兵。」

第五十章

正月底，二皇子跑去南中省，及王家已經全面控制南中省的事傳到了京城。

皇上大怒，命人把王皇后和八皇子軟禁起來，又派御林軍將京城王家的族人全部抓進大牢；同時，任命楚三老爺楚廣開為平叛大元帥，集結兵馬開赴南邊。

消息一傳到楚家，楚老侯爺和楚三夫人極為高興，這不僅是皇上的信任，更是楚家的滿門榮耀。

楚家還是第一次出了個大元帥！

女人吃完飯都各自回屋了，幾個男人還沒喝完酒，在廳屋裡閒聊。

陳阿福心亂如麻，她知道，集結的大軍裡，肯定會有定州的兵馬。

楚令宣匆匆忙忙回定州，就是訓練兵士，為這次南下作準備。

楚三老爺是大帥，不會有什麼危險，楚令宣就不一定了，何況楚令宣一直想立大功，想有所作為。

陳阿福的心提到了嗓子眼，完全沒有楚家其他人那麼高興。

當夜深人靜的時候，她去了空間，跟金燕子說了楚令宣要去南邊平叛的事。

看到陳阿福滿面愁苦，金燕子唧唧笑道：「媽咪，妳還有寶貝我啊！等楚爹爹去打仗的時候，我也出來了，到時我無事就去南邊看楚爹爹，若他有事，人家也能幫幫忙。」

喲，也是啊！她一著急，把這個小福星忘了！

陳阿福捧著金燕子親了兩下，笑道：「好兒子，媽咪有了你，真是有福。」又不好意思地說道：「寶貝，能不能給楚爹爹一點救命的綠燕窩，也不多要，一丁點就行了。」

她很不好意思，自己懷兩次孩子就吃了兩次綠燕窩，三個兒女一生下來也吃了點綠燕窩，早知道楚令宣要開赴前線打仗，應該留一點給他。

金燕子雖然心疼得小綠豆眼都瞇成一條縫，還是說道：「人家也不願意媽咪當寡婦，人家前幾個女主、男主，都是風風光光活到老，怎麼能讓楚爹爹早死啊！」

說完，牠就飛進黃金屋裡，啄出一點綠燕窩給陳阿福。

陳阿福怕把這一丁點綠燕窩弄丟了，便把綠燕窩用帕子包起來，接著，她又厚臉皮地看著金燕子，金燕子很上道地啄了手指甲那麼大的綠葉給她。

一人一鳥說笑一陣子，陳阿福出了空間，直接去西屋，在一個櫃子裡找出一顆治外傷的藥。

在東側屋裡值夜的夏月醒了，問道：「大奶奶有什麼事嗎？」

陳阿福道：「無事，妳歇著吧！」

她進臥房把門關上，又進了空間，讓金燕子幫忙把綠葉嚼細，吐進掰開的藥丸裡，再把綠燕窩揉進去使勁搓，一顆神藥就製作完成了。

雖然比不上無智老和尚與歸零小和尚的神藥，但裡面加了綠燕窩、燕沉香樹葉和金燕子口水，也算得上亞神藥了。

陳阿福把神藥裝進小銅盒裡，才算放心。

出空間歇息的時候已經後半夜，她一覺到天明。

早飯後，陳阿福坐在炕上，領著幾個丫鬟給楚令宣做內裡穿的衣褲。楚令宣極講究，要多給他帶些去。

孩子們起來後，楚含嫣領著兩個弟弟在炕下玩，不讓他們去打擾娘親。

正鬧著，家裡來了一個久違的客人——小十一。

當他突然出現在側房門口時，陳阿福驚得張大嘴愣在那裡，楚含嫣也呆呆地傻站著。

幸福來得太突然，感覺不太真實呢！

只有小哥兒倆的反應最快，他們尖聲叫著，跑著向小十一撲過去，一人抱著一條腿大笑，口水流下來，直接在小十一的腿上擦了擦嘴巴。

小十一呵呵笑著，摸了摸小哥兒倆的頭，拖著他們向炕邊走來，嘴裡說道：「怎麼，娘親和妹妹高興傻了？」

陳阿福似才反應過來，格格笑著，放下手裡的衣裳把小十一拉過去，上下打量他。

楚含嫣跑來小十一身旁，叫道：「哥哥，哦，殿下。」

小十一高興地拉著小姑娘的手，笑道：「妹妹，好久沒看到妳了，好想妳。」

楚含嫣的眼圈有些紅了，低頭看了一眼拉著她的那隻手，說道：「我也好想你，上次進宮看哥哥，我好想像原本那樣拉你的手，可是我不敢……」

小十一笑得眉眼彎彎，靠在她耳邊低聲說道：「在宮裡要講禮節，回了家再拉。」

陳阿福張了張嘴還是忍住沒說，以後不能經常見面，再隨著年齡的漸漸增長，他們或許就不會這麼親暱了。

幾人親暱夠了，陳阿福一迭連聲地讓花嬤嬤領人做他愛吃的飯菜。

小紫原本同魏嬤嬤和秋月一起服侍大寶，因為只允許大寶帶兩個貼身服侍的人進宮，她和小廝小路子就都沒跟進宮。小紫是有些遺憾，但小路子知道大寶的身分後，摸了摸胯下，大吁了一口氣，他若進去了，可要挨一刀。

小紫和小墨現在派給羽哥兒、明哥兒當大丫鬟，小路子機靈，如今跟著羅管事的二兒子羅方負責跑腿。

陳阿福知道小紫跟小十一的感情好，還讓她特地進屋服侍原主子，又讓人去把楚令智請了過來。

楚令智一來，就呵呵笑著拱手說道：「見過十一皇舅。」

小十一有些臉紅，眉毛皺得像個小老頭，說道：「這輩分、這輩分，太亂。」

他十分不高興，原本他是娘親的兒子，怎麼現在一下子變成了娘親的父輩，妹妹的祖父輩，真是太氣人了！

飯菜擺上桌，陳阿福領著孩子們一桌吃飯。

看著這個久違的場面，小十一心情澎湃，若一直這樣過下去，該多好啊……

這時又出了狀況，小十一的太監小鴿子拿出銀針要試毒。

小十一又紅了臉，眼睛一瞪，罵道：「真是蠢！這是哪裡，還用你把那破針拿出來亂戳。」

小鴿子嚇白了臉，趕緊跪了下去。

小鴿子不到十歲，長得白白淨淨，有些瘦弱。陳阿福見這麼小的孩子就進宮當了太監，很是心疼，讓人帶著他去側屋吃飯。

快樂的時光總是過得太快，一晃眼便到了申時。

小鴿子躬身道：「十一殿下，該回宮了。」

一聽他的話，小十一紅了眼圈，楚含嫣的眼淚也湧了上來，只有小哥兒倆還傻呵呵地樂著，他們不懂那是什麼意思。

陳阿福儘管心裡不捨，還是笑道：「有什麼難過的，以後再來玩就是。」

二月初下晌，楚令宣回了侯府。他沒有回竹軒，而是在六芸齋同老侯爺、楚侯爺和三老爺一起商討事情。

楚懷來了竹軒，把一個包袱交給陳阿福，包袱裡裝的是王氏給幾個孩子做的衣裳，還有一封阿祿代筆的信。

陳名幾人聽說大寶居然是皇子，都極歡喜，主要是為大寶高興，覺得他是皇子了，以後的好日子享都享不完；不過胡氏卻嚇病了，她過去沒少欺負大寶，她怕大寶派御林軍去把她殺了。

陳阿福看完信，就去廚房包了楚令宣喜歡吃的蝦肉餛飩，熬好雞湯，等他一回來就讓花嬤嬤煮；她又和幾個丫鬟整理給楚令宣帶走的東西。

因此行是去打仗，不敢多帶，只裝了幾個箱子。

直到子時，楚令宣才回到竹軒。

或許因為已經好久沒見到陳阿福，也或許想著明天就要回軍營，之後直接開赴戰場，楚令宣把走上前迎接他的陳阿福拉進懷裡，深深地吻了下去。

陳阿福也沒有不好意思，任由他吻著，還不時迎合他，下人都識趣地趕緊退下。

兩人親熱了一陣子，便相依著坐到炕上去，低聲說著話。

楚令宣在她耳邊說：「我明天一早就回去，隊伍會在定州等三叔，然後一起南下，快則明年，慢則後年，我們就能回來。」

陳阿福心酸地說道：「嗯，你要注意安全，我和孩子們都離不開你。」

楚令宣說道：「為了妳和孩子，我不會去涉險；不過，打仗總會有危險，總會死人。我已經跟爺爺和爹商量好了，若我有個萬一，爹會直接給羽哥兒請封世子。」聽到陳阿福哭出了聲，他用臉頰蹭蹭她的頭頂，說道：「有長輩們的照顧，有太子殿下和十一殿下的看顧，即使我不在了，你們母子以後的日子也不會難過。」

陳阿福流淚道：「沒有你的日子，我的天都塌了，還有什麼好日子可言？」

看到陳阿福赤紅的眼睛，瑩瑩的淚光，楚令宣再也抑制不住自己，把她抱進臥房裡。

兩人行了事，沐浴完，又依偎在床頭說話。說了一陣話，又行了一遍事，要了一次水。

陳阿福把那顆「神藥」給楚令宣，編了個謊。「這個藥裡面有無智大師給的一點稀罕藥材，說既能治外傷，又補人；雖然沒有上次三叔吃的藥好，但比一般治外傷的藥還是要好得多。」

經過楚三老爺摔傷和那次疫病，他已見識到無智大師的厲害。

楚令宣高興地接過來，他笑道：「有了這顆神藥，我活著回來的把握更大了。」

他們睡不到一個時辰，就被紅斐叫醒了。「世子爺，大奶奶，楚懷已經讓人帶話進來，說兩刻鐘後大爺就該啟程了。」

楚令宣和陳阿福兩人趕緊起床，下人們已經把熱水和早飯準備好了。

飯後，楚令宣回了臥房，把小玉兒抱起來親了又親，然後又去東廂房，把羽哥兒和明哥兒抱起來親了親。

出了東廂，再去西跨院。他怕把楚含嫣吵醒，連燈都沒點，只就著透過窗欞的晨曦俯身看了她幾眼，順了順她落在枕邊的頭髮。

看著女兒肉肉的小臉和酡紅的膚色，楚令宣的內心百感交集。沒遇到阿福前，每次離開女兒都極其不捨，怕她遭罪，可現在，哪怕去赴死，也能放心女兒了。

陳阿福送他去院外，走到院門口時，他回過身把陳阿福摟進懷裡，把臉埋在她的頭髮裡，深深地吸了幾口氣，說道：「等著我回來，若是有個萬一，不要太難過，要領著孩子們好好過日子。」

陳阿福哽咽道：「我不要萬一，只要你活著回來……」

楚家的男人都在外院給楚令宣送行，楚令安直接來了竹軒，正好看見楚令宣和陳阿福相擁在一起。

他趕緊躲在一棵大樹後面，心裡對大嫂的敬畏之情少了許多。再聰明賢慧的女人，若這個樣子被人看到，也會覺得她不尊重。

楚令宣鬆了手，大步向外院走去。

看到他消失在樹後的背影，陳阿福哭出了聲。

夏月過來把她扶回院子，勸道：「三老爺是大元帥，定不會讓世子爺去冒險的。」

李嬤嬤不高興地低聲說道：「夏月，這話可不許亂說，世子爺那麼有本事，怎麼會讓三老爺關照。」

夏月的話一出口，就知道說錯話，趕緊紅著臉點點頭。

三個孩子醒來後，沒看見爹爹，都痛哭不止。一說會把妹妹嚇著了，兩個小子就住了嘴，可楚含嫣卻一直用帕子捂著臉哭不停。

陳阿福不怕號哭，可害怕小姑娘這樣隱忍地哭泣，她把小姑娘摟在懷裡安慰，又讓人去跟先生請了兩天假，說帶他們去找阿滿小姨和茜姊兒玩。

小哥兒倆不知道阿滿小姨和茜姊兒是誰，但聽說能夠出去玩就笑了起來；而楚含嫣好久沒見她們了，因此稍微分了一點心。

陳阿福也想出去玩玩，把自己緊張、憂傷的心放鬆一下。她覺得，在京城裡，除了永安侯府，只有楊家才能讓她真正地放鬆下來。

二月下旬，楚大元帥帶領平叛大軍開赴前線，楚家終於平靜下來。

陳阿福領著孩子們在府裡過起平靜的小日子。

為了陳阿福在京城貴族圈立足，楚三夫人開始帶著陳阿福去一些豪門世家串門子，也會找名目，請些貴婦人來家裡做客。

陳阿福幾乎每次都會把楚含嫣帶著，一是給她找手帕交，一是讓她學會交際。

幾日後，楚侯爺讓人送信給陳阿福，說榮昭公主生病了，於情於理陳阿福都應該去看看她；怕過了病氣，三個小孩子不用帶去，但還是要把嫣兒帶著。

自從來了京城，陳阿福就沒去看過榮昭。但楚侯爺讓人送信來了，她也只得去。

現在的榮昭老實多了，因為皇上不待見她，跟馬淑妃關係比較近的王皇后也已經失勢被關了起來；而二皇子的死對頭九皇子成了太子，那個終日不露面的單婕妤一步登天，成了賢妃，以後還會成為太后。

更可怕的是，二皇子造反了，自己和馬家已經被視作二皇子一黨，以後自己和母妃要徹底失寵了……

榮昭最怕的還是，皇上駕崩後，太子一登上大位，她或許就會被駙馬拋棄。她跟駙馬生活這麼多年，她知道自己從來就沒有真正得到過駙馬的心。自從九皇子當上太子，駙馬就再沒跟她恩愛過了，哪怕她放下姿態，請求駙馬在她的房中宿一晚，駙馬都以「累了」為由拒絕。

榮昭現在是又怕又氣，真的病了。

陳阿福便讓人寫了個帖子送去公主府，說明天會帶著孩子去探望。

楚含嫣現在非常喜歡做客，但一聽是去那個「壞女人」家，就嘟起了嘴，倚在陳阿福的懷裡問道：「娘，我能不去嗎？」

陳阿福笑著安慰道：「莫怕，妳祖父也在公主府裡，榮昭公主不敢怎樣。」

楚含嫣又說道：「春天來了，金燕子怎麼還沒回來呢？若牠在就好了，讓牠再領著鳥鍋蓋去公主的家裡拉糞。」

自從有燕子飛來，小姑娘就開始盼著金燕子。

陳阿福趕緊說道：「噓，千萬不要讓別人知道鳥鍋蓋跟金燕子有關，否則金燕子就活不成了。」

這件事陳阿福跟小十一和楚含嫣提醒過許多遍。

楚含嫣一著急，又忘了娘親的提醒，她趕緊把小嘴捂上，輕聲道：「好，我再不說了。」

夜裡，陳阿福又帶著小玉兒進了空間。

金燕子子時就能出去了，極是興奮。

子時一到，黑光一閃，金燕子便飛出了空間。

而思沅宮的一座偏殿裡，小十一正睡得香。他雖然有了自己的宮殿，但因為賢妃捨不得他，他還是跟賢妃一起住在思沅宮。

小十一感覺有人在撓他的耳朵、鼻子，他揉揉鼻子和耳朵又翻身睡去。

金燕子又用翅尖繼續撓，終於把小十一撓醒了。

他睜開眼睛，羅帳裡，宮燈透進來的光線極其微弱。他看到自己的枕邊站著一隻燕子，牠正勾著嘴角對他微笑。

「金寶！」他一骨碌地坐起來，激動地把金燕子抓進手裡。

帳外服侍的太監聽見聲音，問道：「殿下，您要出恭？」

小十一趕緊說道：「沒有，我在說夢話。」

值夜太監挺納悶，說夢話還這麼清醒？但也不敢多問。

小十一激動地抓著金燕子，放在鼻子下聞了聞，也聞出了牠特殊的味道，有些像娘親身上的香味。他喜不自禁，以後時常有金燕子的陪伴，便會感覺娘親和妹妹就在身邊，在宮裡的日子也會好過許多。

金燕子被他捏得直翻白眼，還不敢叫出聲，氣得在心裡狂罵「臭大寶」。

第二天，陳阿福領著孩子們吃完早飯，又給小玉兒餵過奶，就讓人把小哥兒倆和小玉兒送去安榮堂。

楚三老爺不在家，兩個兒子去上學，楚三夫人無事便喜歡逗弄這幾個孩子。特別是小玉兒，若不是陳阿福自己哺乳，或許經常會被三夫人留在安榮堂也不一定。

陳阿福把自己和楚含嫣收拾妥當，特別是把小姑娘好好打扮了一番。

當初小姑娘被抱出公主府時，是個瘦弱的小癡女，很是可憐；現在，她不僅健康聰慧，還美得像個小仙女。

送公主府的禮物是外事房準備的，陳阿福可不會自己給榮昭準備禮物。

當馬車抵達公主府，她們轉乘轎子，讓下人們抬去公主住的正院。

進了院子，楚含嫣本能地害怕起來，不僅把陳阿福的手拉得更緊，小身子也緊緊貼在陳阿福身上，亦步亦趨。

陳阿福又低聲安慰了句。「莫怕。」

東側屋裡，身穿半新舊青色直裰的楚侯爺正坐在炕上看書。

見陳阿福領著大孫女來了，楚侯爺臉上方有了笑意，他放下書說道：「公主在房裡，宣兒媳婦進去吧！嫣兒太小，莫過了病氣，站在門口問安即可。」說完起身向臥房走去。

陳阿福鬆了一口氣，這個爺爺果真貼心，她也不希望小姑娘離榮昭太近，不僅怕過了病氣，還怕把小姑娘嚇著。

站在門口的丫鬟打起軟簾，楚侯爺率先走進去，陳阿福低頭跟在後面，楚含嫣被黃嬤嬤牽著站在門口。

臥房很大，擺設極盡奢華，穿過了幾層幃幔，才來到描金嵌玉寶榻前。

榮昭斜倚在榻上，因為上了些淡妝，倒不覺得臉色難看，但眼睛無神，呼吸急促，沒有了當初的神采飛揚和不可一世。這不僅是生病的緣故，還因為有了心病。

楚侯爺坐在離榻有些遠的椅子上。

陳阿福走近榻邊，屈膝說著外交辭令。「拜見公主殿下，望公主殿下保重身體，早日康復。」

榮昭現在是想見陳阿福，又怕見陳阿福。想見，是因為陳阿福這個兒媳婦來她跟前立規矩了，方才顯示楚郎還是自己的駙馬，楚家還是尊重自己；怕見，是因為不想讓那個女人的親兒媳婦看見自己的狼狽樣。

所以，她特地讓下人給她上了妝，穿上能把臉色襯得更好看的石榴紅衣裳，戴了鑲石榴石的頭飾和耳環。

榮昭直了直身子，冷哼道：「妳是本宮的兒媳婦，進京這麼久了，怎麼現在才來問安？」聲音冷峻，略帶沙啞，沒有當初的尖銳和氣場。

陳阿福低頭道：「稟公主，我們回到京城，先是忙著準備十一殿下回宮的事宜，後又忙碌世子爺南下的事情；再後來，十一殿下又時常讓人送信出來，說他和賢妃娘娘喜歡吃我做的點心……」

聽到小十一，榮昭不僅氣緊，還心虛。小十一是太子的胞弟，如今頗得皇上的寵愛，太子的疼愛。

小十一竟然是這個女人的養子！

榮昭不止一次暗罵二皇子，真是扶不起的阿斗，做事優柔寡斷。若當初直接把九皇子打死，或者把單婕妤弄死，二皇子不用跑去南中省造反，自己也不會落到這種境地……

榮昭不願意讓陳阿福繼續提小十一，攔住她的話說道：「本宮的那幾個孫子呢？若有他們幾個在跟前逗趣，本宮的病也會好得快一些。」

「是我不讓那三個小的來，他們太小，怕過了病氣，嫣兒倒是來了。」楚侯爺又對楚含嫣說道：「嫣兒，快跟公主殿下問安。」

門口的楚含嫣向屋內屈膝福了福，怯怯說道：「嫣兒祝公主殿下貴體安康。」

榮昭才注意到門口的小姑娘。那個小姑娘穿著大紅提花錦緞褙子，天青色長裙，白淨如玉的皮膚，水汪汪的杏眼，花瓣似的小嘴，漂亮極了。這個模樣，慢慢跟多年前的那張臉重疊起來。

榮昭瞪著門口，眼睛睜大了，厲聲喝道：「妳這個賤人，妳怎麼來了我家！」

楚含嫣嚇得哇地一聲哭了起來，抱著黃嬤嬤的身子直發抖。

陳阿福沒料到會這樣，趕緊出去把小姑娘抱起來哄著。

楚侯爺站起身對榮昭說道：「公主，妳這是幹什麼？孩子們不來問安，妳說他們不孝，孩子們來問安，妳卻如此待她們。公主殿下，妳還真難伺候。」聲音不大，卻冷得如嚴冬裡的寒冰。

榮昭似才反應過來，說道：「楚郎，是我看錯了。我以為她是……」

那一年，她才十歲。在一個春陽明媚的上午，她領著兩個宮女在放風箏。風箏飄得高高的，卻突然斷了線，她捨不得，便隨著風箏飄的方向跑去。拐過一個宮殿的外牆，她差點跟一個身穿戎裝的護衛撞在一起。

那個護衛趕緊抱拳躬身道：「小將該死，衝撞了公主殿下。」

聲音如淙淙的溪流，好聽極了。

榮昭的個子矮得多，雖然那個護衛低頭躬身，但還是看到了他白皙光滑的前額和挺直的鼻梁，她直覺他應該很俊俏。

榮昭不僅沒生氣，還起了好奇之心，說道：「抬起頭來。」

那個護衛不敢抬頭，又抱拳說道：「小將不敢。」

榮昭賭氣地說道：「你抬頭我就不怪，你不抬頭我就要怪，還要告訴我父皇和母妃，說你衝撞了我。」

那個護衛思考了一下，還是抬起頭來。

春陽下，這個男人玉樹臨風，寒目如星，俊得令她刻骨銘心，她靜靜地愣在那裡。

那個護衛趕緊抱拳道：「小將還有要務，告辭。」然後躬了躬身，快步走了。

後來，榮昭經過多方打探，才知道那個護衛是永安侯世子，御前二等帶刀侍衛。他二十歲，已經成了親，妻子是美麗溫婉的羅家女，還有個兩歲的兒子。

她直接忽略掉他有妻有子，無事就去當初相遇的地方轉悠，或者他有可能經過的地方，可再也沒近距離接觸到那位令她魂牽夢縈的楚世子。有一次甚至遠遠地看到他了，怎麼一晃眼，他就拐個彎不見了。

第二次看到楚世子，是在太后壽宴的那天。在慈寧宮外，她不僅看到他，還看到他身旁的美貌婦人。

那位楚夫人膚白如玉，還長著一雙水汪汪的杏眼，如三月桃花一般的小嘴。

即使榮昭恨死了這個女人，也不得不承認，她是那一群人中最美麗的女人。

榮昭看得清清楚楚，楚世子看楚夫人的眼光，不僅不冰冷，還如秋水一樣深幽多情，懾人心魄。

榮昭的心悸動不已。她好不容易等到給太后娘娘磕完頭，等到宮宴結束，跑去跟馬淑妃說道：「母妃，女兒喜歡楚世子，長大以後就要尚他當駙馬。」

馬淑妃嚇了一跳，說道：「傻話，那楚世子比妳大得多，已經有妻有子，怎麼能給妳當駙馬。」

榮昭倔強地說道：「他比我大十歲我不在乎，他有妻有子又怎麼樣，直接賜死他的妻兒就是了，我是公主，是皇父最疼愛的長女，我說什麼，他當臣子的就應該服從。」

馬淑妃皺眉道：「楚世子不行，他頗得妳父皇看重……」

見女兒冥頑不靈，馬淑妃又沈下臉教訓了她幾句，還打了近身服侍她的幾個嬤嬤和宮女五板子。

榮昭覺得父皇疼愛她，又找皇上說了這事。皇上更不客氣，第一次嚴厲地斥責了她，並明確告訴她，不許她打楚廣徹的任何主意；皇上還氣不過，又嚴厲斥責了馬淑妃教女無方，半年沒去馬淑妃的宮裡。

在榮昭十五歲的時候，皇上就迫不及待地指了薛二公子給她當駙馬，還說薛二公子多才，俊俏，溫潤儒雅。

榮昭被迫尚了薛駙馬，心裡極不情願。在她看來，薛駙馬的多才是只會嚼酸文，溫潤是窩囊，啥都比不上楚世子。

尚了薛駙馬後，榮昭就折騰駙馬和駙馬的家人。皇上和太后訓斥過她多次，她老實一段時間，又開始折騰，五年後，終於成功地把薛駙馬氣死了。

可那時楚廣開已經承了永安侯的爵，官至御林軍統領，是皇上最寵愛的近臣。

那年，王皇后突然跟馬淑妃和榮昭熱絡起來，說她十分喜歡榮昭的開朗性子，還說二皇子也十分寵愛這個妹妹，不忍她年紀輕輕就守寡。那楚廣徹再得寵也是臣子，君讓臣死，臣不得不死，他會想辦法讓楚廣徹不得不娶她。

榮昭和馬淑妃當然知道王皇后和二皇子如此作為，是想把馬家拉到二皇子陣營。馬淑妃和榮昭一商量，本來她們和馬家就看好二皇子，不僅二皇子出身中宮，還因為王家的勢更大，覺得跟二皇子爭儲的三皇子及孫貴妃和孫家不自量力。

再說，王皇后和二皇子拋出的這個條件太誘人了。

於是，便出現了多年前那齣，她和楚廣徹在一起被人「捉姦」的戲碼。

卻原來，自己和母妃，還有王皇后和二皇子，以及所有人，都被皇上和楚家騙了……

想到那些往事，榮昭又是氣、又是恨。氣皇上不顧父女之情，氣駙馬爺不顧夫妻之情，氣老二不顧兄妹之情；恨老二和王皇后利用自己打擊楚家，恨他們拉攏自己跟老九作對，更恨皇上和楚家將計就計，把自己當作迷惑老二和王皇后的棋子……

榮昭的手緊緊握在一起，尖利的指甲把自己摳得生疼，她才回過神來，發現不僅陳阿福不見了，連駙馬爺都不見了。

「駙馬呢？那兩個賤人呢？」

一個嬤嬤躬身說道：「駙馬爺帶著楚大奶奶和楚家大姊兒走了。」

榮昭怒道：「本宮還沒有讓那兩個賤人離開，把她們叫回來。」

那個嬤嬤又低聲勸道：「公主殿下，淑妃娘娘讓您暫且忍耐一些時日，等到淑妃娘娘和您重得聖恩，再收拾那些不敬您的人也不遲。」

榮昭喃喃道：「本宮還能重得聖恩嗎？」

那個嬤嬤又說道：「您是皇上最疼愛的長女，從小被皇上捧在手心裡長大，皇上怎麼會不疼您呢？等皇上消了氣，您再好好哄哄他，他自會更加疼惜您……」

是啊！自己小時候經常被父皇抱在膝上逗弄，父皇的心還是容易哄過來的。

可是，楚郎的心呢？即使她再不想承認也知道，她從來就沒有真正得到過楚郎的心。

榮昭躺在床上，想得頭痛欲裂，覺得冷汗一滴一滴地往下流，輕喚道：「楚郎，楚郎……」

一個宮女趕緊屈膝說道：「殿下稍等，奴婢這就去尋駙馬爺。」

楚侯爺直接帶著陳阿福和楚含嫣回了楚家。陳阿福母女去了內院，楚侯爺則去了他自己的院子瑾院。

楚三夫人懷裡抱著小玉兒，正逗著小哥兒倆，見陳阿福她們回來了，納悶道：「怎麼這麼快就回來了？那榮昭就沒讓妳端端湯藥什麼的？」再看看楚含嫣的花臉，又吃驚道：「嫣兒這是怎麼了？」

陳阿福伸手想接過小玉兒，楚三夫人一扭身沒給。

陳阿福只能放下手，講了一下經過，氣道：「……那榮昭真是可惡，嫣兒還這麼小，她竟然能罵出那種話，真是氣死人了！」

楚三夫人看著被下人牽去淨面的楚含嫣，冷哼道：「榮昭定是病迷糊了，把嫣兒錯當大嫂罵。她恨極了大嫂，因為嫣兒像大嫂，她縱容著下人差點沒把嫣兒整死。榮昭從小就霸道蠻橫，只要自己看上眼的，哪怕是妹妹的東西，她都有本事搶過來；只不過，這次搶的是個大活人，還把人家一家害得四分五裂，活該嚇病了。」

之後的幾天，楚侯爺都住在侯府。小哥兒倆早上一起來就被人接去瑾院，吃晚飯的時候才由楚侯爺領去安榮堂，還給陳阿福。

聽說，榮昭公主府的嬤嬤來府裡請了幾次，楚侯爺都沒回去。

數日後，馬淑妃派內侍來府裡傳話，說榮昭病得下不了床，駙馬居然不管不問，還請都請不回去，他楚侯爺眼裡還有沒有皇家？

楚侯爺聽了也沒辯解，先去皇宮跟皇上請罪。

被二皇子一氣，皇上的身體更加不好，現在每天都會咯血，多數早朝都是讓太子代替他。只不過他病重的消息還是瞞得比較嚴，對外的說詞是皇上氣二皇子不孝，導致憂思過慮，鬱結於心，精神不大好。

沒有兌現當初的諾言，皇上也有些心虛，沒有太責怪楚侯爺，只是搖頭嘆道：「榮昭之所以走那一步臭棋，也是被老二騙進去的。朕的時日不多了，不想在有生之年，知道老二不得善終，還要親眼看到榮昭遭罪。她是朕的長女，從小寵到大，楚愛卿若怪她，還不如怪朕沒把她教好……」

楚侯爺嚇得一下子跪了下去，磕頭道：「臣不敢！」

皇上頗為無奈地說道：「孩子多了，總會有兩個糟心的，但再糟心，她也是朕的公主，是金枝玉葉。她沒有同胞兄弟，太子也不待見她，將來的日子，她能倚仗的只有朕的餘恩。楚愛卿哪怕再不喜她，她也給你當了那麼多年的女人，就給她留條活路吧！」

楚侯爺磕頭磕得砰砰作響，哽咽說道：「皇上折煞為臣了，皇上折煞為臣了。」

坐在回公主府的車裡，楚侯爺的拳頭在袖子裡握得緊緊的，他知道，他手中的暗勢力該逐步交出去了……

楚侯爺剛走不久，小十一進了養心殿，他的手裡捧了一個五彩描金細瓷湯盅。

皇上看到這個討喜的小兒子，樂了起來，招手讓他進前。

小十一把湯盅放在御案上，躬身說道：「皇父，兒臣讓人燉了一鍋補湯，您嚐嚐。」見皇上喝了一口滿意地點點頭，又說道：「這是兒臣照楚少夫人寫的方子讓人做的，楚少夫人最擅美食，做的吃食既好吃又補人。」

皇上喝了幾口，放下湯匙，把小十一拉到他的腿上靠著。

兒女十幾個，他最喜歡的卻是這個相處時間最短的小十一。他覺得，小十一寬和仁厚，最像自己，還好小十一是老九的胞弟，即使歲數再小，也有愛護他的兄長。

第五十一章

一進入五月中，天氣就持續悶熱，多日無雨，許多身體不好的老人和孩子都生了病，甚至還死了不少，可身患重病的榮昭不僅沒死，又好了過來。

陳阿福暗道，這就是前世人愛說的禍害遺千年吧！

現在楚侯爺回侯府的時間不多，哪怕回來了，晚上也不會住在這裡，而是很老實地待在公主府。聽老侯爺的話外之意，皇上已經言明反悔之前的承諾了。當初皇上讓楚侯爺給榮昭當駙馬的時候，說只要九皇子一朝大權在握，就以榮昭迫害朝廷重臣之罪，讓其出家；而現在，不僅沒讓榮昭出家，還替她說情。

楚侯爺分析，皇上明面是繼續讓他當駙馬，實際上不想讓他掌管任何權力。

當初九皇子受傷之後，楚侯爺暗中幫他包辦幾乎所有事，包括聯繫治傷、人身保護、培養各種勢力等等。楚侯爺雖然是駙馬，明面沒有實權，但在皇上的支持和允許下，楚侯爺暗中掌握和發展了不少勢力；再加上現在楚三老爺擁有的軍中權力，以及茁壯成長的楚令宣。

如今冊封為太子的九皇子，對楚侯爺的感情，可以說不只是君臣，更多的是感激、敬愛，甚至依賴。

不承想，皇上還是忌憚了。

這段日子，楚侯爺已經把手上的許多暗勢力交了出去，不過，為了自保，還有少數極隱密的勢力未交出，並表態他的身體不好，又厭倦了官場生活，即使以後太子繼承大位，他也不再擔任任何官職；就是身上的爵位，也會等到楚令宣打仗回來傳給他，以後的楚家，就靠三老爺和楚令宣了。

陳阿福覺得楚侯爺是真男人，該放下的就毫不猶豫地放下，能這樣灑脫放下權力的男人，真的沒有幾個。

楚侯爺雖然年紀不大就選擇徹底退休，至少讓皇上放下忌憚，保全了整個楚家。

想到這些，陳阿福還是有些心疼楚侯爺，明明是個極有能力和魅力的男人，卻因為忠君而導致事業不順、愛情不順、家庭不順，到了最後，皇上還是不信任他。

不過，也有令陳阿福高興的事。陳阿祿考中秀才了，還是廩生，不用楚家幫忙，也進了國子監。

陳雨嵐也是廩生，不過陳世英沒讓他上國子監，而是在家由先生及自己親自教導。

陳阿福已經讓羅方在京城替陳名和王氏買了一個三進宅子，剛剛裝修好，讓他們兩口無事就來京城住一段時間，看看閨女、兒子，以及外孫。因為現在是農忙，他們還在鄉下忙碌。

六月初，南邊傳來消息，五月底的第一場仗，死傷各半。王家在南中省經營了幾十年，再加上地多山林，攻打起來非常不易。

二皇子和王家打著「清君側」的旗號起兵，說皇上病重，被九皇子和奸臣楚家挾持，才立了不嫡不長的九皇子為太子，他們如此，是正義之舉。

陳阿福在第二天就知道南方打仗的消息，因為金燕子去那裡玩了一天。

皇上是在十天後知道消息，聽後勃然大怒，拖著病體上朝，貶王皇后為庶人，賜白綾；又冊封單賢妃為皇后，並再一次徵兵二十萬，派去南方平叛。

現在的皇后是單氏，九皇子是中宮所出，為嫡，那麼二皇子和王家就是造反無疑了。

六月初十，大吉，舉行冊封皇后大典。因為現在是特殊時期，皇上又病重，所以冊封大典並未大辦，只是由京城三品以上命婦進宮給皇后娘娘磕頭，吃了頓宮宴。

楚三夫人和陳阿福都去參加了，一早出門，上午進宮，頂著烈日排隊去給皇后磕頭，再等著吃宮宴，回家已經申時初。

自從小玉兒滿半歲，陳阿福就開始逐步從楚三夫人手裡接過侯府的中饋，每天上午固定一個多時辰，在內院議事廳處理府中事務。她一直不太喜歡管理家務，所以一接手管家，就開始培養李嬤嬤和紅斐當得力助手。紅斐已經訂了親事，後生是府裡的一個管事，陳阿福讓她兩年後再出嫁。

好在小玉兒已經開始吃副食品，她每天只要早晚餵兩次奶。

現在，陳阿福偶爾會請二房以外的全部主子在竹軒吃飯。楚二夫人氣得在院子裡大罵，只不過她罵了什麼，第二天就能傳到陳阿福耳裡。

陳阿福就是在明晃晃地打楚二夫人的臉。當初楚二夫人跟著榮昭鬧，十幾年間把持侯府內院，貪墨了幾萬兩銀子；銀子就算了，可她折騰得楚令宣和嫣兒有家不能回，妄想楚令宣無後，讓自己的兒子繼承爵位，這點就誅心了。

楚二老爺雖然沒有跟著一起鬧，卻看著媳婦鬧騰不管不問，媳婦貪墨的銀子，他花起來一點都沒有壓力，他也不道地。

若不是楚侯爺暗示，楚二老爺年輕時受過苦，那些銀子就算了，也算全了二老爺一個面子，陳阿福真的會想辦法逼楚二夫人把那幾萬兩銀子吐出來。

還好楚令安夫婦不錯，陳阿福私下對他們還是禮遇有加。

七月初，在南方玩了一大圈的金燕子飛回來了。牠告訴陳阿福，楚三老爺和楚令宣十分狡猾，正在想辦法讓人秘密出使南中省一些蠻夷，提出誘人的條件，讓他們不要參與雙方交戰；又找了一些熟悉地形的人帶路，消滅二皇子一黨肯定不成問題……

南方仗打得熱鬧，可京城依然歌舞昇平。

七月初十，安王府舉辦荷花宴。前兩天，請帖就已送到京城各大世家名門，也包括永安侯府。帖子上還特別注明，讓楚少夫人一定要把三個小孩子帶著，王妃稀罕小孩子，特別是稀罕長得一模一樣的雙胞胎。

每年一次的安王府荷花宴，是京城最盛大的宴會之一，也是最受少男、少女歡迎的宴會。

這時候，天氣已經漸漸轉涼，湖裡的荷花還開得豔麗，再過些時日，荷花就要凋謝了。

安王爺是皇上的弟弟，雖然不是同胞兄弟，但感情很好，替皇室辦了不少事；他跟無智大師也有私交，兩人偶爾還會在一起「論禪」。

陳阿福還在鄉下的時候，就跟安王府有所交集了，金燕子為了「燕過留聲」，特地跑去安王府偷了不少寶貝。

初十這天，楚三夫人和陳阿福領著楚含嫣、小哥兒倆、小玉兒，還有二房庶女楚琳、楚碧一起去安王府。

楚琳和楚碧已經十三歲了，從上年起就開始為她們相看婆家，她們雖然是二房庶女，父親沒有本事，嫡母不著調，但楚家家勢起來了，她們長得也算清秀可人，總能找戶家境尚可的庶子，或是家世低些的嫡子。

幾個月前，有人給楚琳說了門親事，楚二老爺夫婦居然同意了。後生家的門第夠高，是承恩侯府的肖二公子；只不過全京城的人都知道這個二公子不僅是個斷袖，還脾氣暴虐，不學無術，好人家的女兒都不願意嫁進去。

肖家之前的眼光頗高，一直想找門當戶對的嫡女，所以耽誤到現在，肖二公子都已經二十五歲了還沒娶到媳婦。

上年底，又出了肖二公子打死楚樓小倌的醜事，只不過肖家出銀子找了個替死鬼把這事壓下去了。現在肖家降了條件，只要門當戶對，長相不錯的庶女也行。

肖家相中了楚家，派了當家媳婦找到楚二夫人說合，還暗示，若這門親事成了，承恩侯府除了給價值一萬兩銀子明面的聘禮外，私下還會多給五千兩銀子的聘金。

楚二夫人一聽，便同意了，又去說服二老爺。

楚二老爺盤算了一番，犧牲一個庶女，不僅多了五千兩銀子，對兒子的前程也有幫助，就同意了。

老侯爺得到消息後，氣得把二老爺大罵一頓，還踢了他幾腳，說楚家做不出來賣閨女的事，哪怕庶女也不行，這門親事也就沒說成。

之後，老侯爺把給楚琳、楚碧說親的事，交給楚三夫人。三夫人待在家裡無聊，也同情那兩個妮子，便承諾下來。

這次荷花宴，儘管安王府沒有請二房的人，楚三夫人還是把兩位姑娘帶上了。

到了安王府，轎子直奔離明豔湖不遠的菡萏軒。

陳阿福幾人一下轎，下人就把一輛花俏的嬰兒車推過來。這個時節雖然不是最熱的時候，但還是容易流汗。陳阿福不願意讓人抱著孩子，這樣孩子太熱，容易長痱子。她把小玉兒放進嬰兒車裡坐下，小哥兒倆就跑過來，一邊一個握著妹妹的小車子，生怕別人把妹妹偷走了。

小哥兒倆這麼愛護妹妹，還是陳阿福教得好。她一直覺得不管什麼時代，男孩子都要有責任心，只要有責任心，他們才能好好做事，想辦法護住家人兒女，而培養他們的責任心，就從小玉兒開始。

所以從小玉兒一出生，陳阿福就教育他們要愛護妹妹、保護妹妹，「有困難自己上，有好處妹妹先」的思想和覺悟。

現在，小哥兒倆看到有這麼多人都來看妹妹，很是緊張，生怕這些人把漂亮妹妹偷走了。其實，人家不僅看小玉兒，還看了他們，以及這輛漂亮的小嬰兒車，但他們就是覺得所有的目光都是對妹妹虎視眈眈，而且，那目光寫滿了赤裸裸的「搶劫」兩字。見有人靠攏，逗著他們幾人，小哥兒倆扯著嗓門說道：「妹妹，我們的。」

他們一吼，看熱鬧的人樂得更歡。

這三個孩子實在太討喜了。小車裡的小女娃，穿著洋紅刻絲繡花小衣裳，水藍刻絲小裙子，小裙子上還縫了隻小燕子玩偶。她的頭上頂著兩朵小蝴蝶結，正瞪著明亮的大眼睛四處望著，看到有人跟她說話，她還會「啊啊」叫兩聲，態度極是親和。

而兩個小男娃，不僅長得極像，穿得也一模一樣，還留著一樣的瓦片頭。他們可沒那麼友好，有人一上前，他們就對人吼，生怕把他們妹妹搶跑了。

陳阿福紅了臉，暗道，以後得多帶這兩個小東西出來見見世面。她之前也參加過幾次宴會，都只帶楚含嫣，沒有帶這三個小的。

陳阿福小聲嗔道：「寶貝，他們不是來搶妹妹，是看到妹妹可愛，來跟妹妹打招呼的，你們這樣，妹妹以後就沒有朋友了。」

小哥兒倆聽了，才緩下表情，對圍著他們的人說道：「看妹妹，我們喜歡。搶妹妹，我們不喜歡。」

有人笑道：「哎喲，多討喜的孩子，我不僅想把妹妹搶回家，還想把兩個哥哥一起搶回去。」

看到小哥兒倆戒備起來的眼神，又有人趕緊笑道：「我們不搶，我們是說著玩的。」

眾人一路走、一路說，進了菡萏軒。

廳屋裡，安王府和幾個身分及輩分高的婦人正坐在那裡說笑，其中包括榮昭公主。

出於禮貌，安王府也給榮昭公主府送了帖子，想著已經有許久沒出過府的榮昭肯定不會來，哪想到，身體大好的榮昭居然來了。

由於榮昭之前跟二皇子走得近，又用那種手段逼得楚家妻離子散，安王爺和安王妃都不願意跟她多有來往，但她來了，安王妃表面上也只得熱情招待。

安王妃見楚三夫人和陳阿福領著孩子們來了，招手笑道：「華昌也來了，快，來坐這裡，有妳在，這兒就不會冷場。」

楚三夫人高聲笑道：「皇嬸主持的荷花宴，什麼時候會冷場啊！說笑話啊！」

這些人裡有王妃、郡王妃、長公主、公主，還有兩個老封君。

陳阿福領著孩子們和楚琳、楚碧給她們行禮問好。

來到榮昭面前時，楚含嫣嚇得臉色蒼白，緊緊拉著陳阿福的手不放鬆，身子也有些發抖，她小聲說道：「娘，我怕。」

陳阿福捏了捏小姑娘的手，示意她不要怕。

陳阿福帶著孩子們給榮昭福了福，小哥兒倆是作揖。

榮昭今天的注意力不在楚含嫣身上，而是在另外幾個孩子身上。楚含嫣跟另外三個孩子比起來，她更恨的肯定是另外三個孩子；再如何，楚含嫣身上還有馬家的血脈，而另外幾個孩子，卻只跟那個賤人有關係了。

榮昭的眼睛在幾個孩子身上掃過，心裡的恨意極濃，但還是強壓了下去，格格笑道：「這幾個孩子可是本宮的孫子、孫女，第一次拜見祖母，該磕頭啊！」又對陳阿福說道：「令宜媳婦，妳這個娘是怎麼教孩子的，連這個禮節都不懂？」

別看小玉兒小，最是會看人臉色，而且她自生下來就得所有人的寵，更是被爺爺和兩個小哥哥寵上了天，從來就沒有人在她面前擺過臭臉；而這個女人不僅擺了臭臉，還罵了人，她委屈得不行，「哇」的一聲大哭起來。

妹妹一哭，小哥兒倆也跟著哭起來，邊跺著腳，還邊嚷著。「壞人，把妹妹嚇哭了，讓狗狗咬妳，嗚嗚嗚……」

楚三夫人不高興地說道：「榮昭，妳這是幹什麼，把孩子嚇著了。」

榮昭很不高興，自己哪裡做得不對了，氣道：「我怎麼了，陳氏是本宮的兒媳婦，她不懂禮節，難道本宮就不能教教她？」

話剛說完，榮昭就被小玉兒裙子上的一隻黑色小鳥玩偶吸引了。

她怎麼覺得那隻小鳥的小腦袋微微轉動了一下……

榮昭嚇一跳，再眨眨眼睛，小鳥沒有動，是自己眼睛看花了。她心裡咯噔一下，突然有了一種不祥的預感，但當著這麼多人的面不能輸了氣勢，她沒有再說話，但面子上的氣場仍然撐著。

陳阿福自己過去向榮昭磕過頭，但她不願意讓了塵的孫子、孫女給這個女人下跪磕頭，還叫她「祖母」，高傲又執拗的了塵肯定更不願意。楚侯爺一直阻止他們與榮昭見面，不僅怕榮昭傷害孩子，或許也有這個因素在裡面。

楚含嫣除外，因為她有另一種血脈在身體裡，是榮昭的孫輩；而這三個孩子，跟榮昭半分關係也沒有。

但無論是從國法還是家法來說，三個孩子都必須要磕頭，「奶奶」這個稱呼也必須對著她叫。

陳阿福很是暗喜，即使金燕子耍賴皮，她也強行把牠帶來了。有牠在，榮昭得不了便宜，她只須拖延一下時間就行了。

「公主殿下教訓得是，但羽哥兒和明哥兒太小，不會自己磕頭。」她回頭看了一眼大哭著的小玉兒，又對兩個下人說道：「抱著哥兒給公主殿下磕頭。」

所有人都沒注意到的是，正掛在小玉兒裙上的小燕子玩偶動了動腦袋，又轉了轉小綠豆眼。金燕子前半夜在空間裡玩著小玉兒，後半夜去宮裡被小十一玩了一個時辰。牠正在空間裡睡得半夢半醒，就被主人硬抓來。牠一直掛在小玉兒的裙子上打瞌睡，卻被哭聲攪了好夢。被人打斷好夢本就生氣，再加上是這個壞女人在找事，牠就更生氣。

金燕子轉了轉眼珠，又叫了兩聲。

因為有金燕子的到來，菡萏軒的窗櫺上、屋頂上、大樹上已經飛來好多隻鳥兒，現在聽到牠的召喚，這些鳥兒都唧唧叫著向屋裡飛來。

幾個下人抱著小玉兒和小哥兒倆還沒有跪下去，就看見許多鳥兒飛進屋來，牠們集中起來形成一個厚厚的小鍋蓋，在榮昭的頭頂上方盤旋起來。

榮昭嚇得尖叫出聲，她身後的嬤嬤趕緊拿出時刻準備好的傘撐起來，其他人也嚇壞了，沈得住氣的張著嘴，沈不住氣的叫出聲，還有兩個孩子嚇哭了。

旁人看了一會兒，也不害怕了。因為那個「鳥鍋蓋」不算大，還一直跟著榮昭轉，沒有傷害其他人的意思，而且也沒有拉糞。

榮昭到處躲，嘴裡還喊著。「把那些鳥打出去，快打出去……」

現在的人都把攻擊榮昭的鳥喊成「鳥大仙」，誰敢去打？所以也沒有人理會榮昭的叫喊。

榮昭跑出屋子，東躲西藏，終於跑進一個沒有開窗戶的廂房，把「鳥鍋蓋」關在門外。

那個鳥鍋蓋在廂房上空盤旋了一陣，才越飛越高，飛去遠方，漸漸散開。

這個變故把所有客人的目光都吸引過來，也包括明豔湖對岸的男客們。

安王爺和安王妃相當不高興，他們覺得這是榮昭把霉運帶來安王府。而且，當天王府內書房的確丟了一尊價值連城的嵌貓兒眼的赤金雄獅擺件。那兩顆貓兒眼足有成人拇指那麼大，是皇上感激安王爺幫忙辦了一件大事賜給他的，如今他們丟了御賜寶物，還不敢聲張，吃了個悶虧。

之後安王爺夫婦專程去隱濟寺上香祈福，還捐了二千兩銀子的香油錢。當然，這是後話了。

楚侯爺也在看熱鬧的客人之中，他猜到榮昭定是又沒管住脾氣，招惹到陳阿福幾人了，那個「烏鍋蓋」肯定是對付榮昭的。他不好看熱鬧，只得硬著頭皮過了小橋，去了湖對岸的菡萏軒。

見烏群漸漸散了，也沒有拉糞，楚侯爺才放下心。這次看熱鬧的人多，又在安王府裡，他不希望鬧得太過分；否則，不僅安王爺會生氣，他自己這張被榮昭丟了多次的臉又會丟大了。不過，即使如此，榮昭的臉面又一次被踩到塵埃裡去了。

楚侯爺沈聲對榮昭的幾個下人喝道：「去叫頂轎子來，把公主扶回去歇息。」

見楚侯爺面沈似水，兩個下人哆嗦著跑去喊轎子。

等轎子來了，又有人敲著房門說道：「公主殿下，烏群散了，駙馬爺請您回府。」

房門打開，兩個下人進去把嚇軟了的榮昭扶出來，直接扶進轎裡。

榮昭此時都後悔死了，早知道就不該出來。原以為攻擊她的鳥群已經有兩年多沒出現，也不會再出現了，誰知今天又出現了，而且還在眾目睽睽下攻擊了她。

這回，她不僅嚇破了膽，也猜到或許自己再也不會出現在公眾場合了。今天的客人這麼多，幾乎京城所有的世家名門都來了，皇家的臉，又被她丟了一次。還好那些鳥沒有拉糞，否則更糟……

小十一領著六公主李珠來的時候，「鳥鍋蓋」已經不在了，他遺憾得不行，深恨自己為什麼不早些來。

他今天是專程帶六公主來跟楚含嫣結交的。他知道陳阿福一直在給小姑娘找手帕交，他覺得李珠善良討喜，又跟自己的關係很近，覺得李珠跟楚含嫣肯定能成為手帕交。

此時，安王妃正聽羽哥兒和明哥兒吹著大牛，她已經被氣得沒辦法正常說話了，強壓下想大罵榮昭的衝動。

那兩個孩子見貴人喜歡聽他們講話，便一人扶著一邊安王妃的膝蓋，大聲講著他們的妹妹如何可愛、狗狗如何威猛、鳥鳥如何會說話。雖然他們的表達能力有限，但聲音高，膽子大，又得瑟，還是吸引了許多人的注意。

「妹妹，俊俏，好看，香香，像仙女，最最最最喜歡……」

「狗狗，汪汪汪，聲音大，厲害，跳得比房子還高……」

「鳥鳥，會說話，會唱歌，會背詩，會跳舞……」

他們的話讓陳阿福臉紅，卻把安王妃逗得開懷起來，也把其他人逗得大樂。見小十一來了，眾人都起身問好。

小十一雖然歲數小，身分卻是最高的。他向長輩們見了禮以後，就被安王妃拉在身邊，一起坐在羅漢床上。

小十一陪幾個老婦人說了一陣話，又逗了小哥兒倆和小玉兒幾句，之後，就非常鄭重地把楚含嫣介紹給李珠。「六妹妹，妳已經見過嫣兒了，她是哥哥幼時的玩伴，性情溫柔，妳們定會成為好朋友。」

小十一又對楚含嫣說道：「嫣兒，這是我六妹妹，跟我玩得極好，妳們要好好相處。」

皇家的孩子都早熟，何況李珠也是從小被當時不得寵的單婕妤帶大的。李珠雖然知道養母成了皇后，但自己並不是她的親骨肉，而十一哥哥，才是皇后娘娘快哭瞎眼睛的親兒子。跟別的公主比，她的身分雖高，但跟十一哥哥比，她的身分差得遠，所以對小十一的話，她會絕對服從。

李珠笑咪咪地主動走過去，把楚含嫣牽去一邊說悄悄話了。另外幾個小貴女見了，都主動湊了上去。幾個小姑娘嘰嘰喳喳講起話來，主要講的是剛才「烏鍋蓋」的事，還邊講邊笑。

李珠已經聽小十一講過在靈隱寺的「烏鍋蓋」事件，現在又聽見，也笑得歡快，極其遺憾來晚了，沒看到那個大戲，完全不覺得那個被「烏鍋蓋」攻擊的人是她的長姊。

李珠也恨榮昭，因為馬淑妃之前一直跟著王皇后打擊當初的單婕妤和九皇子，連帶著她也受了不少欺負。

那幾個小貴女之中，有一個是安王妃的孫女英惠縣主，小姑娘今年九歲。一個是榮國公府的孫女朱瑩兒，今年八歲，跟楚含嫣一樣大。一個是榮和公主的大女兒馮妙華，也是九歲。還有一個是鎮西侯的孫女張子琪，今年七歲，最小。

楚含嫣之前就跟朱瑩兒認識了，兩個小姑娘比較說得來，朱瑩兒也是陳阿福明確讓楚含嫣往手帕交發展的小姑娘。

幾個小姑娘說著說著，便被英惠縣主領去湖邊划船看荷花。一直跟著楚含嫣服侍的丫鬟妙兒和羅梅也跟著去了。

明豔湖狹長，湖內荷花爭奇鬥豔，兩岸垂柳搖曳生姿；再加上穿梭於荷葉中的小船浮動，以及穿行在垂柳下的修長身影，還有後生手中的搖扇，姑娘手中的羅帕，真是看不夠的大好風光。

幾個小姑娘一路歡笑著來到湖邊不遠處的一座涼亭裡，丫鬟們趕緊倒了茶水擺在小几上，又把幾樣水果和堅果擺上，請幾位姑娘坐上錦凳。

楚含嫣雖然膽子小，口齒也不算很伶俐，但李珠和朱瑩兒對她非常友好，她也能偶爾說笑幾句。

榮和公主是皇上的三女兒，也是瑞王爺的同胞妹妹，馮妙華便經常進宮看望外祖母周德妃，跟李珠的關係還算不錯。

見一路上李珠一直拉著楚含嫣的手，另一隻手拉著英惠縣主，她想湊都湊不上；再加上楚含嫣長得明眸皓齒，眉目如畫，張子琪還一直追問她衣裳上的盤釦是在哪裡買的，馮妙華心裡就更不高興了，便話裡話外排擠著楚含嫣，說些什麼傻女、鄉下人之類的話。

雖然她知道楚家養大了十一小舅舅，但楚家再怎樣，也不能跟自己這個皇上的外孫女比，所以沒給楚含嫣一點面子。

楚含嫣反應稍慢，原先不知道馮妙華是在說她，等她反應過來了，又不知道該怎麼還擊，也害怕，便低下頭忍著眼淚不說話了。

李珠的歲數雖然比馮妙華小，但她是公主，又是馮妙華的小姨，因是皇后養大的更是有了幾分底氣。她起先還忍著，見馮妙華實在太過分了，便不高興地斥責了她幾句。「妳怎麼回事，要在一起玩就好好說話，不想在一起玩我們也不留妳。」又指著楚含嫣說道：「嫣兒是我的手帕交，妳不能對她無理。」

馮妙華被斥責得眼圈都紅了，但還是不敢吱聲，也沒起身離開。她知道，李珠現在是所有公主中身分最高的，連自己母親都比不上她，自己應該巴結好；但當眾被李珠如此斥責，又覺得十分沒面子，她在心裡把楚含嫣罵了一千遍。

英惠縣主今天是主人，便笑著安慰了她們幾句，也算給馮妙華一個臺階下。

羅梅知道主子受委屈了，難過得眼圈都紅了，她不知道該怎麼辦，用眼睛看著妙兒。

妙兒早得了陳阿福的囑咐，也經常聽黃嬤嬤說有些貴女跋扈。她沒有像其他丫鬟那樣離主子比較遠，而是一直站在楚含嫣的背後，怕有什麼意外出現；心裡還想著，若這幾位貴人再提議去湖邊玩，她就必須勸小主子回菡萏軒了。

馮妙華喝了一口水，說道：「我不喜歡喝果子露，甜得緊，倒碗熱茶來。」

丫鬟聽了，便重新拿了一個茶碗，拎著熱水壺來到几前倒水。

丫鬟倒水的時候，只見馮妙華伸手去拿几上的堅果，正好碰到丫鬟的胳膊，丫鬟手中的水壺嘴又正好對著楚含嫣放在几上的手。那丫鬟的胳膊被自家姑娘一碰，壺裡的水便倒了一些出來。

說時遲、那時快，只見妙兒一下子把楚含嫣的手推開，熱水倒了些在妙兒的手上，也灑了點在楚含嫣的手上。

楚含嫣又怕又痛又委屈，「哇」的一聲哭了起來，起身拉著妙兒要回菡萏軒找娘親。

而那個「惹禍」的丫鬟則是跪在地上不停地磕頭求饒。她也是沒有辦法，若不聽主子的，回去會被罰得更慘；若聽主子的，雖然也會受罰，但有主子說情，罰得也不會太厲害。

這個變故，把幾個小姑娘都嚇傻了。英惠的大丫鬟紅兒則是嚇得魂飛魄散，她趕緊讓人去通知菡萏軒裡的主子，以及讓人去請醫婆，又過來看楚姑娘和妙兒的手燙傷沒有。見楚含嫣的手背上有三個小水泡，而妙兒的手背就有些嚴重了，起了一串水泡。

李珠和朱瑩兒反應過來，趕緊哄著楚含嫣。

英惠則說著馮妙華。「妳是怎麼回事？」

馮妙華一副委屈樣，還是嘴硬道：「她的癡病哪裡好了？還是個傻的，丫鬟在倒熱水，她的手伸那麼長做甚？」

朱瑩兒不高興地說道：「嫣兒妹妹的手哪裡伸得長了，明明是妳們主僕故意的。」

馮妙華抬高聲音說：「朱瑩兒，這話可不能亂說。」

李珠氣道：「馮妙華，不要以為別人是傻的，妳燙傷了嫣兒，看我哥哥怎麼教訓妳！」

此時，陳阿福正看著那些老婦人逗弄著幾個孩子，見丫鬟過來稟報，說楚家大姊兒被馮家四姊兒的丫鬟燙著了。

眾人嚇了一跳，陳阿福和安王世子妃，還有榮和公主等人趕緊起身往外趕去。

半路上，遇到了幾個向菡萏軒走的小姑娘，楚含嫣哭得雙目紅腫。

等醫婆處理完楚含嫣和妙兒的傷勢，大人們也聽完事情的經過。李珠、朱瑩兒、妙兒和羅梅說是馮妙華和丫鬟故意燙的；馮妙華和她的丫鬟說是楚含嫣反應慢，手又伸得長，放在茶碗的旁邊，被丫鬟不注意燙著了；而英惠和張子琪則說沒留意，沒看清楚。

陳阿福相信是馮妙華故意燙人的，她摟著楚含嫣又是心疼、又是氣。

榮和公主見楚含嫣沒有大礙，也放了心。她知道楚家正得勢，太子和小十一都向著楚家，不願意得罪他們，便跟陳阿福說道：「楚少夫人，對不起啊！都是那些奴才笨拙闖了禍，本宮回府就把她打個半死賣掉。」她又沈臉斥責了馮妙華幾句，末了又說道：「……雖然是楚姑娘的手伸得長，又是奴才闖的禍，但事是因妳而起，快去跟楚少夫人道歉。」

之前榮和公主在側屋裡和別人敘話，並沒看到小十一親自把楚含嫣引見給李珠的場面，否則她定不會這麼怠慢楚含嫣。在她想來，楚含嫣只是陳阿福的繼女，又有馬家的血脈，連親爺爺都不待見，由著榮昭把她整癡傻，繼母肯定更不會待見。

馮妙華欺負人就已經讓陳阿福大怒，看到榮和又如此傲慢，陳阿福更是怒極。真是欺人太甚！把人都燙傷了，還如此態度。楚含嫣是自己捧在手心裡長大的，可不能由著別人這麼欺負。

陳阿福本不願意多事惹這些貴人，但如此被人打臉面，便不能再忍了。

她沒理榮和，也沒理過來跟她說對不起的馮妙華，而是對還哭著的楚含嫣說道：「嫣兒不哭，看到沒，人就不能太善良，太善良，人家就把妳當傻子，欺負妳還要倒打一耙，反咬妳的不是。記著，以後有人傷了妳，妳就反擊回去，不要怕惹禍，妳不僅有太后最疼愛的三奶奶，還有跟十一殿下一起長大的情分在。」

她不敢說自己養大了十一殿下，還有為太子付出所有的楚侯爺，當元帥的三爺爺，這是居功自恃。

陳阿福又對拉著姊姊大哭的小哥兒倆說道：「你們是男子漢，遇事不要哭，要好好練本事，給你們姊姊當倚仗。」

小哥兒倆聽了，馬上止住號哭，一起對馮妙華揮著拳頭，高聲叫道：「壞人，打妳……」

榮和不高興了，沈臉說道：「楚少夫人，妳這是怎麼教孩子的？」

楚三夫人氣道：「榮和，她不這麼教孩子，難道還要教孩子由著妳家孩子欺侮？真是欺人太甚，沒有教養，燙傷了人，還要說別人的不是。嫣兒，妳娘說得對，妳有這麼多倚仗，誰都不用怕，惹了禍，三奶奶和小十一都會幫妳……」

這時，聽到消息的小十一跑來了，見哭得像淚人兒一樣的楚含嫣，還有搽了燙傷藥的手背。

他怒指著馮妙華問道：「是妳和下人一起燙傷了嫣兒？」

馮妙華看到隨時都笑咪咪的十一小舅舅此時雙目赤紅，雙拳緊握，都嚇哭了，後退幾步搖頭道：「不是，是她，我沒……」

小十一繼續指著她喝道：「沒看出來，妳小小年紀就如此歹毒，長大了也是禍害。妳等著，我回宮就跟父皇和母后說，妳這樣的人必須要教訓。」又對跟來的小太監說道：「去，讓護衛把那個燙傷人的丫鬟拉出去打……打個半死。」

他本來要說打死，卻又狠不下心來，繼續說道：「然後賣進山裡。」在他想來，賣進山裡就是最苦的了。

說完，小十一就拉著楚含嫣的手耐心哄起來，好話成筐成簍地往外倒。

榮和看到小十一如此對待楚含嫣，還有沈著臉的華昌和陳阿福，便有些怕了，若此事沒處理好，自己和閨女必會被教訓。

榮和沒有管被護衛拉出去還哭喊著「姑娘救命」的丫鬟，趕緊強笑著跟楚三夫人和陳阿福真誠地道著歉。

陳阿福裝作沒聽見，楚三夫人則夾槍帶棒地數落著馮妙華沒教養、不賢淑，小小年紀就行事狠辣歹毒，將來不好嫁人等等。

榮和氣得乾瞪眼，馮妙華則大哭不已。

這個宴會聚集了京城幾乎所有世家大族，經楚三夫人這麼一說，馮妙華以後想找門好親事怕是難了，除非皇上賜婚。

作為主人的安王妃也跟楚三夫人和陳阿福道了歉，她心裡又把榮昭罵了一千遍，覺得是榮昭把霉運帶進安王府，她辦了十幾年荷花宴，還是第一次出這種事。

一開始不願意得罪馮妙華的英惠和張子琪，也不好意思地小聲解釋著，剛才她們是嚇壞了，現在才想起來，的確是那個丫鬟故意燙人的。

陳阿福感謝仗義執言的六公主李珠和朱瑩兒。李珠跟小十一關係好，又是公主，不怕馮妙華，她幫忙楚含嫣不意外；但朱瑩兒如此幫忙楚含嫣就難得了，她在心裡想著，以後得多把朱瑩兒請去家裡玩，把她培養成楚小姑娘最親密的手帕交。

吃飯的時候，小十一沒有去外院，而是坐在楚含嫣身旁，幫她布菜，哄她多吃些。

在外人看來，楚含嫣傷著的是左手，若是右手，十一皇子肯定會親手餵她。雖然有些過了，但十一殿下如今是皇上、皇后和太子最疼愛的皇子，誰也不敢明目張膽地說一個「不」字。

陳阿福又抽空抱著小玉兒去遠離人群的地方低聲說了幾句話。她已經看到金燕子怒了，怕牠去整馮妙華，提醒牠，君子報仇，十年不晚，這個仇肯定會報，但金燕子不能馬上出手。

她倒不是擔心馮妙華受傷害，而是怕有人起疑。怎麼一跟他們作對，就會被鳥兒攻擊，他們楚家跟鳥兒這種特殊的關係，萬不能讓外人知道。

金燕子正想著要去把馮妙華的手背啄兩個洞，聽了主人的說法，唧唧說道：「好，就先把這筆帳記著，但得讓那個死丫頭破財消災，今天晚上人家就去她家大偷一場。」

「好，多偷些。」這是陳阿福第一次鼓勵金燕子偷東西，還要多偷。

楚家人耐著性子吃完晌飯，也沒有心思看飯後的重頭戲——少男、少女的才藝展示，都告辭回家。

楚三夫人和陳阿福已經悄聲商量好，她會直接進宮見太后娘娘。

本來陳阿福也想去慈寧宮告狀，但想著楚含嫣嚇壞了，片刻也離不開她，便帶著幾個孩子直接回家，還一直把楚含嫣摟在懷裡。

小十一和李珠回了宮，他們急著向皇上和皇后告狀。

馬車裡，李珠看到小十一的嘴都抿成了一條線，小胸脯還在一挺一收，顯見還沒消氣，勸道：「皇兄，快別生氣了，楚姑娘的手也沒有大礙，以後有了皇兄當倚仗，沒人再敢欺負她了。」

小十一搖搖頭，難過地說道：「嫣兒特別善良，特別溫柔，膽子也小，世事無常，誰知道以後還會遇到什麼樣的人、什麼樣的事。我真擔心，若我和……楚少夫人不在她身邊，她再被人欺負了怎麼辦。一想到她被欺負，哭得傷心樣子，我的心就痛得厲害……」

突然，他想到一種可能，眼睛都亮了起來，說道：「要不，我去求母后，娶了嫣兒妹妹，她當了我的媳婦，就沒有人再敢欺負她了。」

李珠嚇了一跳，驚道：「皇兄，你今年才八歲，八歲怎麼可能娶媳婦？聽說，咱們那些皇兄，都是滿十五歲以後父皇才下旨賜婚，再等到他們十六、七歲後再成親。」

小十一固執地說道：「八歲不小了，那陳世英，五歲就娶了我姥姥……」

進了宮，他們直接去單皇后住的坤寧宮，皇上也在這裡，正跟單皇后說著話。

小十一雖然進宮才半年，但也看得出來母后一點都不喜歡父皇來她住的宮殿，父皇一來，她就不能去小佛堂禮佛，還要說些她不喜歡的事。或許父皇希望在母后這裡得到一些安寧吧！所以經常來看她，這段時間更甚。

小十一和李珠給皇上和皇后見禮後，李珠便說了馮妙華如何排擠楚含嫣，及如何唆使丫鬟一起把楚含嫣的手燙出了水泡。

這事是她親眼目睹的，所以說得特別詳細。

皇上已經知道榮昭又丟了一次人，正在頭痛明天沒事幹的御史，肯定會上摺子彈劾榮昭又招惹了「鳥大仙」，現在又聽見馮妙華幹了這種事，欺負的還是楚家人。

單皇后聽了經過便沈下臉，她最恨那些害人的陰私手段，大兒子就是被他們害得瘸了腿，還傷了根本，若不是無智大師得了神藥，大兒子就完了。她自己過去哪怕那麼低調、隱忍，也沒少被人陷害欺負。她唸了二十幾年佛，知道善惡有報，也知道皇宮中不講這些。皇上已經反悔了，坑了楚廣徹那麼多年，還要繼續坑。

小十一也氣憤地說道：「那馮妙華委實可惡，嫣兒那麼善良溫柔的女孩，她也下得了手。母后沒看到，嫣兒哭得好可憐，她一定是痛極了。」

單皇后菩薩心腸，想到被燙得大哭的小姑娘，心疼得眉毛都皺在一起，說道：「可憐的孩子，那楚家大姊兒溫柔敦厚，最是討人喜歡的小姑娘，妙丫頭真是過分。」

李珠繼續糯糯說道：「母后，楚姑娘的手背被燙出那麼大兩個水泡，兒臣看了一眼都不敢看第二眼，還好有個丫鬟機靈，替楚姑娘擋了大部分熱水，否則楚姑娘的傷一定更嚴重。」

單皇后對身後的一個太監說道：「小李子，你現在去永安侯府一趟，傳本宮的口諭，說本宮知道楚姑娘受委屈了，讓她好好養傷；再賞她兩盒黎人進貢的白藥、兩柄玉如意、兩疋妝花緞。」

李公公行了一個禮，走出去傳旨。

單皇后又對另一個太監說道：「小明子，你現在去安王府找到妙丫頭，傳本宮的口諭，做為女子，要端莊賢淑，性行溫良，切忌驕縱無禮，任性妄為；再賜她一面銅鏡，一本《女誡》。」

見明公公施禮出去了，單皇后又對皇上說道：「皇上，您覺得臣妾如此處置妙丫頭，如何？」

皇上的孫子、孫女和外孫、外孫女加起來有幾十個，對於不太受寵的馮妙華並沒怎麼放在心上，何況她的確言行有虧，還傷害到他有些愧疚還必須拉攏施恩的楚家人。

「皇后教訓得極是，那妙丫頭被榮和寵壞了。」皇上見小十一還皺著眉，笑道：「似乎小十一還不滿意你母后的處置？」

小十一聽了，臉上有一絲紅暈，說道：「皇兒覺得母后教訓得極是，只不過……」他突然有了那麼點羞赧，頓了頓，還是鼓起勇氣。「只不過，嫣兒太良善溫柔，膽子又小，兒臣怕她以後再受欺負。兒臣與她一起長大，最不忍心看她受委屈，兒臣想，想，想……」

單皇后追問道：「皇兒想怎樣？」

小十一又鼓了鼓勇氣，說道：「兒臣想讓嫣兒給兒臣當媳婦，這樣，就沒有人再敢欺負她了。」又躬了躬身，抱拳說道：「請父皇、母后成全。」

看到小小年紀就一本正經討要媳婦的小十一，皇上和單皇后都驚得咳了起來。單皇后是被口水嗆著了，皇上是真咳。

單皇后驚道：「皇兒，你今年才八歲，怎麼能娶媳婦？再說，你長姊是楚姑娘祖父的駙馬，堂姊是楚姑娘三祖父的夫人，你們在一起，差了兩輩。」

小十一說道：「那陳世英五歲就娶了媳婦，民間也有許多人家會訂娃娃親；至於輩分，兒臣雖是爺爺輩，但歲數小，總不能讓兒臣娶祖母輩的老女人吧？兒臣不喜歡老女人。」

單皇后也覺得那個楚小姑娘委實不錯，美麗，善良，溫柔，又跟他一起長大，有很深的情誼。她想到自己被皇上強行接進宮生孩子，夫婦兩人同床異夢，這樣過一輩子真沒意思，她不願意兒子跟自己一樣，便笑道：「要不，皇兒再等等，等你十四歲以後，再給你們賜婚。那位楚姑娘美麗溫柔，又跟皇兒相處得極好，本宮也喜歡。」

小十一嘟著嘴說道：「可是，兒臣不想等到十四歲以後，這麼多年，嫣兒要多受好多氣。」

皇上似乎這時才緩過神來，哈哈笑道：「那陳世英倒真是做了個壞榜樣。」又對皇后調侃說道：「皇后，朕倒覺得小十一說得也沒錯，他跟楚家姑娘青梅竹馬、兩小無猜，先把親事定下，等他們十五歲再成親也無不可。」

單皇后愣神兒之際，小十一喜得跪在地上，給皇上磕了三個頭，說道：「兒臣謝父皇成全。」

皇上看小十一如此鄭重，還愣了愣，自己說那幾句話，雖然有幾分願意成全的意思在裡面，但大多是調侃和開玩笑。

小十一見自己磕了頭，皇上卻沒有了下文，急道：「父皇金口玉言，不會說話不算數吧？」

皇上略遲疑了一下，說道：「楚家對皇兒有恩，皇兒又跟楚家小姑娘兩小無猜，這段姻緣，父皇也沒有理由阻止；只不過，皇兒現在委實太小了些。」見小十一急得小臉通紅，又笑道：「再者，總要有個好的時機、好的由頭，比如說平叛打了個大勝仗之類的，朕就施恩予楚家。」

小十一聽了大喜過望，又給皇上磕了個頭，喜道：「謝父皇成全。」

他心裡暗道：三爺爺和楚爹爹最厲害了，肯定會打大勝仗！

稍晚，皇上回了寢宮萬青宮，對貼身太監說道：「去，把太子請來。」

太監剛走出殿外，就看見太子來了。

太子已經知道在安王府發生的那兩件事。他想以榮昭又一次在大庭廣眾下被「烏大仙」攻擊為由，讓榮昭出家，既為今生思過，又為來生積福，也能把給皇家丟的醜降到最低。

當然，最主要的理由他不敢說，就是兌現皇上當初的諾言，還楚廣徹自由。每當太子想到那個低調、隱忍、為自己操碎了心的身影，他便無比愧疚和不安。

當皇上聽了太子的進言，說道：「榮昭合著老二設計楚廣徹，就是在找死，她最終的歸宿，肯定是庵堂，但不是這時候。朕雖然食言委屈了楚廣徹，但會以另一種方式補償楚家。記住，哪怕朕不在了，皇兒也要等到時機成熟再處置榮昭。」

太子知道皇上指的時機成熟，就是自己擁有絕對權力，徹底把楚廣徹壓制住，他翻不了身，榮昭也就失去了利用的價值，可以處置了。

太子心裡很難過，楚廣徹為了自己，失去了仕途，也失去了家庭和妻子，讓他受了那麼多委屈；可是現在，不僅兌現不了當初的承諾，還要繼續壓制他，甚至壓得更狠。

第五十二章

永安侯府，楚家剛把來傳皇后口諭的李公公送走。

聽說，不僅皇后派內侍去安王府斥責馮妙華不德不淑，太后娘娘也派內侍去安王府斥責榮和公主教女不力，丟了宗室女的臉面。這回，那母女兩個可是當眾丟大臉了，同時，她們也徹底得罪了安王夫婦。

楚含嫣嚇壞了，從安王府一回竹軒就上床歇息，還睡在陳阿福的床上。

陳阿福又去慰問並表揚了妙兒，並賞了她二十兩銀子、一支金簪。

晚上吃飯的時候，楚三夫人悄悄告訴陳阿福，老侯爺已經得到楚侯爺讓人送的信，不讓楚家人有任何動作，也就是說，不讓楚家一派的人跟風上摺子。

皇上對楚家和楚侯爺已經有了忌憚，楚侯爺最好什麼都不做，就當案板上的肉，任憑皇上宰割。

陳阿福心想：不知道皇上這次會怎樣處置榮昭，若能把她趕去庵堂就好了……

深夜，陳阿福半夢半醒之際，朦朧中見金燕子跟她使著眼色。

陳阿福悄悄起身，看到窗戶大開，窗下美人榻上放著一個小箱子，箱子上還捆了一圈繩子。她瞪了一眼金燕子，小東西也偷得太多了，被發現怎麼辦？

陳阿福把小箱子收進空間，又和金燕子一起去了淨房，把門關上，進了空間。

她打開小箱子，裡面堆滿了首飾擺件，流光溢彩，金碧輝煌。陳阿福又看了一下，其中有兩樣是價值連城的稀世珍寶，一樣是鑲著一對大貓兒眼的赤金獅子擺件，一樣是花開富貴的極品玉擺件。

金燕子唧唧笑道：「人家建房子的黃金和珠寶都夠了，這些寶貝，媽咪喜歡哪樣就拿去用。」

陳阿福說道：「這些東西就留著給寶貝下一個主人用吧！媽咪可不敢拿出去用。」

一人一鳥說了一陣話，就出了空間。

陳阿福去歇息，金燕子出去找樂子。

回到床上，陳阿福看看熟睡中的小姑娘，朦朧的月光透過窗櫺灑進屋裡，小姑娘美麗的小臉隱約可見。

橢圓形的鵝蛋臉，潔白如玉的肌膚，彎彎的眉毛，長長的睫毛，翹翹的小嘴，還有發出輕微鼾聲的小鼻子。美麗，安詳，純淨，所有的母親和父親都會想把這樣的女兒放在手心裡疼，疼上一輩子。

在楚家的羽翼下，她把她保護得太好了，想到將來小姑娘若嫁去婆家，在自己看不到的地方，因受氣而傷心哭泣的情景，陳阿福的心如針扎一樣難受。

楚含嫣雖然不是自己親生的女兒，卻是她捧在手心裡的寶貝，自己用盡所有心思讓她走出自己的小世界，走出曾經的傷痛。她對她的愛，一點不比親生兒女少。

陳阿福突然害怕起來，若小姑娘遇人不淑，自己又不知道，該怎麼辦？

雖然小姑娘差兩個月才滿八歲，陳阿福就開始為她的將來發起愁來，沒有了一點睡意。突然，她的眼前出現小十一那張鬼靈精又不失純淨的俊俏小臉。

陳阿福激動地一下子坐了起來。

小十一，是最適合嫣兒的小良人！

小十一聰慧圓融，識時務，一定會把家庭經營好。他良善，品性好，又跟小姑娘一起長大，清楚她的所有優點和缺點，肯定會真心疼惜她；還有他對自己的依戀，肯定會聽自己的話。

最最關鍵的是，若皇上不在了，他會被封王另建府衙，王府裡就他們兩人最大，沒有關係難搞的公婆、妯娌……

陳阿福越想越興奮，以後，得多讓小十一來府裡串門子，讓他們「純潔」的友誼繼續發揚光大，並保持到七年以後……

想到天快亮了，陳阿福才漸漸睡去。

一早起來，陳阿福看到小姑娘的情緒好些了，才徹底放下心，又補了些眠。

下晌，秋月就造訪永安侯府。

如今她是宮中的女官，陳阿福也要禮遇幾分，趕緊請她坐下，上茶。

秋月笑著說了幾句場面話，就端起茶不說話了。

陳阿福知道她或許有話不好當眾說，便使了個眼色，讓紅斐帶著下人們退了出去。

秋月見沒人了，低聲笑道：「殿下說他有一件大喜事，讓奴婢來跟大奶奶說一聲，讓大奶奶和大姊兒都高興高興。」

她的聲音壓得只有陳阿福一人聽得見，她又笑道：「恭喜大奶奶，賀喜大奶奶，殿下已經求了皇上和皇后娘娘，請他們給殿下和大姊兒賜婚。皇上答應了，說等到南方傳來打勝仗的好消息，就給他們賜婚，等他們滿十五歲後再成婚。」

這個好消息驚得陳阿福差點跳起來。她作夢都沒想到，皇上居然會答應給小小年紀的小十一和楚含嫣賜婚；若這樣，不僅楚小姑娘會幸福一生，小十一的日子也會好過。自己提心弔膽的那些事，終於能放下了。

只不過轉念一想，她又有了些狐疑。這不太符合皇上的個性啊！這位皇上比較涼薄，也不太講信用，從對待大功臣楚侯爺的事情上就可見一斑。對於他的承諾，最好別太放在心上，只要沒下旨，他隨時都有改變主意的可能。

想到這裡，陳阿福之前的驚喜一下子又減少幾分。

秋月見陳阿福眼裡的驚喜只閃了那麼幾下，又恢復了平靜，有些不解，問道：「大奶奶不喜歡他們早日訂親？」

陳阿福笑道：「哪裡，我是相當喜歡。小殿下和嫣兒從小一起長大，知根知底，將來若生活在一起，對誰都好。不過，這種好事先不要聲張，還沒有徹底定下來，若被不懷好意的人知道了，怕他們平添事端。」她可不敢說不相信皇上的話。

秋月恍然大悟，點頭說道：「也是。」

待秋月要離開的時候，陳阿福又託她給小十一帶些點心回去。

陳阿福牽著楚含嫣一起去了安榮堂用飯。

看著滿臉稚氣的小姑娘，陳阿福心裡感到有些好笑。這麼小的小人兒，就快決定終身了……

陳阿福暗道：自己或許是穿越女中的異類吧！居然喜歡自己一手養大的兩個孩子訂娃娃親。這也是無法了，小姑娘善良又單純，怕她嫁給別人受委屈；小十一又是個香餑餑，金龜婿，若不早些抓在手裡，怕被別人捷足先登。

眾人吃完飯，二房直接走了。

楚二夫人看老爺子和大房、三房的人繼續留在那裡直翻白眼，知道他們有事，要等自己這一房人走後再說。她看看無所謂的二老爺和楚令安，鬱悶不已，男人無用，兒子也無用，自己這輩子真是命苦。

陳阿福把孩子們打發去側屋玩，便把那件事跟老侯爺、楚侯爺和楚三夫人說了。

楚三夫人驚叫出聲。「皇伯父什麼時候這麼好說話了？居然要給小十一和嫣兒賜婚！不過，就嫣兒那個善良懦弱的性子，也只有嫁給小十一才不會受氣。」

老侯爺卻沒有那麼高興，他看看皺眉沈默的兒子，疼惜地說道：「皇上如此，是在以另一種方式補償咱們楚家吧？唉，那個女人再喪德，你現在也擺脫不了她……」

楚侯爺長長嘆了一口氣，說道：「現在，那個女人已經奈何不了我，只是羅氏可憐，她出家那麼多年，不知還要再等多少年；我怕再等久了，即使我擺脫了榮昭，羅氏也不願意還俗了……」

一說到這個話題，幾個人的心情又沈重起來。楚令奇偶爾來信，說現在了塵雖然住在定州府的楚家，但並不安心，總想回庵堂住。

楚令奇和宋氏好話說盡，才勉強把她留住，若南邊的戰爭一結束，哪怕再留也留不住了。

幾人又泛泛談了幾句，便都回了各自的院子。

這幾天，許多大臣都紛紛上摺子，彈劾榮昭又招了「鳥大仙」的恨，應該讓這樣不賢不德又不吉利的人出家，或者直接貶為庶人；否則，若南方的戰事沾惹到她的霉運，可是得不償失。

皇上氣得要命，雖然把摺子扣住不發，可這樣的摺子還是源源不斷地呈上來。皇上無法，只得讓榮昭再一次去報國寺茹素誦經三個月，太后和皇后也下懿旨斥責了她。

一晃眼到了九月中，陳名和王氏忙碌完鄉下的農活，來了京城。他們會在這裡住兩個月，看看兒子和女兒一家，年底再回鄉。因家鄉住慣了，熟人又多，他們還是喜歡住在鄉下。

那天，陳阿福高興地帶著幾個孩子和動物們，去陳名在京城購置的院子玩。大家相聚在一起，不僅人高興，動物們更高興。元寶生了兩隻小母狗，小狗像爹多些，毛是黃白相間，所以一隻狗叫大黃，一隻狗叫二白。

前些日子長長和短短也好上了，現在短短的肚子已經大起來，兩個月後就要當娘親。陳阿滿也領著楊茜來了，陳阿玉、楊明遠和楊超會來吃晚飯。

前些日子，在京城的興隆大酒樓已經隆重開張，生意不錯，這個店主要是陳阿玉負責，陳實依然負責定州府的大酒樓。

陳阿玉也訂親了，明年就成親。對方的爹做著酒品生意，許多地方都有他家的作坊和酒肆，可以說富甲一方。他家看上的，不僅是陳阿玉的人才和能力，更主要是他堂姊是永安侯府的世子夫人，十一殿下的養母。

王氏和陳名悄悄問陳阿福道：「我們想大寶了，能不能悄悄見見他？那孩子重情，都進宮當皇子了，還惦記著我們，給我們捎帶東西。」

陳阿福笑道：「我讓人給他帶個話，讓他休沐的時候去我家串門子，你們就能見到他了。你們正大光明相見，不需要悄悄的。」

王氏喜道：「那敢情好，再怎麼說也養了他那麼多年，想他想得厲害。」

進入九月以來，南方捷報頻傳，平叛大軍勢如破竹，攻下多個城池，二皇子一黨節節向南敗退。十月初，又來了八百里加急，平叛大軍已經占領南中省省會滇城，若照這個速度打下去，明年上半年就能結束戰爭。

皇上大喜，下旨獎賞平叛將士。

聽到這個消息，楚三夫人和陳阿福都喜極而泣，老侯爺和楚侯爺也是喜出望外。一家人正在安榮堂喝酒慶賀的時候，突然外院人來報，說傳聖旨的內侍來了，讓大姊兒去前院接聖旨。

楚侯爺望了望老侯爺，再看看另一桌的陳阿福和三夫人，幾人心中都有些了然，趕緊起身，去各自院子換衣裳。

陳阿福把小姑娘牽回院子，自己套上誥命服，又給小姑娘換上一套大紅色的衣裙，讓她不要害怕，就按平時教她的做——之前，陳阿福就讓黃嬤嬤經常教小姑娘接聖旨和接懿旨時的禮節。

來到外院，香案已經擺好。

內侍對楚含嫣笑道：「楚大姑娘，接旨了。」

眾人都跪了下去。

內侍打開聖旨唸道：「奉天承運，皇帝詔曰，茲聞永安侯楚廣徹之孫女楚含嫣，舉止大方，溫良敦厚，品貌出眾，朕聞之甚悅。朕之十一子李澤泰，係皇后所出，身分貴重，天姿聰敏，與楚家女堪稱天造地設。為成佳人之美，特將汝許配十一皇子為妃。一切禮儀，交與禮部與欽天監監正共同操辦，待汝及笄後成婚。布告中外，咸使聞之。欽此。」

楚含嫣又慌又怕，沒太聽懂，愣神中，見跪在她旁邊的陳阿福扯了扯她的衣裳，她趕緊磕了一個頭，顫抖著聲音說道：「謝主隆恩！」

這位內侍剛走，又來了慈寧宮的內侍，是傳太后娘娘的懿旨，嘉獎楚含嫣，又賜了她兩柄玉如意及四疋宮緞。

接著，坤寧宮的內侍也來了，來傳皇后娘娘的懿旨，也是嘉獎楚含嫣，並賜了她兩盒東珠、兩副金鑲玉頭面。

等把那幾個內侍都送走後，小姑娘終於知道自己跟十一殿下訂親了，等到自己長大就會嫁給他，雖然她羞得小臉紅紅，心裡卻是極喜歡。

她知道，嫁給他，就像娘親嫁給爹爹一樣，會跟他永永遠遠生活在一起，給他生孩子。她喜歡跟哥哥生活在一起，這是她在心裡想了許久卻不敢跟任何人說的一個夢，沒想到，終於實現了。

陳阿福喜不自禁，不僅為小姑娘高興，也為自己高興。自己養大的孩子，忍痛送回他親爹娘身邊，現在又轉回來當自己的女婿，以後還是一家人，多好！

眾人喜氣洋洋地回到安榮堂繼續吃飯。

楚令智提出了疑問。「十一殿下是我的小舅舅，那以後我管嫣兒叫什麼？不會叫她小舅母吧！她可是我的小姪女。」

他的話逗得眾人大樂。

老侯爺笑道：「這個輩分早亂套了。以後，在皇家，就按十一殿下的輩分叫；在咱們楚家，就按咱們楚家的輩分叫。」

楚家人都是歡天喜地，除了楚二夫人，她黑著臉，手指甲都掐進了肉裡。她看看還在傻樂著的閨女楚珍，正當韶華，美麗嬌俏，若要跟皇家聯姻，最適合的人選該是自己的這個閨女啊！

楚三夫人看到楚二夫人那張黑臉就來氣。想著，定是這個傻棒槌又嫉妒了，她怎麼不想想，大房好了，他們二房也會好。「我說二嫂，妳裝裝樣子也該露個笑臉啊！跟皇家聯姻是咱們楚家的大喜事，妳擺那臭臉給誰瞧？」

楚二夫人害怕三夫人，趕緊擠出幾絲笑容，說道：「楚家能攀上這麼好的親事，的確是喜事。我只是在想，等嫣兒及笄還要七年，七年太長了，誰知會有什麼變故……若是個適齡的，今年定下，明年成親，那咱們楚家就妥妥地多了一個皇子妃，任誰也破壞不了。」

她話裡的言外之意人家都聽明白了，二房幾人都紅了臉。

陳阿福冷笑道：「二嬸，妳覺得誰適齡？除了嫣兒，咱們楚家的幾個姑娘裡，還有誰妥妥地能當皇子妃？妳放一千個心，十一殿下的性情我知道，不會出變故的。」

楚三夫人也說道：「二嫂，妳以為皇上賜婚，看的是年齡？」

此事，不說楚家人如何高興，就是外面也掀起了驚濤駭浪。

十一皇子這麼小就被賜婚，不僅大臣們意外，老百姓也意外，立刻就成了街頭巷尾的談資，也讓那些看不起楚含嫣的小貴女們驚掉了下巴。

老天，沒搞錯吧！那個楚含嫣曾經是個癡女，一點都不聰慧，比自己還差得遠，怎麼小小年紀就成了皇子妃？

不說馮妙華這些恨楚含嫣的人，就連英惠都有些不舒坦。自己跟楚含嫣是手帕交，以後卻要喊她十一嬸，虧大了。

這幾天，來楚家恭賀的人絡繹不絕，而且，邀請楚小姑娘上門做客的帖子也多了起來。

這天下晌，楚華領著一雙兒女來了楚府，她沒有去安榮堂，而是直接來了竹軒。

楚華先拉著楚含嫣的小手恭賀她，笑道：「嫣兒長得好，這麼好的人才，也只有當王妃才不辱沒了。」

兩人說了一陣子閒話，楚華抿嘴笑起來，摟著陳阿福的胳膊說道：「我祖母讓我來問問，大嫂的娘家三妹，現在訂親沒有……」

聽了這話，陳阿福真想拿翹端架子。那老謝家看到平叛快勝利了，楚家閨女又當上未來皇子妃，陳世英十分得太子看重，有可能要進京當官，好像又遣人去調查了一番陳雨晴，這是又想求娶她了。

但是，陳阿福又實在沒有底氣端架子。謝五爺謝峰今年秋闈已經中了舉，雖然人黑了點，但身材高大，相貌堂堂，大齡的陳雨晴若錯過了這個人，怕是真不能再找到這樣家世、相貌、才情、人品都不錯的後生了。

「前兒我爹和母親還來了信，說有幾戶人家不錯，還在考慮，應該沒定下……」

楚華趕緊說道：「哎呀，那快些派人給陳大人送信過去，別是先定了人家，我家五叔就錯過了。」又為謝五爺拉著人情。「我家五叔之所以這麼大了還沒訂親，就是因為他要走科舉這條路，長輩們想讓他找個文官家的女兒；若是找武官家的女兒，怕是早定下了。」

陳阿福點頭笑道：「好，我晚上就寫信，讓人明天送去定州府。」

楚華又八卦道：「聽我公爹說，現在朝裡都在傳陳大人年後就能回京城當官，肯定會當個侍郎，只是不知道是工部還是吏部。」

陳阿福無奈說道：「還沒影的事，被傳成這樣……」

今年，定州府管轄區域又是大豐收，水稻、小麥、玉米、紅薯等農作物，產量比其他地方高出許多。

皇上和太子大喜，特別是太子，無論是基於陳世英的才華和人品，還是因為楚家和陳阿福，都想重用陳世英。

陳阿福已經從小十一那裡得到可靠消息，陳世英年後就會去工部當侍郎，雖然吏部的權力更大些，但陳阿福還是希望陳世英去工部。其一是吏部爭的人太多，陳世英相較下資歷還太淺，擋了別人的道，容易被詬病；還有一個原因是，若陳世英在工部踏踏實實做好了，升尚書比在吏部或是戶部容易些。

傍晚時分，楚侯爺就帶著一群孩子來到竹軒。他穿著半新舊石青色直裰，頭上束著一根烏木簪子，一手抱著小玉兒，一手抱著怡姊兒，羽哥兒和明哥兒抓著他的衣襬，楚含嫣牽著謝恒的手走在他前面。

幾個孩子大聲吵鬧著，楚侯爺沒有一點不耐煩。

看到他這樣，楚華的眼淚都湧了上來。想到過去的爹爹，曾經多麼英武不凡、意氣風發，可自從被那個女人設計並尚為駙馬後，被迫中斷仕途，弄得妻離子散。現在哪怕把二皇子一黨打下去了，九皇子也扶上來了，可還是被皇上壓得死死的。他今年才四十四歲，正當壯年，卻只能在家裡以帶孩子為樂事……

之前的一切一切，在看到這樣的楚侯爺以後，楚華都放下了。

「爹……」楚華叫了一聲，便含著眼淚，哽咽著說不出話來。

楚侯爺看到多年不理自己的閨女終於喊了自己，還有眼裡心疼的模樣，他的鼻子也有些酸澀，扯著嘴角笑道：「閨女，華兒。」

見他們父女和好了，陳阿福也高興，一迭連聲地派人去請老侯爺以及楚三夫人母子，來竹軒吃晚飯。

吃飯之前，謝凌來了。楚侯爺高興，拉著老父和女婿喝了不少酒。

之後的幾天，陳阿福便開始忙著準備二十那日的宴客事宜。

十月中旬一早，天空居然飄起了小雪，這是入秋後的第一場雪。楚侯爺站在窗前看了一陣子，讓人給他拿來斗篷，才沈著臉出門，坐上馬車去報國寺接榮昭。

看到許久未見的楚侯爺，榮昭本能地就想埋怨他，這麼久了，為什麼不來寺裡看看她，難道還惦記著那個賤人？

但看到他冰冷的眸子和緊抿的雙唇，榮昭出口的話卻成了——「楚郎，今兒這麼冷，你怎麼親自來了？」

這個姿態放得還真低。

楚侯爺愣了愣，說道：「嗯，走吧！」

他率先走出屋，卻沒有坐馬車，而是上了一匹馬。

榮昭看看馬上的楚侯爺，再看看空中飄著的漫天雪花。她知道他是因為不想跟自己共坐一輛馬車，哪怕天再冷，也要騎馬。當著四周那麼多護衛和下人的面，她實在說不出求他坐馬車的話，只得咬了咬嘴唇，自己鑽進馬車裡。

楚侯爺把榮昭送回公主府之後，說道：「公主好好歇息吧！我去外書房。」

他剛轉身，就被榮昭一把拉住他的袖子，討好地說道：「楚郎，在寺裡這些時間，我除了抄經誦佛，就是在想以前的事情……」

「以前的事？」楚侯爺的嘴角滑過一絲譏諷，卻也站住了。

榮昭說道：「對，以前的事。楚郎，以前是我做錯了，我不應該聽老二的話，不應該那樣設計你，讓你丟了面子……可怎麼辦呢？大錯一旦鑄成，想改也改不了。」

她又放輕聲音說道：「楚郎，我是真的心悅你，連作夢都想讓你當我的枕邊人，所以，才走了那樣一步錯棋，上了老二的當，又討了父皇的嫌。楚郎，都說一日夫妻百日恩，咱們做了十幾年夫妻，也有過甜蜜的時光，你能不能放下心中對我的怨，咱們以後好好過日子？大夫說我的身子還好，還能生孩子。楚郎，我想給你生孩子，放心，哪怕我生的是男孩，也不會跟宣兒搶世子之位的。」

這是榮昭在寺裡想好的法子——示弱。現在，她和母妃已經徹底失去皇上的寵愛，更討了太子的嫌。皇上是自己的親生父親，或許還不會狠心到讓她出家的地步；可太子繼位就不是了，她的命運只有一個，就是出家。

她不想出家，在寺裡的幾個月時間都讓她極其難受。

楚侯爺皺起眉頭看了榮昭一眼。眼前的榮昭，妝容精緻，珠翠滿頭，前額還貼了緋色梅花鈿，穿著貼身的煙霞紅錦緞出風毛小襖，大紅繡鳳尾花緞面百褶長裙。今天，她應該是精心打扮過的。

只不過，哪怕她的粉黛敷得再厚，也遮擋不住她迅速衰老的容顏。此時，她的眼裡已經沒有了當初的恣意和張揚，取而代之的是惶恐，壓抑著的狠戾，還有——萬般不甘的屈辱。

也是，哪怕她再不堪，也是皇上的長女，是驕傲了幾十年的公主，讓她如此跟一個屈於她裙下的男人說那些話，她即使說了，心裡也是萬般不情願。

楚侯爺的眉頭皺得更緊了，譏諷地扯了扯嘴角。「榮昭，跟我說這些話，也難為妳了。妳和叛黨設計我，讓我妻離子散，妳鑄成大錯，受害的卻是我及我的妻子、兒孫，妳說說，我們還能好好過日子嗎？我還能跟妳……」

楚侯爺頓了頓，想到過去那些不得不為之的不堪，拳頭都握了起來，說道：「跟妳生孩子？榮昭，妳一個婦人，就知點廉恥吧！妳不要再自欺欺人了，咱們什麼時候甜蜜過？」

這些話字字誅心，榮昭氣得差點吐血，特別是最後一句話，讓她又羞又氣，無地自容，捏帕子的手都在顫抖，她指著楚侯爺尖聲罵道：「楚廣徹，你這個混蛋，你……」

話沒說完，她又覺得自己急切了。自己想了那麼久才想出來的法子，可不能被自己的火氣斷送了，她要示弱，要把他的心挽回來，讓他出面保住她。他若出面，興許在太子的眼裡比她的母妃還管用，他雖然是不得已才當自己的駙馬，但到底同床共枕那麼多年；自己是高貴的公主，若伏低做小，還是能把他的心軟化的。

榮昭趕緊打住話題，上前拉著楚侯爺的袖子，流著眼淚輕聲說道：「楚郎，在你的心中，過去那些歲月或許沒有甜蜜，但在我心裡，那些日子卻是今生永遠難忘的時光。楚郎，是，是我的錯，前些年是我委屈了你的家人，我非常抱歉。從此以後，我不再是高高在上的公主，只是你楚家的媳婦，我會把你的家人當成我的家人，把你的兒女當成我的兒女，把你的孫子當成我的孫子，成嗎？」

楚侯爺亟欲擺脫她的手卻徒勞，便抬高聲音說道：「妳覺得可能嗎？妳把我的家人害成什麼樣，難道妳忘了？為了自己的私慾，妳強行謀奪了別人的丈夫，把妻子趕去庵堂，讓一雙兒女遠走邊關，害死了一個女人，弄癡了一個孩子。榮昭，妳說說妳做了多少孽，妳即使想把他們當家人，他們還能拿妳當家人嗎？妳一聲『抱歉』，就能抹殺妳做的惡事？還有，我是人，不是沒有思想的玩偶，以前的那些事不要再提，我——噁心。」

榮昭聽著楚侯爺的話，越來越心驚，也越來越害怕。眼前的這個男人真的脫離了她的掌心，真的不再怕她這個公主了。

她哭道：「楚郎，我也是你的家人啊！我當了你十多年的女人，我們共同擁有那麼多的好時光……」

楚侯爺看看哭花臉的榮昭，不想再聽她說下去。她是當了自己十多年的女人，可過去那十多年，是他今生最屈辱的日子，他根本就不願意去想，他冷冷說道：「榮昭，之前我一直覺得妳是個驕傲的女人，寧可讓人恨，也不願意讓人瞧不起。妳就給自己留點顏面吧！那樣，我雖然恨妳，卻不會看扁妳……我們，就在這個府裡，井水不犯河水吧！」說完，使勁一掙袖子，只聽「嗤」的一聲，袖子被扯破了。

楚侯爺沒有看榮昭是如何氣急敗壞，直接出了房門。

身後傳來「啪嚓」砸花瓶的聲音，還有榮昭的大哭聲，以及咒罵聲。

「楚廣徹，殺千刀的，你怎麼不去死，我都如此了，你還要怎樣……」

楚侯爺剛走出房門，兩個嬤嬤就上前擋住他的路，說道：「駙馬爺，您是臣，您不能這樣對待公主殿下。」

楚侯爺冷冷地看著她們，嘴裡擠出一個字。「滾！」

那兩個嬤嬤看到似要殺人的駙馬爺，嚇得趕緊閃開。

楚侯爺不疾不徐地走著，眼前又出現另一個女人的身影，如海棠花一樣美麗，如明月一般寧靜，即使出家當姑子了，哪怕韶華已逝，也傲然而奪目……

二十這日，楚家宴請了在京城的親戚朋友，以及送賀禮的一些人家，包括瑞王府、謝府、江府、朱府、楊府和張府等一些世家名門，也請了陳家、何家、楊家，以及陳阿玉及他的未來岳家毛家等姻親。

宴客的帖子也送往公主府，請了榮昭，之所以請她，是知道她肯定不敢來，現在，她怕「鳥大仙」攻擊她，連大門都不敢出。

當然，陳阿福只知道榮昭害怕「鳥大仙」，而不知道壓抑狠了的楚侯爺，終於揚眉吐氣了一回，狠狠地打擊了榮昭的自信和面子，讓她羞憤難當，想死的心都有。之後好長一段時間，她都不敢再面對楚侯爺。

楚侯爺今天也出席了，他和二老爺、三爺楚令安、四爺楚令衛、五爺楚令智在前院招待男客。

陳阿福和三夫人、楚含嫣、楚珍幾名姊妹招待女客，這次又十分霸氣地把二夫人排除在接待人員以外，讓她吃飯的時候出來就成，讓二夫人氣得又砸了幾個不值錢的杯子。

今天還來了兩個意想不到的客人，就是小十一和李珠。

吃完晌飯，照例又是看戲。現在天冷了，戲臺搭在寬大的芙蓉廳，客人們都在那裡看。

陳阿福一直不喜歡看戲，又不能離開這裡，便去了耳房歇息。

兩齣大戲結束，客人們紛紛告辭回家，只有小十一和李珠還賴在這裡，說吃完晚飯再回去。

送走客人，陳阿福領著一群孩子回了竹軒。小十一一口一個「岳母」，叫得她的臉都紅了。

「你和嫣兒只是訂親，還沒有成親，快別這麼叫了，多羞人。」

小十一不服氣地說道：「當初楚將軍跟岳母才訂了親，就追著姥姥、姥爺叫岳母、岳父，他那麼大的人都不覺得羞人，我怎麼就羞人了？」又小聲說道：「岳母也帶了個『母』字，總比叫妳楚少夫人好。」

聽他這樣說，陳阿福也不好再多說了，只得由著他叫。心裡頗多感慨，自己這輩子才十九歲，就當丈母娘了，更感慨的是，自己還十分滿意這個貼心的俊俏小女婿。

或許他們的年紀還小，也或許小十一和楚含嫣過去太熟悉，這是他們訂親以後第一次在一起相處，卻沒有不自然。只在一開始楚小姑娘有些臉紅，後來就好了。

看到比過去更加照顧楚含嫣的小十一，陳阿福抿嘴直笑。青梅竹馬，兩小無猜，還有現代人說的養成，就是這兩個小人兒的最好寫照。

晚飯擺在竹軒裡，依然把二房以外的其他主子都請來了。

飯桌上，陳阿福跟楚侯爺說了，過些日子想回定州府看望了塵的事。

楚侯爺也不放心了塵一個人住在定州府，楚令奇和宋氏雖然陪著她，到底是姪子、姪媳婦。

聽了陳阿福的話，他點頭說道：「好，把府裡的事情安排妥當，就去吧！好好勸勸妳婆婆，讓她安心住在那裡。現在二皇子雖然在南中省，但不保證其他地方沒有他的黨羽。二皇子一黨恨毒了咱們楚家，沒有辦法對付我們，怕他們對付孤身在外的……羅氏。」他更願意叫了塵的俗稱。

聽到這些話，小十一十分不好意思。他本來就早慧，又知道許多楚家的事情，偶爾還聽了母后和太子的隻言片語，知道楚侯爺為了太子做出多大犧牲和做了多少事情。可以這麼說，太子能夠病好，能夠掌權，一大半的功勞都是楚侯爺的。

而且，他自己也是楚侯爺想辦法送去響鑼村，目的是讓了塵收養自己。雖然陰差陽錯被王氏抱養了，但還是派了許多暗衛保護他，他也健康平安地長大了。

當時，父皇答應楚侯爺，一旦太子哥哥掌權就讓他脫離榮昭公主；可是現在，父皇看到楚家勢大，怕太子哥哥駕馭不了楚侯爺，更怕他有不臣之心，又食言了。

小十一紅著臉低下頭。他很想幫助楚侯爺，也非常討厭榮昭，但是，他卻不敢在父皇面前幫楚侯爺說一句話，怕適得其反，害了楚家。

眼下他能幫楚含嫣說話，甚至能幫娘親說話，但他絕對不能幫楚侯爺說話……

陳阿福最懂小十一的心思，看到他糾結又不能言語的樣子，知道他是替楚侯爺難過，又不好意思自己幫不上忙。她輕輕捏了捏小十一的手，輕聲說了句。「好孩子。」

小十一莫名有些感動，最懂他的人，果真是自己的「娘親」。他吸了吸鼻子，大聲對陳阿福說道：「岳母回定州府之前，跟我說一聲，我會給了塵奶奶、阿堂叔叔、小弟叔叔、大虎帶些東西回去，他們過去對我的好，我一直都記著。」

真是個聰明又重情的好孩子，陳阿福點頭道好。

另一桌的楚侯爺和老侯爺也聽出他的弦外之音，心裡都十分感動。

飯後，陳阿福把客人們送走，又把楚含嫣和小哥兒倆打發去歇息。

陳阿福幫小玉兒洗完澡，又抱著她逗弄一陣子，把她哄睡之後，她才進了空間。

現在小玉兒已經十個多月，上個月起就不敢讓她進空間了。小妮子聰明得緊，不僅有了記憶，還會說幾個單字，比如爺、娘、爹、哥、姊……她會說的第一個詞是爺，當時把楚侯爺樂壞了，直說她聰明，懂事，孝順，貼心。

如今，小哥兒倆在楚侯爺的眼裡排名不如以往，他的第一得意人兒是小玉兒。多金、豪氣的楚侯爺表達愛的方式是用錢砸，他給小玉兒準備的「嫁妝」已經堆了幾大箱子。

這段時間，陳阿福又嘗試著給小玉兒斷奶，每天只餵一次母乳，另一次是用燕沉香木渣煮的羊奶餵她。

即使小傢伙不願意，一喝羊奶就哭，陳阿福還是硬著心腸讓人餵，畢竟她這次去定州府不想帶小玉兒，她太小，不方便，因此總得讓她先習慣。

此時，金燕子正在築房子。

陳阿福仔細看了看牠嘴下的活計，雖然只做了一小半，但還是看得出來不像房子，像隻金燦燦、亮晶晶的小鳥。形狀比小嬰兒拳頭大一點，連一根根的羽毛都清晰可見，眼睛嵌的是小寶石，真是巧奪天工，比那些最頂級的工匠師傅雕的還要好。「寶貝，這隻小鳥真漂亮，是不是黃金屋頂上的裝飾？」

金燕子抬頭說道：「不是，是人家給臭大寶和嫣兒妹妹準備的新婚賀禮。以後，人家再多做幾個，給羽羽、明明和小玉兒每人一個，等到他們成親的時候送他們。」

陳阿福相當感動，說道：「哎喲，寶貝，你真好，還想到給他們送這些禮物，讓你受累了。」

金燕子唧唧笑道：「誰讓人家喜歡媽咪，還喜歡他們呢？就是再累，人家也高興。」

陳阿福感動地把牠捧起來，又親了牠幾下，替那幾個孩子謝謝牠。

第五十三章

冬月初，斷奶成功，小玉兒每次都喝羊奶了。

陳阿福把府裡的一些事宜也大致理順了，又把日常事務交給李嬤嬤，準備冬月初五就啟程回定州府一趟。

半個月前，太后的身體狀況突然不好起來，楚三夫人有一半時間要進宮侍疾；皇上的身體也日漸不好，已經很少出現在朝堂上，絕大多數時候是太子處理朝政。

陳阿福對太后娘娘的印象很好，希望她能多活一些時候，便經常給她做加了料的點心和湯品讓三夫人帶進宮，但依然沒能讓她的情況好一些。

金燕子說，或許太后的大限快到了，生死輪迴，任誰也沒辦法，包括燕沉香；綠燕窩或許能延長她的性命，但牠不可能給她，治病可以，續命不行，牠不能逆天而為。

陳名和王氏一聽說陳阿福要回定州府後，也表示要跟著閨女一起回鄉。

小十一派人送了許多東西來楚府，他現在也忙，除了學習，還要去慈寧宮和萬青宮侍疾。

陳阿玉和陳阿滿也送了不少東西來，有給三房的，也有給陳老太太和大房的；楚令安和沈氏也送來一些東西，是給了䒟和楚令奇一家的。

陳阿福暗道：還好楚令安從小是由老侯爺帶大的，若是由二老爺夫婦帶大，不僅人品不好，還不會做人。

冬月初五一早，天還沒大亮，陳阿福吃完飯，進臥房親了親熟睡中的小玉兒，去廂房親了親小哥兒倆，才牽著楚含嫣和去外院坐馬車。

天空飄著小雪，寒風呼嘯，兩人穿著襖子棉裙，披著斗篷，還是覺得異常寒冷。之前，陳阿福也不想帶小姑娘去，怕她遭罪，可小姑娘說想奶奶了，堅持要去。

外院，穿得圓滾滾的陳名和王氏已經等在這裡，他們打了招呼，各自進了馬車。馬車裡燒了爐子，還有湯婆子，倒也暖和。

現在運河封閉，他們只能坐馬車回去，晚上在驛站歇息一晚，翌日天不亮又繼續趕路，終於在下午申時初趕回定州府。

陳阿福打開車簾看了一眼，遠遠地望到那巍峨的大門，心裡十分激動。離開將近一年，又回來了。

剛到北城門，一直等候在那裡的楊總管就來到車前稟報。「大奶奶，了塵住持去羅家莊住了。」

陳阿福一愣，打開車簾問道：「什麼，怎麼回事？」

那兒出事後，羅家莊已經不安全了，好不容易他們才說服了塵暫住在定州府內。

「昨天晌午，淑妃娘娘派了內侍去府裡叱責了塵住持，說她……」楊總管頓了頓，覺得那些難聽的話不好說出來，又道：「說了塵住持六根不淨，出家了還住在夫家，破壞別人的夫妻感情，挑撥別人的夫妻關係，是，是……了塵住持非常生氣……那個內侍一走，她就去了羅家莊。二爺和二奶奶無法，只得陪著她一起住去羅家莊。」

陳阿福又急又氣，讓人去跟陳名和王氏說一聲，讓他們先回自己家，她則帶著楚小姑娘直奔羅家莊。

陳阿福在心裡埋怨了塵太矯情，此時是關鍵時候，馬淑妃說不定就是故意想把她氣回庵堂，讓二皇子的餘孽抓住她或是殺了她，甚至馬淑妃和榮昭有可能會安排人冒充二皇子的餘孽去害她。

可她偏偏要講自尊，要去上當，還好她還沒有笨到家，沒去山上的庵堂，不然更不利於保護……

或許榮昭是被楚侯爺氣狠了吧！她們沒有辦法對付楚侯爺，只有拿了塵來出氣，居然走了這一步殺敵一千、自損八百的臭棋來；也或許她們猜到皇上是想利用榮昭來壓制楚侯爺，覺得自己還有機會，想著把了塵解決了，楚侯爺才會一心一意對榮昭……

陳阿福有些猜不透皇家女人的心思。

羅家莊在定州城的南郊，陳阿福一行到時，天已經黑透了。

之前便有人騎快馬去羅家莊稟報，因此陳阿福抵達的時候，羅管事和羅大娘已經領著一些下人在門口迎接。

在陳阿福的眼裡，羅管事就像自己的長輩，看到他領著人跪下的時候，趕緊虛扶一把，說道：「羅叔，快快請起，辛苦你們了。」

羅管事非常感激陳阿福和楚令宣，是他們給了兒子一家好的前程，讓兒媳婦當了十一殿下的管事嬤嬤，兒子、孫子才能脫奴籍，享富貴。他的後人，或許還會走上仕途。

羅管事起身，低聲說道：「大奶奶放心，主子無礙。莊子裡有一些高手，二爺也安排了不少軍爺住在下人房以及村子裡；不過，為了主子的安全，最好還是請她住到城裡。」

陳阿福望了望四周，星光下，羅家莊孤零零地聳立在這裡。莊子周圍有幾間平房，村子在莊子前面一百多公尺處，後面的華景山離此兩百多公尺，中間多是樹林。

這裡四通八達，又易掩藏，若突然從山裡冒出十幾個武功高強的死士，還真容易傷著了塵；若人數再多些，把了塵擄上山也不是沒有可能，若想了塵平安無事，必須說服她重新住進定州府楚家。

陳阿福打定主意，抬腳進了大門。進入二門，楚令奇和宋氏已經在這裡迎接她們。

陳阿福對他們屈了屈膝，感激地說道：「謝謝二叔和弟妹，讓你們費心了。」

楚令奇和宋氏趕緊躬身笑道：「大嫂客氣了，應當的。」

楚令奇把陳阿福領去正院的西跨院兒。

宋氏悄聲說道：「為了大伯娘的安全，晚上讓她住在那裡。」

了塵坐在側屋炕上，手裡拿著念珠不停地轉著。她清瘦多了，眼裡也少了之前的溫柔平和，似多了幾分空洞和冷清。
陳阿福領著楚含嫣向她行禮。
了塵起身，一手拉一個，流淚道：「大冷的天，還讓妳們趕這麼遠的路來看我，我就是個累贅，都出家了，還要惹上世俗之事，還是要拖累妳們。」
楚含嫣說道：「奶奶，妳別這麼說，我們都想妳。」
陳阿福趕緊說道：「婆婆，看妳說的，若大爺聽到這話，該有多難過。他做了那麼多事，包括此去平叛，都是想多掙軍功，能讓婆婆平安幸福。」她把了塵扶去炕上坐著，又說道：「我們早就想來，只是一直有事脫不了身。不說我和孩子，連小姑、三嬸都想來看妳，只是太后娘娘身子不好，三嬸要時常進宮侍疾，小姑也抽不開身，那幾個孩子小，不敢帶他們來……」
三個人絮叨了幾句，齋飯擺上桌，其中有一盆蘑菇燉豆腐，十分鮮美，陳阿福喝了兩碗，身體才徹底暖和。
飯後，雖然看到楚含嫣已經疲倦了，也沒讓她去歇息，她得先讓小姑娘把了塵的心暖一暖，把她的心留住。
楚含嫣已經先得到娘親的囑咐，一直膩在了塵的懷裡，說著自己如何想她，弟弟、妹妹如何可愛。她一打哈欠，就不好意思地用小胖手把嘴捂住，眨眨眼睛，繼續說道：「……奶奶，羽羽和明明已經會滿地跑了，還會說很多話。我們來這裡不敢告訴他們，不然得把屋頂哭翻……小玉兒聰明得緊，已經會說話了，爺爺最喜歡她，她也最喜歡爺爺。呵呵，小玉兒最喜歡揪爺爺的鬍子了，爺爺痛得眉毛都皺在一起了，也捨不得讓她鬆手……」

陳阿福呵呵笑道：「妳只知道說弟弟、妹妹，怎麼沒說說妳自己呢？」

小姑娘羞紅了臉，不好意思地說道：「奶奶，我和哥哥訂親了，以後，若奶奶不想在家裡住，就去我們的家住，我們會好好孝順奶奶的。」

了塵已經聽說小十一和楚含嫣訂親了，聽了她的話，心裡暖得不行，但她想到那個內侍的話，心又沈到了谷底。

自己已經是出家人了，幹麼還為俗世的喜悲而喜悲呢？

了塵推了推小姑娘，說道：「好孩子，路上累了那麼久，快回去歇著吧！」

楚含嫣走後，陳阿福便開始說服了塵進城去住。

不出意外，了塵堅決不進定州府，她甚至想回影雪庵。她一手轉著念珠，一手合十道：「馬淑妃說得不錯，貧尼已經出家，自當潔身自愛，不理世俗之事；可尼貧卻貪生怕死，輾轉於塵世之中，甚至為保性命住進楚家，貧尼如此六根不淨，違反了佛規，是會遭天譴的……」

陳阿福說道：「婆婆，妳之所以出家，並不是妳跟佛門有緣，而是被馬淑妃和榮昭母女逼迫的；公爹允許妳出家，也並不是讓妳永遠待在佛門，只是保護妳的權宜之計。馬淑妃之所以讓人那麼說，就是想要婆婆的命，婆婆幹麼還要上她們的當呢？而且，為了保護婆婆，有那麼多人在妳周圍守著，若二皇子或者馬淑妃派人來害婆婆，讓那些年輕後生枉丟性命，婆婆於心何忍……」

了塵的眼淚流了出來，說道：「貧尼不想讓他們來送死，貧尼想回影雪庵，就是想安安靜靜地在那裡修行，若實在有人來害貧尼，那也是貧尼的命。」

看到了塵如此固執，陳阿福無奈至極，說道：「知道婆婆有危險，我們怎麼可能不派人保護婆婆？若婆婆真有個好歹，讓我怎麼去面對大爺！罷了，罷了，我也不回京城了，就跟著婆婆住在一起吧！婆婆去哪兒我就去哪兒，要活一起活，要死一起死。」

了塵搖頭道：「這怎麼成，妳還年輕，為了孩子也不能去涉險。」

陳阿福說道：「既然婆婆也知道住在這裡危險，為什麼還要住下去呢？百善孝為先，兒媳不能丟下婆婆。」

了塵閉上眼睛，兩隻手一起捏著念珠轉，說道：「阿彌陀佛，宣兒媳婦，妳口口聲聲說孝道，那就必須聽貧尼的話，明日，妳帶著嫣兒回京吧！也讓奇兒和宋氏回定州府去。」

看到她這樣，陳阿福想起楚令宣過去說過的話，了塵年輕時曾經把楚侯爺關在門外一宿，無論楚侯爺怎麼解釋都不聽，這個性子，的確是太固執、太氣人了。

陳阿福不是古代人，沒有不跟長輩頂嘴的覺悟。「婆婆，妳的意思是，我和嫣兒的命，還有二叔夫妻的命珍貴，只要我們離開這裡，保住性命就行了。」她用手指了指外面，又說道：「而服侍妳的羅叔，還有妳身邊的幾位小師父，以及那些保護婆婆的護衛，他們的命不珍貴，他們就可以隨時陪著婆婆丟命？婆婆，佛祖面前，眾生平等，不僅外面那些保護和服侍婆婆的人命珍貴，婆婆的命更珍貴。婆婆信佛，不管誰的命，都應該珍惜；而且，做為出家人，對那些什麼清高、面子，這些俗世人看重的東西，不應該放在眼裡啊！那些東西，在生命面前，什麼都不是……佛還說，救人一命，勝造七級浮屠。」

這些話很忤逆，也很難聽，讓了塵啞口無言。

了塵吃驚地睜開眼睛，氣得手都有些發抖。「妳，妳……貧尼，貧尼，妳怎麼能這樣跟貧尼說話！好，好，妳帶著外面所有的人都回去……」

陳阿福見那些觸及靈魂的話把了塵氣得不輕，又緩下口氣說道：「婆婆，妳的命更珍貴，我們怎麼能把妳一個人丟下呢？大爺明年或許就能打完仗回來了，若婆婆出了什麼事，大爺會有多難過？他從婆婆進入佛門的那天起，就發誓要建立功業，希望有一天能把婆婆接回家團圓。還有小姑、孩子們，以及羅家的姥姥、大舅，他們天天都在想著妳……特別是公爹，他所有的隱忍謀劃，不光是扶太子上位，更是希望有一天能全家人團聚。婆婆，兒媳的話不好聽，但話醜理端。想想去年，為了保護婆婆，大爺和羅叔受了傷，又死了三個護衛，還把嫣兒嚇壞了，婆婆願意再出現那樣的情景嗎？婆婆菩薩心腸，肯定是不會願意的。妳千萬不要上了馬淑妃和榮昭的當，她們就是故意激妳、氣妳，想把妳逼出定州府，那樣，即使附近沒有二皇子的餘孽，她們或許都會讓人裝成那些餘孽來害妳。她們那麼壞，為什麼要如了她們的願呢……」

了塵不傻，她也知道那些話是馬淑妃故意讓人氣自己的，但她生性高傲，被人說得那麼不堪和齷齪，也是氣狠了，才一意孤行地跑了出來。

楚令奇夫婦還有羅管事根本不敢多說，勸解無效就只有跟著她出來住。

現在被兒媳婦一針見血地指出來，再想想院子裡那麼多保護自己的人，以及在京城裡的女兒、孫子，在石州府的老母、兄長，還有在南方征戰的兒子，她哭出了聲……

陳阿福扶著了塵坐下，說了許久。她不敢再講那些忤逆的話，而是講楚令宣、楚華如何掛念她，小哥兒倆、小玉兒如何可愛……

見時間晚了，陳阿福又親自服侍了塵上床，才出房來。

雖然了塵口頭沒有答應，但陳阿福知道，她的心裡已經默許了。

一出門，一股寒風撲面而來，陳阿福冷得打了個寒顫。她把斗篷拉緊了，出了西跨院兒。

院子裡的樹木蕭然默立，沒有葉子，枝頭空曠。透過凋疏的樹梢，看到一勾微黃的彎月靜靜掛在天邊，還有稀疏的寒星，把寒光散向大地，更覺冰涼。

陳阿福長長地舒了一口氣，又望向華景山，連綿的群山蒼黑似鐵，神秘，肅穆，寒氣森森……

突然，她的心狂跳起來，怕得不行，她忙捂著胸口。

這是什麼感覺？這種感覺真不好！

這時，她的腦海裡傳來金燕子的聲音，牠唧唧叫道：「媽咪，外面好像有情況，人家聽到東面的幾個鳥兄弟被嚇著了，都唧唧大叫起來。大半夜的，怎麼會這樣，嚇死人了！」

華景山就在莊子的東面。

陳阿福一驚，是不是有人下山驚醒了樹上的鳥兒？寧可信其有，不可信其無！

陳阿福趕緊跟紅斐說道：「我總覺得心裡發慌，像是要出什麼事，妳去外院跟羅管事和李隊長說一聲，讓他們趕緊起來做好準備。」又對另一名丫鬟說道：「去東廂把二爺叫起來，跟他說好像有情況。」

然後，她退回西跨院兒，輕輕敲著了塵的窗戶，輕聲說道：「婆婆，快起來，兒媳心慌，總怕今夜要出什麼事……妳，一定要保重。」

保重的意思就是藏好。

屋裡傳來了塵的聲音。「好，我知道了。」

自從上次出事後，莊子裡建了三個暗室：西跨院的臥房，正院上房的臥房，還有後罩房的臥房。

陳阿福出了西跨院，楚令奇已經從東廂跑出來，邊跑還邊穿著衣裳。他跑來陳阿福面前，說道：「大嫂，怎麼回事？」

陳阿福說道：「我怕今晚要出事，你讓護衛和軍士們都準備好，若沒事更好，明日就帶著我婆婆一起回定州府。」

楚令奇點頭，他一直覺得陳阿福聰慧，雖然她只憑直覺讓大家做好準備，也沒有什麼不對。

大伯娘答應明天就回定州府，這是最後一夜，這一夜必須要保證她的安全！

這時，宋氏和幾個丫鬟都跑了出來，還有人嚇哭了。

楚令奇皺眉說道：「讓大家做好準備，把門窗關好，找個地方藏起來，以防萬一。放心，即使有事，我們也不會讓那些人進院子。」

接著，羅管事領著一些護衛進了內院。他低聲跟女人們交代著，男人們都準備好了，不要害怕，不要點燈，不要出聲，關好門窗，各自找藏身地方躲起來。

所謂「藏身地方」，也就是指櫃子裡、床底下、柴堆裡。

陳阿福對想跟著她進正房的紅斐、黃嬤嬤低聲說：「正房目標太大，最好找偏房藏身。」

紅斐知道正房有暗室，但暗室不大，肯定藏不了那麼多人，便拉著其他幾人找藏身的地方。

其他幾人不知道有暗室，不願意自己先跑。

黃嬤嬤說道：「我們先躲了，大奶奶和姊兒怎麼辦？不行，我得去把姊兒抱出來。」

紅斐低聲說道：「上房地方那麼大，自然有大奶奶和姊兒藏身的地方。」

黃嬤嬤通透，便猜測上房或許有暗室，也拉著其他人一起去找隱密地方躲藏了。

陳阿福快步進了上房，為了安全，楚含嫣就住在她的臥房，她把門窗關好，又把小姑娘叫醒。

沒有點燈，趁著透進來的微弱月光，陳阿福在黑暗中摸索著，替迷迷糊糊的小姑娘把衣裳穿好，輕聲在她耳邊說道：「莫害怕，待在那裡很安全。」

楚含嫣一聽，便想起去年的事情，「哇」的一聲哭了起來。

聽到陳阿福「噓」了一聲，小姑娘趕緊用手把嘴捂上，抽泣著說道：「娘親，我怕。」

陳阿福親了親她的小臉，輕聲安慰道：「不怕，妳藏的小屋，誰也找不到。」

這間房的暗室在大衣櫥後面。陳阿福打開衣櫥，把靠裡的一塊木板拿下，裡面是一個長方形的洞，勉強能裝兩個大人。陳阿福把一床被子墊上，再把小姑娘用被子包起來放進去坐好，說道：「不怕，在裡面睡一覺就好了，記住，若有動靜，千萬不要出聲。」

楚含嫣抓住陳阿福說道：「娘親，妳呢？」

陳阿福說道：「娘親就在外面陪妳，放心，娘藏在床底下，沒有人會發現。」

陳阿福有空間，遇到危險可以馬上藏進去，所以，她想留在外面，看看有什麼突發狀況。

說完，她便把木板擋上，又把拿出來的衣裳放進去，再將櫃門關好。

陳阿福站在窗前，拿下頭上的玉簪，把窗紙戳了個洞。冬天的窗紙特別厚，她用手指頭不容易戳破。

她往外瞧著，院子裡的人慢慢變少，直至徹底靜謐下來。女眷都找到地方躲起來，一些護衛也藏在陰影處，準備隨時突襲來犯的敵人。

夜，靜極了，陳阿福似乎連自己的心跳聲都能聽到。

這就是暴風雨前的寧靜吧？

時刻在空間裡注意動靜的金燕子又說道：「敵人已經到了山下，去了東邊的樹林，北邊的樹林也有。哎呀，樹上所有的鳥兄弟、鳥姊妹都被他們驚起來了。」

陳阿福一驚，難不成他們上了樹？

這時，突然一陣喊打喊殺的聲音傳出來，緊接著，竟有許多東西扔進院子裡，立時有一股松香味瀰漫開來，再接著，許多帶火的箭射了進來。

瞬間，院子裡充滿了火光。天乾物燥，又有風，火苗立時旺起來，把樹、廂房的窗戶都點燃了。那些藏起來的護衛趕緊跑出來滅火，他們有些人用樹枝抽打火苗，有些人去後院井邊取水。

陳阿福的心沈了下去，這些人不進院子抓人、殺人，而是放火把院子裡的人都燒死。主使他們的，應該不是二皇子的餘孽，二皇子一黨更願意活捉了壐，主使人一定是馬淑妃和榮昭，只有她們最想了壐死。

陳阿福回頭看了看那個大衣櫥，若房子燒起來，藏在裡面的人也活不了，即使被人救下來，也很可能毀容了。

陳阿福把拳頭握得緊緊的，這些人太壞了，搶了人家的男人，趕走了人家的兒女，逼得人走投無路出家，卻還要趕盡殺絕。

這個仇，必須要報。還有那個狗皇帝，自私自利，出爾反爾，他怎麼不快點死！

陳阿福暗罵了幾句，打開窗戶對護衛說道：「保護西跨院，不要讓那裡被火燒著。」

護衛說道：「大奶奶放心，那裡有人保護。」

窗外的一棵梅樹也燒了起來，火苗竄向她面前的窗櫺。

陳阿福趕緊去淨房端來一盆水潑向窗戶，護衛忙把梅樹的火苗打滅了。

陳阿福打開櫃子，把楚含嫣抱了出來。

楚含嫣看到滿院子的火光，嚇得哇地一聲哭起來，陳阿福趕緊用手把她的眼睛捂上。

因為羅家莊有了準備，住在村裡的軍士也得到消息趕來了，所以不到半個時辰，便結束了戰鬥。院外的人把敵人都消滅了，院子裡的人也把火控制住了，只有後罩房的一間耳房燒得厲害。因為那間屋是小佛堂，屋裡有許多香燭，又靠後方。

危險一解除，陳阿福對窗外一個護衛大聲說道：「去告訴二爺和羅管事，一定要留個活口。」

然後，她牽著楚含嫣出了上房。

了塵被一個小尼姑扶著，出了西跨院。看到滿院子的狼藉，後院冒出的濃煙，還有刺鼻的松油味和焦味，她又流出了眼淚。這次，她是真的後悔了。

天光大亮，楚令奇、羅管事和李隊長來了內院，非常遺憾地告訴陳阿福，他們沒有抓到一個活口。即使剛開始抓到兩個，可那兩人半刻鐘前也死了，應該是事先喝了毒。

這次大概來了四十人左右，有人往院子裡投擲浸了松油的火把，又有人往院裡射燃了火的箭。

因為羅家莊早有準備，扔進來的火把並不多。打鬥中，敵人死了三十五個人，活捉了兩人，還有幾個人跑向山裡。雖然他們已經派人進山裡尋找，但找到並活捉的可能性極小。

了塵問道：「我們這方死了人沒有？」

李隊長說道：「我們的人多，這次萬幸沒死人，只有幾個弟兄受了傷，還有一個躲在小佛堂裡的丫鬟被燒傷。」

沒死人就好，若再死人，了塵就更難受了。

楚令奇說道：「大嫂，妳可真是料事如神，若妳沒有讓人把我們叫起來，我們沒有事先做準備，死傷的人會更多。」

李隊長也說道：「是啊！昨夜風大，若我們沒有準備，這個莊子還不知道會被燒成什麼樣。」

陳阿福趕緊說道：「或許是老天的保佑吧！我昨天夜裡突然覺得心裡不好受，總怕出什麼事情，誰知，還真出事了。傷者怎麼樣，有沒有性命之憂？」

李隊長又說道：「四個受傷的護衛，一個肚子被刺傷，一個後背被刺傷，一個右耳朵被削了一半，這三個人都沒有大礙；只有一個人的左胳膊被砍斷，他這輩子殘疾了，以後也不可能再做護衛這一行。那個丫鬟情況最不好，半邊臉和半個身子都燒傷了……」

了塵沒聽完，捂著嘴哭著跑回了西跨院。

陳阿福是故意當著了塵的面問的。不是自己太殘忍，是必須讓她知道，因為她的固執，又害了多少護著她的人。必須讓她知道，雖然她沒有害人之心，但因為有想害她的人，她就必須要為了愛護她的人考慮，不能太任性。

陳阿福又對楚令奇說道：「我馬上寫一封信，你親自給我公爹送去。」望著華景山咬牙說道：「這個帳，公爹會去清算。公爹鞠躬盡瘁，殫精竭慮，為朝廷盡忠那麼多年，可他的前妻、孫女，還有這麼多親人，卻在這清明世界中不止一次被殺、被害。這些人雖然沒有留下活口，但誰都不是傻子，公爹能猜到誰是主使，皇上和太子那麼英明，更會猜到……何況，婆婆的兒子，我的丈夫，嫣兒的爹爹，他還在前線為朝廷賣命！無論如何，公爹都會去向皇上要說法……」

退一萬步說，哪怕這次害人的真是二皇子的餘孽，揹禍的也必須是那母女兩人。她們太壞、太自私，為了滿足自己的私慾，不顧別人的死活，哪怕是朝堂重臣。

楚侯爺是隱忍，而不是懦弱，更不好惹；否則，也沒那個能耐，憑一己之力對抗二皇子一黨，一點點把勢力培養起來，幫助九皇子一步步走到現在……或許，就是因為他的這個能力，才讓皇上害怕了。

陳阿福回屋提筆寫了一封信，又跟楚令奇商量了一下。真實情況要跟楚侯爺說清楚，但楚侯爺去跟皇上和太子喊冤的時候，最好把那個受傷的丫鬟說成是為了保護楚含嫣，那幾個受傷的護衛是為近身保護了塵……

楚侯爺聰明，該怎樣做，他肯定拿捏得準。

把楚令奇送走，已經辰時末。

楚含嫣嚇壞了，呆呆地坐在那裡，不說話也不吃飯。

陳阿福很自責，昨天應該讓她直接回楚府，而不應該帶她到羅家莊來。可憐的孩子，怎麼總會趕上這些破事。

了塵也不吃飯，而是不停地唸經。

陳阿福又吩咐羅管事，那幾個受傷的人一定要安置妥當，多給撫恤金；特別是那個殘疾的護衛和燒傷的丫鬟，不僅要好好給他們治病，也必須讓他們這一輩子衣食無憂。

留下羅管事等人在這裡處理後續事情，陳阿福領著眾人回府城。

陳阿福牽著小姑娘剛走出羅家莊大門，就看到陳老夫人被一個壯實婆子揹到了這裡。

陳阿福納悶道：「妳是來找我的？」

陳老夫人歪嘴說道：「妳是我嫡嫡親的孫女，都到門口了，卻不知道去看看我老婆子。」

陳阿福氣樂了，說道：「老太太，我為什麼不去看妳，妳比誰都明白。若妳年紀大了，記性不好，我再說一遍，妳做了那麼多惡事，目的就是要整死我娘和我，妳恨不得我去死，我若出現在妳面前，那才是大不孝。」說完，就牽著楚含嫣上馬車。

陳老夫人又趕緊說道：「不去看我就罷了，那也得讓人給我送些錢財啊！」

陳阿福回頭看看老太婆，老太婆的半邊臉僵得厲害，一張嘴說話，不僅流口水，嘴都歪到一邊去了。

陳阿福搖頭，這個老太婆一輩子追逐榮華富貴，以至於不惜幹那些喪盡天良的事，到頭來卻成了這個樣子。

陳世英是孝子，不會缺她的花銷，她寧可不要臉皮地來向她最恨的人伸手要錢，應該是沒有多少安全感，想手頭有更多的錢財吧？

陳阿福給紅斐使了個眼色，紅斐便掏出一錠銀子給她。

陳阿福上了車，還聽陳老夫人說道：「死丫頭，妳那麼有錢，怎麼還這麼摳，老婆子張個口，才給二兩銀子。」

陳阿福掀開車簾說道：「那妳還得感謝老天，沒讓妳把我娘和我整死，否則，連這二兩銀子都沒有。」

宋氏和幾個丫鬟都低頭裝作沒聽見。

一行車馬進了府城，陳阿福把了塵帶去楚府，經過這件事，相信了塵不會再任性了。

陳阿福讓人領著楚含嫣去正院，因小姑娘嚇著了，無法讓她單獨住自己的院子，她再親自把了塵送去落梅庵。

了塵直接進小佛堂，對陳阿福說道：「妳回去哄哄嫣兒吧！她嚇壞了，是我對不起她，每次都讓她受傷害。妳們也早些回京城，不用再來看我了。放心，我會一直待在這裡，哪怕別人說的話再難聽，我都不會輕易離開這裡。」說完，她便盤腿坐下，開始敲起木魚。

一個時辰前，下人才趕回來報信，說了塵會回來住，此時，地龍和炭盤剛燒起來沒多久，屋內冰涼，凍得人瑟瑟發抖。

陳阿福看看了塵僵硬的後背，說道：「婆婆請多多保重身體，那些壞事是馬淑妃和榮昭做的，婆婆不需要把她們的過錯記在自己身上。善有善報，惡有惡報，不是不報，時候未報，我相信，她們的報應就快來了。」

了塵似沒有聽到，一直敲著木魚。

陳阿福對著她的後背屈了屈膝，走出落梅庵，剛出門，就聽見了塵叫她的聲音。

陳阿福又退回去，聽了塵說道：「多給受傷的人一些撫恤金，還有昨天在羅家莊的那些人，多給他們些銀子。是貧尼欠了他們，貧尼無錢，只能唸佛誦經為他們祈福。」

「知道，我會的。」

陳阿福回了正院，看到楚含嫣正在吃麵條。

這裡熟悉，小姑娘的情緒方才好了些。見她吃完半碗麵條，陳阿福就勸她再去睡一覺。

陳阿福陪在小姑娘身邊，見她睡著了，才去了東側屋。

沒多久，陳世英和江氏來了。

陳世英看陳阿福沒受傷，才放下心，恨恨說道：「這些人太惡毒了，這個帳必須要清算！」

陳阿福說道：「爹放心，會的。」

三個人有大半年沒見面，還是非常歡喜，敘了別情後，又說到陳雨晴的親事。

陳世英和江氏非常喜歡謝峰，覺得他有才氣，模樣也不錯，家世也好，若謝家提親，他們肯定會應允，只是不知道陳雨暉的事情會不會連累她。

說到了陳雨暉，江氏給她找了一戶人家，依然是縣城的一家地主，陳雨暉已經同意了，陳世英在去京城之前會把他們的親事辦了。

送走陳世英夫婦，陳阿福便去後院的庫房。這個庫房還有不少她和楚令宣沒帶走的東西，她挑了四疋錦緞、兩套金鑲玉頭面、兩塊極品澄泥硯、兩尊青玉和瑪瑙擺件，再把她在京城買給楚令奇夫妻的禮物一起帶上，去了宋氏住的院子。

她從心裡感激楚令奇夫婦倆，他們代楚令宣一家在了塵跟前盡孝，昨天若陳阿福沒去羅家莊，那兩口子不知道會遇到怎樣的危險。

他們最缺錢，但陳阿福不好送錢，就多送些值錢的禮物。

宋氏正帶著文哥兒在炕上搭積木，見陳阿福來了，趕緊讓座。

陳阿福笑著把文哥兒抱起來，親了兩口，笑道：「哥兒還記得大伯娘嗎？」

文哥兒的性格變得非常開朗，他回親了陳阿福一口，掰著指頭糯糯說道：「記得，還記得羽弟弟、明弟弟，七七，灰灰，追風。」

陳阿福大樂，說道：「追風前些日子又添了兩個孫子，一個叫抽抽，一個叫滾滾，長得又白又胖，可愛得不得了，以後哥兒回京城跟牠們一起玩。」

文哥兒眼裡冒著小星星，使勁點著頭。

宋氏笑道：「這是什麼名字，好生奇怪。」

陳阿福笑道：「名字是羽哥兒和明哥兒取的，抽抽是因為牠喜歡抽鼻子，滾滾是因為牠喜歡打滾。」

宋氏看到這麼多東西，不好意思地說道：「大哥、大嫂幫了我和我家二爺良多，我們照顧大伯娘是應當的，你們送這些東西，讓我們怎麼好意思。」

陳阿福拉著她的手說道：「我是真心感謝你們，有你們在這裡照顧我婆婆，我和大爺都放心。」

天漸漸黑下來，又下起了大雪。宋氏留陳阿福在這裡吃晚飯，又派人把楚含嫣接過來，幾人在這裡吃了一頓羊肉火鍋。

第二天辰時末，除了陳阿堂和陳阿祿，陳家三房的人都來齊了，連陳老太太和大房一家都來了。現在農閒，所以他們一家都住在府城的宅子裡。別人的變化都不大，只有胡氏變得又黃又瘦，連走路都沒原來那麼索利了。自從知道大寶變成了十一皇子，她就嚇得生病。她知道自己對大寶不好，天天都怕有人來抓她，直到半年後，確認不會有人來抓她後，病才漸漸好起來，但身體已經大不如前。

張氏笑道：「阿福別嫌我們做客來得早，我們實在是想妳了。」

陳阿福上前扶著陳老太太笑道：「我也巴不得早些看到你們。」

接著，王成一家也來了。

本來楚令宣想把王成調到京城，因為戰爭結束後他也會回京任職，可王成不願意，因為他想離陳名家近些，才能跟王氏多來往。

除了胡氏，陳阿福看到這些人心裡都挺高興的，特別是看到王小弟、王小妹，大虎、大丫這幾個孩子，他們都長高了。

陳阿福拿出這次帶的禮物，各個價值不菲，吃穿用品一律俱全，又把小十一送的禮物拿給他們，指著其中幾包點心笑道：「這些點心可是御膳房做的。」

陳老太太笑得眼睛瞇成了一道深皺紋，說道：「哎喲，這東西老婆子怎麼捨得吃，定要拿回去供著。」

陳阿福說道：「奶奶就放心吃，十一殿下記得妳的好，妳喜歡，以後他還會帶給妳。」

陳老太太感動得眼圈都紅了，說道：「那孩子重情，咱們對他的一點好，他都記著。唉，原來家裡窮，委屈他了，讓他受了不少苦。」看了陳阿福一眼，又說道：「也委屈阿福了，奶奶知道妳是記情的好孩子。」

陳實打開一包點心，先遞給老太太一塊，又分給幾個孩子，對眾人笑道：「這是十一殿下的體恤，咱們都來嚐嚐。沒想到，咱這輩子還能吃上御膳房做的吃食，這是榮耀。」

其他人都來拿著點心吃起來。

陳業也笑道：「過年回鄉下，咱們又有得吹噓了。嘖嘖，能吃上皇上吃的東西，祖墳冒青煙了。」

眾人皆笑起來，只有胡氏的臉又嚇白了，低下頭不敢說話，也不敢拿點心吃。

大家都知道她的心病，也沒人勸她。

第五十四章

此時京城裡，楚令奇快馬加鞭趕回了永安侯府，他直接進入老侯爺的院子，把羅家莊的事情向他稟報。

老侯爺又氣又急，差點背過氣去，聽說了壓等人沒受傷，才放下心來。他趕緊派人去公主府把大兒子叫回來，又讓人去把楚三夫人請來。

當楚侯爺匆匆趕回永安侯府，聽到事情的經過，氣得一拳頭砸在桌子上，咬牙罵道：「這兩個惡婦，怎麼敢做這事！」

楚三夫人也搖頭嘆道：「馬淑妃和榮昭的膽子也太大了，心腸忒毒。」

老侯爺說道：「或許咱們一再隱忍退讓，讓她們覺得咱們好欺，才敢做此惡事，現在看來，已經是退無可退了。」

楚侯爺點頭，說道：「本來，我一直想等到三弟和宣兒回來，或是皇上……」他不敢說駕崩兩個字。「再做打算，可那兩個人提前作死，那就成全她們吧！」

楚三夫人說道：「死無對證，馬淑妃和榮昭會認帳嗎？她們完全可以說是二皇子餘孽做的，與她們無關。她們想害人，根本不可能今天把大嫂逼出城，第二天晚上就敢動手，這不是讓人懷疑嗎？」

楚侯爺說道：「她們如此作為，大概就是想用虛虛實實做掩飾，咱們的確沒有抓住她們的罪證，她們也有脫責的藉口，但是，若皇上要處置她們，無須她們認，有的是藉口處置那母女兩人。無論是二皇子餘孽做的，還是那母女兩個做的，都是因為我聽命於皇上，扶持太子而招了他們的嫉恨。我用半生的隱忍、恥辱，還有妻離子散來忠君，換來的卻是家人差點被燒死。今天，咱們楚家要的是皇上和太子的一個態度，他們是不是要讓臣子們徹底寒心！」

幾個人商量了一陣子，分頭行動。

楚三夫人去宮裡找皇后，把事情向她說明一下，太后現在身體非常不好，便不敢用這些事去打擾她。

老侯爺去找他的老朋友哭訴，說了塵在城外住著，差點被二皇子的黨羽擄走，不得已讓她住進楚令宣在定州府的家，便於保護。誰知那天馬淑妃派內侍去罵了塵，說了很多難聽的話，氣得了塵搬去城外的莊子，結果隔天夜裡就出了事，連帶了塵、大孫媳婦、大重孫女、二孫子、二孫媳婦，這麼多人差點被燒死……

楚侯爺則是進宮找皇上和太子，進宮前，他拐彎去了一趟公主府。

榮昭正站在炕上六神無主，馬淑妃跟她說，不用怕，楚家人沒抓到活口，無論如何，她們都不認。但她就是害怕，想到駙馬的冷臉，她嚇得像是掉進冰窖。她也是沒轍了，才由著母妃使用這個下下之策……

榮昭正想著，見楚侯爺來了，她笑著站起身說道：「楚郎，好幾天了，你才來……」話沒說完，只見楚侯爺抬起手，那一巴掌竟然落在她的臉上，順勢把她搧倒在炕上。

榮昭「啊」的一聲叫出來。別說榮昭沒想到楚侯爺敢打自己，連旁邊服侍的嬤嬤都沒想到駙馬爺居然敢打公主。

她們嚇得走過去把榮昭扶起來，斥責楚侯爺道：「公主是金枝玉葉，駙馬爺怎麼能以下犯上！」

楚侯爺沒理嬤嬤，用手帕把手擦了擦，又丟掉手帕，看著榮昭一字一字說道：「榮昭，妳會為妳自己做的孽付出代價！」

榮昭更害怕了，不僅不敢還手，還哭著去拉楚侯爺的衣裳，泣道：「楚郎，你說什麼，我怎麼聽不懂……」

她的手還沒拉到楚侯爺的衣裳，就被他一把推開，冷然說道：「榮昭，妳真讓我噁心。滾，不要再碰我。」

然後，楚侯爺頭也不回地出了門。

榮昭又氣又怕又臊，痛哭起來，尖聲叫道：「我是公主，你怎麼能這樣對我，你怎麼能這樣對我！」

一個嬤嬤不知道榮昭的心病，進言道：「公主殿下，駙馬爺敢打公主，這在本朝還沒有出現過，若您去皇上和淑妃娘娘那裡告他一狀，駙馬爺定然討不了好。」

榮昭反手給了那嬤嬤一個巴掌，喝道：「滾！」想了想，擦乾眼淚說道：「本宮要淨面更衣，馬上進宮見母妃，見父皇。」

她不是去告狀，她要去挽救她的婚姻，她不想放楚侯爺走，更不想讓人把那天夜裡的事情算在她們母女頭上。

她從來沒有像此刻這樣害怕過，她怕會徹底失去這個她想了多年又處心積慮好不容易得到的男人。

楚侯爺直接去了萬青宮，因為他之前與皇上的關係，無論他來皇上的寢宮，還是辦公地點乾陽殿，都通行無阻。

此時，皇上正斜倚在龍榻上，太子坐在一旁向他稟報朝中事務。

他們看到楚侯爺都吃驚不已，因為楚侯爺揹了一根樹枝。

皇上問道：「楚愛卿何故如此？」

楚侯爺跪下說道：「皇上，太子殿下，臣罪該萬死。」

太子又問了句。「楚大人這是為何？」

楚侯爺磕了三個頭，說道：「臣義憤填膺，怒火中燒，打了榮昭公主。」

皇上和太子互相望了望，異口同聲問道：「什麼？」

他們都覺得自己聽錯了，別說本朝，就是前朝也沒聽說有打公主的駙馬。

楚侯爺又說道：「榮昭公主婦行有虧，謀害朝臣家眷。先是唆使淑妃娘娘，把在微臣兒子家避難的前妻了塵住持逼出定州府，後又讓人放火燒羅家莊，差點將微臣的兒媳婦、孫女、姪子、姪媳婦燒死。幸得上天垂憐，那晚宣兒媳婦突覺心中慌亂，怕有事發生，讓人提前做了準備，一家人才倖免於難；即使這樣，微臣的孫女也嚇壞了，救她的丫鬟也被燒成重傷……」話沒說完，已經哭倒在地。

聽了他的話，皇上驚得坐起來，太子也站了起來，異口同聲道：「榮昭，她怎麼敢！」

太子說道：「若她做了這等惡事，國法難容，天理難容！」

皇上也說道：「愛卿平身，慢慢講，到底是怎麼回事？若她真做了這事，朕會為你作主。」

楚侯爺沒有起身，從上年的大年三十，二皇子黨羽想活捉了塵的事情講起，一直到馬淑妃派內侍去斥責了塵，把了塵逼出楚家住去羅家莊，第二天夜裡羅家莊便發生大火的事。

這時，楚三夫人攙扶著皇后來了，隨後榮昭也攙扶著馬淑妃來了。

對於楚侯爺的指控，馬淑妃和榮昭自是不承認。

馬淑妃先是對皇上哭道：「皇上，他們說臣妾和榮昭放火燒人，得拿出證據啊！這個莫須有的罪名，我們母女兩個不揹。燒火的那夥人，肯定是二皇子的餘孽，任誰都知道二皇子一黨恨楚駙馬恨毒了，他們拿楚駙馬沒法子，就只得拿楚駙馬的家人出氣了……皇上，您得為臣妾和榮昭作主啊！」

說完，馬淑妃又對楚侯爺哭道：「駙馬，女婿，本宮真的沒派人去燒羅家莊。本宮不傻，怎麼可能今天把了塵攆出楚家，第二天就派人去燒她住的莊子，這不是明擺著讓人生疑嗎？你也不要恨榮昭，本宮派人去斥責了塵，她並不知情。本宮之所以這麼做，還是想讓你和榮昭好好過日子，尋思著那了塵既然已經出家，就不能這樣牽掛著紅塵俗事，一直住在俗界……」

楚三夫人冷笑道：「淑妃娘娘倒是把責任撇得乾乾淨淨，誰都不是傻子，最想讓了塵死的，除了榮昭，就沒有別人，妳們自己做了連環套害人，還死不認帳。」

榮昭說道：「華昌，捉賊見贓，捉姦見雙，妳這是血口噴人、冤枉人！我雖然看不慣了塵，但還沒狠心到要燒死她的地步。我是真心待楚郎的，為了楚郎，我也不會做那事。」

單皇后嘆道：「榮昭，妳不要把自己說得那樣無辜，姑且不說這件事，妳原來也沒少害過楚家人。既然妳口口聲聲說真心待楚大人，為何不好好待他的家人呢？唉，人在做，天在看，不管誰做了這等惡事，都會遭報應的。」

這兩個女人矢口否認，楚侯爺早已事先料到了。楚侯爺現在的確拿不出證據，但他知道皇上和太子心裡有數，這件事就算不是馬淑妃母女做的，憑著過去她們聯合二皇子一起設計朝廷重臣，以及皇上當初的承諾，皇上也必須處置她們。

皇上原本想要賴，想用榮昭壓制楚侯爺，但架不住這母女兩個沒摸清皇上的心思，以為皇上還顧念著父女之情，所以捨不得處置榮昭。現在事情鬧得這樣大，皇上若再繼續縱容榮昭母女，別說楚家，就是別的臣子，也會寒了心。

皇上看看一臉悲痛的楚侯爺，再看看那幾個打著嘴仗的女人，心中一陣氣緊，猛地咳嗽了幾聲，在太監給他拍著後背後，說道：「太子、楚愛卿留下，妳們都退下吧！」

楚三夫人攙著單皇后，榮昭攙著馬淑妃給皇上行禮，退了下去。

下午，彈劾榮昭的摺子又像雪片一樣飛進了皇宮，不僅說她陷害重臣家眷，還說太后娘娘之所以重病，就是因為榮昭幹壞事惹怒了「烏大仙」。

定州府的楚家，卻是一片歡聲笑語。

眾人吃了晚飯後，陳阿福把他們送出正院，牽著楚含嫣去落梅庵。

了塵還在小佛堂誦經，陳阿福兩人沒見到她，只得在門外問安，才回了正院。

冬月初十一大早，回京的東西已經準備妥當。陳阿福又牽著楚含嫣，在宋氏的陪伴下去了落梅庵。

了塵還在小佛堂誦經，服侍她的小尼姑說，她這幾天除了凌晨時會回房歇息近兩個時辰，幾乎所有時間都在小佛堂裡誦經。

陳阿福在門外等了半個多時辰，了塵也沒有出來。

小尼姑出來說：「阿彌陀佛，住持請兩位施主走吧！她祝妳們一路平安。」

陳阿福十分無奈，了塵的這個性格，楚侯爺以後想把她重新追回來，楚令宣想把她接回家，真的困難重重。

陳阿福說道：「以後，還要麻煩小師父好好照顧她。」

小尼姑雙手合十說道：「阿彌陀佛，這是自然。」

路上，陳阿福又請宋氏好好照顧了塵，不僅是生活上，還有精神上。等過些天，了塵的心裡沒有這麼難過了，要多領著文哥兒去陪陪她，讓孩子軟化她的心。

宋氏點頭應允。「大嫂放心，我們定會好好照顧大伯娘。」

來到外院，陳實、陳阿貴、陳雨嵐、王小弟已經等在這裡了，付家、秦家、王家也派了人來相送。

告別眾人，陳阿福牽著楚含嫣坐上馬車。

小姑娘的精神狀況依舊不太好，人也瘦了，顯得眼睛更大。

陳阿福一直把她摟在懷裡，輕聲給她哼著歌，其中也包括「小燕子穿花衣」。

一聽到這首歌，楚含嫣的眼睛就亮了起來，輕聲說道：「娘，我只要一聽這曲兒，心裡就……」她想了想該怎麼形容那個感受，又道：「心裡就像春天沐浴著陽光，又暖和，又不是很熱，非常、非常舒適。」

陳阿福笑起來，說道：「嗯，娘也有這種感受。一唱起這首歌，娘就能想到過去的時光。」

她的眼前又出現了福園、祿園、棠園，鬼靈精的小大寶、可愛又呆呆的小嫣兒、斯文的小阿祿……

可惜這次時間緊，又出了那件事，沒抽出時間去鄉下看看。

翌日，陳阿福一行車馬，趕在日落前進了京城。回到侯府時，天已經黑透。迎接她們的管事請她們直接去永安堂，說一家人已經等在那裡了。

陳阿福和小姑娘又坐著小轎去永安堂。

垂花門口，守門的小丫鬟屈膝笑道：「侯爺請大奶奶和大姊兒直接去正院。」

去三進正院，而不是去三老爺和三夫人暫時居住的五進後罩房？這麼說，楚侯爺已經住進了正院？也就是說，他離開公主府，回永安侯府當主人了？

陳阿福一陣激動，牽著小姑娘快步向後走去。來到三進正院時，看見院子裡掛著許多燈籠，上房和廂房裡都燈火通明，還從裡面傳出了說笑聲，老侯爺的笑聲和小哥兒倆以及謝恒的鬧聲尤為明顯。

陳阿福和楚含嫣進了上房，繞過十二扇圍屏，看見老侯爺和楚侯爺坐在八仙桌兩側，兩旁也坐滿了人，連謝凌和楚華一家都在這裡。

小玉兒騎著學步車，正在中間轉圈走著，一看娘親和姊姊進來了，並沒有撲上去給她們擁抱，而是給她們一個背影，趔趄著跑去楚侯爺面前，撲進他懷裡放聲痛哭起來，委屈得不行。

坐在錦凳上的羽哥兒和明哥兒也扯開嗓門哭起來，邊哭還邊說：「娘親只要姊姊，都不要我們和妹妹了。」

三個自認被拋棄的小人兒一陣哭鬧，像是要把屋頂掀翻。

陳阿福也心酸不已，先去老侯爺和楚侯爺跟前給他們屈膝見禮。

楚侯爺已經把小玉兒抱在腿上，輕聲哄了她幾句，對陳阿福說道：「宣兒媳婦辛苦了，這次羅家莊能度過劫難，妳功不可沒。」

陳阿福趕緊謙虛道：「公爹過獎了，兒媳也是……」話沒說完，羽哥兒和明哥兒已經跑上前，一人抱著一隻腿哭叫著。「娘親，我們好想妳。」

老侯爺哈哈笑道：「這幾隻小猴兒，母親一回來，就成這樣了。」

楚三夫人也笑道：「他們娘沒回來的時候，不是跟著爺爺轉，就是跟著我轉，現在一看見娘親，就不認得我們了，小沒良心的！」

陳阿福笑著拖著兩兄弟去自己的位置坐下，低聲把他們哄好，又對坐在爺爺身上的小玉兒說道：「寶貝，快來娘親這裡，娘親很想妳啊！」

小玉兒癟嘴看看陳阿福，又趴進爺爺的懷裡，用後腦勺對著她。

眾人去西廂吃飯，陳阿福才逮住機會問了楚三夫人幾句。

楚三夫人低聲說道：「榮昭和馬淑妃已經定罪，罪名是勾結二皇子和廢后王氏，陷害朝廷重臣，幫助二皇子和廢后迫害太子和皇后娘娘。榮昭已經去皇覺寺修行，馬淑妃被貶為庶人，打入冷宮。」

這罪名可夠重的了，特別是第二條，或許皇上也惱怒她們讓他壓制楚侯爺的算盤落空，便狠狠收拾她們吧！

楚三夫人又道：「現在，朝廷已經開始肅清二皇子餘黨……」

本來皇上和太子想晚一點再肅清二皇子餘黨，但榮昭和馬淑妃的事情讓這件事提前進行了。這回，許多人家又要遭殃了，連年都過不好。

不管怎麼樣，楚侯爺終於解脫了。

陳阿福看看另一桌的楚侯爺，他的臉上並不像老侯爺和二老爺等人那樣喜氣洋洋，正低頭淺笑著對懷裡的小玉兒說著什麼。

飯後，眾人說笑一陣便陸續離開了，老侯爺和楚侯爺留下了楚三夫人和陳阿福。

陳阿福仔細稟報了定州府的事，特別說明現在了塵的情緒很不好。

楚侯爺聽後，眼神黯然下來，說道：「羅氏之前雖然有點小性子，但還是很溫柔賢慧的，她受了這麼大的打擊，又在空門裡待了十幾年，脾氣稟性才發生了改變。唉，都是我害了她。」

之後，楚侯爺又說明了京城的事情，現在京城不太平，楚家的姻親——楚含嫣的外家馬家，被牽連進二皇子一黨。

這兩家都來求過楚侯爺幫忙，楚侯爺沒幫，還特別囑咐陳阿福不要牽扯進去。

陳阿福要走的時候，小玉兒終於肯讓娘親抱，又趴在娘親的懷裡大哭一場。

這孩子，古靈精怪又好強，都是被她爺爺寵出來的。陳阿福暗誹不已，只得打起精神來說好話，才把小妮子哄好。

陳阿福覺得，楚侯爺或許就是會寵人，所以才寵得一老一小脾氣見長。

楚含嫣牽著兩個弟弟，陳阿福抱著小玉兒，幾人與楚三夫人一起出了永安堂。

現在，楚三夫人搬去明和院住了，明和院不大，挨著竹軒，兩個院子不過幾十公尺的距離。

楚三夫人笑道：「我想跟妳當鄰居，就特地要了明和院。」

陳阿福笑道：「好啊！那幾個孩子以後串門子可方便了。」

楚三夫人笑道：「再方便也沒用，他們爺爺一住回來，就天天霸著他們。我還是盼著宣兒快些回來，你們能再生個閨女，小閨女一生下來我就抱回去養，妳公爹再怎樣，也不好意思來跟我要孩子。」

陳阿福笑了笑，她實在不知道該說什麼。

一路上，楚三夫人跟陳阿福悄聲說道：「榮昭是今天上午去寺裡的，我們一起長大，雖時常有爭執，但畢竟是堂姊妹，我還是去送她了。唉，也只有我去送她了，之前跟她玩得好的那麼多妹妹、弟妹，沒一個人去送行。她像變了一個人，說自己鬼迷心竅，不僅害了自己，也害了生母和外家；或許連她的親生女兒，也會因為她的關係，在婆家的日子不好過……她說，她所做的一切，都是因為她太心悅大伯，見到大伯第一眼就再也放不下他；說大伯是她的一個劫，若她這輩子沒遇到大伯，該多好……她還說她的心已經付出了，沒那麼容易收回來，還想見大伯一面，我跟大伯說了，大伯沒去。」

楚三夫人深深地嘆了一聲，又說道：「這能怪得了誰呢？她遇到大伯，若不想盡辦法把大伯據為己有，不跟老二和廢后攪和在一起，或者跟那位薛駙馬好好過日子，就不會害了那麼多人，她也不會有這一天。要怪，還是怪她貪心自私，只圖自己痛快，不顧別人死活……我倒覺得，大伯是她的劫，她更是大伯的劫。她把大伯一個好好的家整得四分五裂，把大伯的前程都毀了，若當時我和三爺不在邊關，宣兒和華兒沒遠離京城投靠我們，還不知道會怎樣……唉，人啊！不管出生在帝王之家，還是出生在百姓之家，都得講本分，做事不能強求；也要聰明些，得識時務，懂進退。」

榮昭不只貪心自私，還惡毒狠戾，若她不是想一把火燒死了塵，差點連累這麼多人被燒死，楚侯爺或許還不會這麼恨她，也或許會去見她最後一面吧？

陳阿福笑道：「像三嬸這樣豁達聰慧的人，畢竟不多，不然，帝王之家怎麼總是少不了奪儲的血腥，百姓之家總有許多人為爭奪一點家產鬧得大動干戈。」

楚三夫人呵呵笑道：「就妳嘴甜。如今大伯已經搬回侯府，住進安榮堂了，不知大嫂什麼時候能住進去。她回來就好了，咱們家就團圓了，這也是大伯和宣兒多年的心願。」

想到了塵的固執，陳阿福苦笑道：「我公爹和大爺想把我婆婆的凡心留住，可不容易。」

楚三夫人嘆道：「之前的大嫂，一直是溫柔和善的，那麼多年的青燈古佛，把她的心性改變了。」

他們先到了明和院，分開之前，楚三夫人又吩咐陳阿福做些軟糯的點心，她明天進宮帶給太后。

陳阿福點頭應允，因她也想給小十一和皇后娘娘帶些過去。

回到竹軒，陳阿福洗漱完，跟幾個孩子在炕上鬧了好久，直到他們睡眼惺忪，才打發他們去歇息。

陳阿福趁著這個時機跟小玉兒分房睡了，小妮子太強勢，若以後跟自己在一起睡慣了，分開時又會大鬧。

小玉兒被安排去西跨院的西屋，這間房子早就收拾出來，今天只要將被褥拿過去就行。

楚含嫣睡東屋，見妹妹以後跟她一個院子，高興得不行，情緒也好了許多。

小玉兒雖然對於不能跟娘親一起睡有些不悅，但至少跟姊姊住一個院子，總比前幾天自己孤孤單單住一間大房子好，她哼哼幾聲，還是乖乖在那裡睡下了。

陳阿福關上臥房門，拿著她之前準備好的半碗奶香松子進了空間。

金燕子還在忙碌，陳阿福笑道：「寶貝，快來歇歇，媽咪要謝謝你，若不是你提醒，羅家莊還不知道會怎樣。」

金燕子唧唧笑著，飛上了陳阿福的手心。

陳阿福親了牠一口，從碗裡拿起松子餵牠。

一人一鳥說到深夜，陳阿福才回臥房歇息。

隔天一大早，陳阿福就起床了。她領著花嬤嬤和兩個小丫鬟去後院小廚房做點心，這次做得多，不僅給宮裡的太后娘娘、皇后娘娘、小十一和六公主，還給家裡的主子──除了楚二夫人以外，每人都送了幾塊。

此後每日巳時初，幾個孩子剛起來吃過早飯，楚侯爺就會派人來把他們接去安榮堂。吃午飯的時候送回來，待孩子們午歇過後，又派人來接，直到晚上大家一起去安榮堂吃過飯，陳阿福再把他們帶回來。

楚三夫人不進宮的時候，想來看看孩子，都沒得看。

一日，幾個孩子剛被接去安榮堂不過片刻工夫，幾個嬤嬤又帶著孩子回來了，因為來了宮裡的內侍，說皇上傳楚侯爺上朝覲見。

皇上現在一般不上朝，不知道他突然傳楚侯爺上朝有何事？

一聽到這個消息，楚三夫人也坐不住了，跑來竹軒跟陳阿福坐著一起等。

不是她們杞人憂天，實在是現在朝中太亂，皇上又疑神疑鬼。她們直等到晌午，楚侯爺沒回來，三夫人在竹軒吃了飯才回明和院。

等到下晌申時末，楚侯爺終於回來了。不多時，他派人來請陳阿福和楚三夫人去安榮堂。

兩人結伴去了安榮堂，老侯爺已經在那裡了。

楚侯爺紅腫著眼睛，一看就哭過，前額還有一大片青紫，更是怵目驚心。
這是他挨打了，還被打哭了？
楚三夫人和陳阿福都吃驚得不得了。
楚侯爺看到瞠目結舌的兩人，說道：「妳們都坐吧！」
待她們入座後，楚侯爺大概說了一下經過。
原來，皇上拖著病體上朝，先是表揚楚侯爺如何扶持太子，打敗二皇子一黨，如何厥功甚偉，文韜武略；又說他打榮昭公主打得好，這是替皇上教訓了她，既然現在已經不是駙馬了，就不能躲懶，要為朝廷貢獻，封他為從一品的右軍都督府同知，另封正一品的太師……
楚侯爺一聽，可是嚇壞了。皇上口口聲聲說他厥功甚偉，言外之意就是他功高蓋主；說他替皇上教訓公主，言外之意就是指他有不臣之心。
別說他原來就想好不再當官，就算沒這麼想過，聽到皇上的話他也不敢再繼續當官了。
而且，現在朝中雖然有三個人領著太師、太傅這樣的虛銜，但他們都沒有實缺，年齡還都在六十歲以上。有實缺的，還沒有人能領這兩個虛銜。他知道，若他今天敢接下這兩個官職，明天皇上就會找別的藉口好好收拾他，弄不好整個家族都危險。
他馬上跪下力辭，說自己德行不好，暴怒之下打了公主，犯了以下犯上的錯，有負聖恩。雖然皇上有天大胸襟不計較，但他卻不能不時刻反省自己，他這樣的人實在不配擔此大任；又說他現在身體狀況非常不好，也不適合再在朝裡為官，不僅不能再當官，他還會在兒子楚令宣平叛回來後，把永安侯這個爵位傳給他。之後，他就會去鄉下長住，既為養病，也為反省自己的過失。

皇上不高興了，說他替自己教訓公主教訓得對，又說他年輕力壯，正該為朝廷多做事，不許躲懶。

楚侯爺既被皇上的「天大隆恩」所感動，又為自己不能為皇上分憂解勞而羞愧，跪在地上大哭不已，訴說著心裡的悔恨，不該辜負聖恩，不該打公主；又歷數著自己的腿不好、腰不好，還有喘症，大夫說若長住鄉下或許能緩解病情……

皇上無法，只得收回實缺，讓他領正一品的太師。

楚侯爺還是不敢受，把前額都磕破了。

最後，皇上不得不含淚收回成命，還一再表示，朝廷失去楚愛卿，是巨大的損失……

這齣「君臣大義」的一幕，感動了殿上所有的大臣，許多大臣都落淚了，齊齊跪下歌頌。「吾皇萬歲，萬歲，萬萬歲！」

楚侯爺原就跟老侯爺說過，他以後不會擔當任何官職，甚至連爵位都會傳給楚令宣。老侯爺明著沒反對，可心裡還是有一個不敢說出來的奢望，就是等到皇上駕崩，太子肯定會重用兒子；畢竟兒子才四十出頭，正當壯年，而且兒子從小的政治抱負，他最清楚。可是，今天在朝上，兒子當著所有大臣的面把話說成這樣了，以後即使皇上駕崩了，也不可能再重新出仕了。

老爺子無奈說道：「這下皇上可以放心了。」又心疼地看看兒子，說道：「可你正當壯年，就要徹底清閒下來，頤養天年了。」

楚侯爺笑道：「這樣也好，不再涉入官場的爾虞我詐……那樣的日子也不錯；況且，我徹底退下來，讓皇上放下芥蒂，三弟和宣兒以後的路就好走了。」

看著依然俊朗儒雅的楚侯爺，陳阿福也有些難受。

那狗皇帝也真夠缺德涼薄的了，只因為他的一點擔心和疑慮，就這樣對待為他忍辱負重、賣命多年的臣子。

楚三夫人卻說道：「大伯做得對，想想幾十年前的袁家，多可怕啊！」

一提袁家，老侯爺沒有了不忿，陳阿福也沒有了不平。

楚侯爺又對陳阿福笑道：「等到宣兒回來，我把爵位傳給他後，就去鄉下的……福園住。」

他本來想說棠園，後來想到棠園是羅氏的嫁妝莊子，若羅氏不諒解自己，還不能去那裡，就改說了福園。

陳阿福還沒說話，老侯爺就笑道：「有眼光，福園可是個好地方，這麼久了，我時時會想起棠園和福園。以後你去了那裡，我也一起去。」

五天後，陳阿福才知道楚侯爺辭官的決策有多睿智和英明，認錯的大戲有多誠懇和明智。

冬月二十那天，小十一來了楚府。

小十一偷偷跟陳阿福說，聽母后和皇兄說，皇上好像準備給楚侯爺賜一個女人，關鍵是那個女人十分不妥當，是和碩王爺的三女明為郡主。這位郡主年紀二十歲，是個寡婦。寡婦倒無所謂，問題是她體格健碩，力大無窮，還異常潑辣，她的丈夫就是在跟她打架的時候，被她幾拳打死的。

皇兄和母后商量著該怎樣勸皇上放棄這個決定，他們商量了半天，還是決定不能勸誡，本來皇上就覺得皇兄過去太依賴楚侯爺，若他們再一勸誡，皇上會更不高興。

結果，由於楚侯爺表現得太好了，讓皇上放棄了那個賜婚。

小十一非常不好意思，扯著陳阿福的袖子悄聲說道：「岳母，對不起啊！妳也幫我跟楚侯爺道個歉，他對我和哥哥這麼好，可是，我們都沒幫到他。」

陳阿福十分感動，捧著他的臉笑道：「謝謝你，我和我公爹都知道你是記情的好孩子。太子殿下和皇后娘娘做得對，有時候，不幫就是幫。」

陳阿福心裡狂罵著那狗皇帝，也太壞了！

那齣「君臣大義」的戲碼，很快便流傳開來，所有人都大讚皇上仁慈，楚侯爺忠心。只有楚二夫人心裡不舒坦，覺得楚侯爺自私，他辭了正一品和從一品的大官，應該給自己的兒子謀個更好的缺才是啊！用正一品的大官，換個五品小官，皇上還占大便宜了。

楚令宣不用說，回來就承爵，本身又是三品武官，連庶子楚令奇都當了從五品的官，唯有她的親兒子楚令安還是個從七品的小官。若楚侯爺肯幫幫忙，她兒子至少能弄個五品官。

楚二夫人跑去找楚二老爺說了自己的想法，又讓楚二老爺去跟楚侯爺說說，給兒子弄個五品官當，總要比那個庶子高一級才好。

楚二老爺氣得不行，這李氏的胃口越來越大了，以為五品官是啥大白菜啊！妳想要人家就得給，他毫不客氣，打了她幾個巴掌。

他打楚二夫人，還因為她想壞了楚珍和劉家四公子的親事，出去說了不少劉家的壞話，氣得劉家想退親。後來，還是他求著楚三夫人去劉家賠禮道歉，劉家才忍下這口氣。

那件事還沒清算，她又來說這件事，居然還敢說大哥自私。現在，連他都知道自己大哥被皇上猜忌了，李氏居然還敢提這樣的要求。

楚二夫人本來心裡就不舒坦，覺得楚珍是侯府嫡女，楚令安是侯府嫡子，一個親事沒找好，一個前程不好，不說比大房和三房的嫡子、嫡女差得遠，連他們房的一個庶子都不如。

現在楚二老爺一打她，她一直壓抑在心裡的氣也都發洩出來，跟他大打出手。

楚二老爺沒有了一隻胳膊，身子又被女色掏空了，而楚二夫人正在氣頭上，幾個回合就把二老爺的臉撓出了多道血痕。

楚二老爺怒極，大吼道：「滾，滾回娘家，老子要休妻！」

楚二夫人一聽就嚇著了，趕緊停手，哭著求他原諒，並願意拿出二千兩銀子給他，讓他把早就看上的倚紅樓紅牌小無雙買下來，再買個宅子安置。

楚二夫人過去管理侯府的十幾年時間裡，共貪墨了五萬多兩銀子，都充作自己的嫁妝銀子。之前被二老爺敗了一萬多兩，又陸續為自己和兒子、女兒添了些不動產，現在還剩三萬多兩。

楚二老爺一聽，便沒有再說休李氏的話。李氏貪那麼多錢，一大半都被自己用掉，所以他即使再氣李氏，也容她留到現在。

這事傳進老侯爺和陳阿福等人的耳裡，老侯爺和楚侯爺絕不會允許一個妓女進府當妾，是以老侯爺氣得把二老爺叫去大罵一場。

看到兒子的大花臉，再想到被他買下來當外室的小無雙，老侯爺又氣又怒，給了他兩個耳光，咬牙說道：「你和你媳婦兩人，沒一個省心。罷了、罷了，等到老三和宣兒回來，就分家吧！」

楚二老爺嚇得一下子跪在地上，說道：「父親還在，兒子們怎能分家？這是不孝；況且，朝廷有律法，父母在，不分家。」

他說是這樣說，卻巴不得分家。分家雖然大房拿大頭，但二房也能分不少。老父生活自律，還只有三個兒子，不像其他人家嫡子、庶子一大堆，分下來就沒有多少了。若老父憐惜自己這房最窮，再給點私房，拿到手的家產不會少於十萬兩，這些錢財能實實在在掌握在自己手裡，自己想怎麼花就怎麼花，也不需要為了得到李氏一點銀子而受這個女人的氣。

老侯爺知道兒子的想法，無力說道：「朝廷雖然有律法，但也有先例，等老三他們回來，老三就會搬去西進伯府。他是西進伯，朝廷賞了他府第，那裡才是他的家；宣兒會承爵，我和老大住去鄉下，你這一房總不好一直住在姪兒家。」又擺了擺手說道：「你走吧！你少出現在我面前，我還能多活幾日。」

楚二老爺走後，老侯爺就去了安榮堂，把大總管叫去，跟楚侯爺商量分家的事宜。之後，又讓人把楚三夫人和陳阿福請去安榮堂。

老侯爺說，他們這幾個人先把家產分了，等到楚廣開和楚令宣回來，就去衙門立檔，徹底分家。他和楚侯爺算了一下，給二房、三房各分五萬兩銀子，五千畝良田，三處莊子，兩個鋪面，家具、擺件若干。

楚三夫人納悶道：「公爹，為什麼現在分家呀？我和我家老爺都想在您跟前盡孝，也不急著搬去西進伯府住。」

想到分家，老爺子的眼圈都紅了，無奈說道：「也是沒法子了，老二兩口子都拎不清，等以後我和老大去鄉下長住，怕宣兒和宣兒媳婦壓不住他們，徒增煩惱。」

陳阿福倒是喜歡過清靜小日子，巴不得把二房一家分出去，但還是說了幾句場面話。「爺爺無須考慮我們，我們晚輩都願意在您跟前盡孝，那樣才熱鬧。」

老侯爺搖頭道：「孝順的，在我跟前自是開懷，不孝順的，在我跟前反惹我生氣。」

他這樣一說，別人就不好再說話了。

老侯爺又說：「二房勢最弱，我就再給他們一萬兩銀子的私房。你們兩家都是財主，我這次就不給了，等我死了，剩下那些私房你們幾家再平分。」又對楚侯爺說道：「李氏多占了你們五萬多兩銀子，唉，就看在老二殘疾的分上，給他們吧！」

楚侯爺和楚三夫人趕緊表態同意。

楚三夫人爽快，嘀咕道：「這麼多家產，也不知道二伯能用多久。」

老侯爺冷哼道：「若是交給他，不出十年，就會敗光了，那樣，我的那些重孫孫就可憐了。我已經想好了，這些銀子和產業，我會以老二身子不好、李氏不賢為由，直接交到安兒手裡，由安兒和他媳婦管家。若老二想用大筆銀子，安兒必須要先跟我稟報，我也會把給奇兒的那份分出來給奇兒，那是個好孩子，不能讓李氏拿捏。」

楚三夫人和陳阿福都笑了起來，沒想到老爺子還挺腹黑，徹底斷了二老爺的那點念想。二老爺以後若想花錢舒坦，還是得拿李氏手裡那些貪墨的銀子。

老侯爺又讓楚三夫人趕緊給二老爺的庶女楚琳和楚碧把親事說了，最好正式分家前把她們的親事定下來，他不放心這兩個庶女落到楚二夫人手裡。另外，再從二房的家產裡劃出六千兩銀子給三夫人保管，等她們出嫁時給她們置辦嫁妝。

楚三夫人點頭應允，她已經看好了幾家，正在說合。幫助那兩個小姑娘，不僅因為她古道熱腸，也因為她不願意她們在分家後，被楚二夫人拿捏；若她們落在楚二夫人手裡，不但沒有豐厚的嫁妝，把她們賣了都有可能。

之後，楚侯爺又讓人把侯府裡的錢財產業逐漸交到陳阿福手裡。

冬月底，陳阿福才把侯府裡的產業徹底理清。

楚令安和沈氏也知道了老爺子的打算，既難過又高興。難過的是他們根本不願意現在分家，跟著侯府一起過日子，所有花銷都是大房的，自己也屬於侯府的公子、奶奶；高興的是還好單過了不是二老爺當家，老爺子會直接把產業傳到楚令安的手裡，否則用不了多久，自家就會慢慢敗落下來。

楚令安知道老爹的德行，他跟老侯爺商量，老爺子給的私房錢別讓他爹知道，分家所得的五萬兩銀子，除去給兩個庶妹的嫁妝六千兩、給楚令奇的一萬兩，所剩銀子絕大部分換成宅子和田地。

老侯爺也同意，已經私下派人到處尋找了。

臘月初六這天，陳阿福在內院議事廳裡分派完活計，沒有回自己的竹軒，而是去楚三夫人的明和院。如今幾個孩子和動物們都被楚侯爺接去安榮堂，陳阿福回去也沒事。

雖然楚侯爺恢復了自由身，但鑑於皇上的態度，他根本不敢去找了塵，依然天天帶著孩子玩。他想重新挽回了塵的心，必須等到當今皇帝死了以後。

聽說，皇帝的身子已經非常不好了，太后的身子卻意外地有了起色，比前些日子好多了，也不知是不是陳阿福送的點心起了作用。

陳阿福進去明和院的時候，楚三夫人正坐在炕上抿著嘴直樂。

陳阿福笑道：「有什麼好事讓三嬸這麼樂呵，是三叔父來信了？」

楚三夫人笑道：「每次妳三叔父來信，會少了宣兒給妳的？我是高興楚琳的婚事定下來了，是丁家後生，過幾天丁家就會來提親。」

丁家後生的爹是刑部郎中，本人在國子監讀書，今年十五歲。

陳阿福笑道：「三嬸做了好事，三姑娘和四姑娘會記妳的情一輩子。」

楚三夫人說道：「我倒不稀罕她們記我的情，我只是不想讓李氏誤了她們。」

轉眼迎來小玉兒的週歲生辰。如今皇上病重，楚家不敢大辦，只請了幾家姻親，就是謝家、江家和楊家。

今天男人上衙，來的都是女眷、孩子，人也不多，就在竹軒裡招待客人。

一大早，陳阿福就把小玉兒打扮好。小妮子穿著大紅織金錦緞對襟小襖和長裙，金色雙燕大盤釦，頭頂梳著兩個小蝴蝶結，漂亮得像年畫中的娃娃。

剛把她打扮好，楚含嫣就把自己親手編的一條紅色蜻蜓手鍊給小玉兒戴上，這是她送小玉兒的生辰禮物。

「等大姊學會繡花了，再給妹妹繡更漂亮的手帕。」

楚含嫣的手指不算靈活，現在還沒有開始學針線活，陳阿福打算讓她十歲後再學。

小哥兒倆也送了禮物，是一模一樣的小白玉兔把件。

說起這件事，眾人都嘖嘖稱奇。昨天，他們的嬤嬤提醒他們說，妹妹要過生日了，得給妹妹送一樣禮物，小哥兒倆都有私房，各自去匣子裡找，結果卻找出一樣的玉兔子。

小妮子十分喜歡手鍊和小白兔子，笑得眉眼彎彎地道著謝。「謝，謝，謝。」

接著，楚侯爺、老侯爺和楚二老爺也先後派人送來了禮物。

楚二老爺雖然為人有些荒唐，但還是比較懂得人情世故，知道陳阿福不會請二夫人，二夫人也不會送禮物，更知道自己這一房離不開侯府的照拂，他就派人送來了。禮物不關乎貴賤，他有這個心就好。

昨天，二房的兩個庶女楚琳、楚碧，借著去明和院找楚三夫人的時候，悄悄拿了兩套她們親手替小玉兒做的小衣裳，請楚三夫人轉送。她們怕楚二夫人，所以不敢來，陳阿福也承了她們的情。

之後，楚三夫人和沈氏來了，她們不僅送了禮物，還會留在這裡待客。沈氏雖然是楚二夫人的親兒媳婦，但楚令安讓沈氏來，楚二夫人也沒轍。

接著，楚華帶著一雙兒女，陳阿滿帶著楊茜來了。

因為都是親戚，彼此都熟悉，竹軒裡一片歡聲笑語。

辰時初，小十一派魏嬤嬤送來小玉兒的生辰禮，是內務府製的一套鑲貓兒眼的小頭面，和一食盒壽桃。

剛把客人們送走，小玉兒就收到楚令奇派人送來的生辰禮物，其中還包括了壟、陳名、王成和陳實等人送的。

晚飯前，楚令宣也派人送來了禮物和信。他不僅給小玉兒送了一尊大光玉石擺件，還單獨給她寫了一封信，信裡訴說了他對女兒的思念之情。

陳阿福含著眼淚給小玉兒唸了一遍，並告訴她，這是爹爹跟她說的話。

小玉兒對爹爹沒有印象，雖然娘親和姊姊經常教她說這個詞，但她就是不知道爹爹是什麼，她睜著茫然的眼睛喊了幾聲。「爹爹，爹爹，爹爹……」

從楚三老爺和楚令宣的信中，看出現在戰況已經一邊倒了，連南中省的所有蠻族都站在朝廷這一方，不出意外，戰爭明年初就能結束。

知道這個好消息，楚三夫人和陳阿福都是激動不已。

老侯爺和楚侯爺也高興，都來竹軒喝酒。

這個好消息，讓楚家人興奮了好多天。

第五十五章

臘月二十八，當人們沈浸在要過年的喜氣中，皇上駕崩了。

新皇宣佈為先帝舉辦隆重的葬禮，京城文武百官弔唁、哭靈，有一定等級的官員還要集中齋戒三天，不能回家。京城三品以上的命婦要進宮哭靈三天，她們早上進宮，晚上才能出宮。

這個噩耗讓太皇太后悲傷不已，本來已經大好的身體又垮了，正月初二也薨了。先帝的喪禮還沒有完全結束，皇家又迎來了第二場喪禮。

太皇太后薨了，讓楚三夫人肝腸寸斷，哭暈過去幾次。

陳阿福一直貼身照顧她、寬慰她，還陪她在宮裡住了三天。直到初五晚上，哭靈結束，陳阿福才扶著臉色蒼白的楚三夫人出宮。

楚四爺楚令衛等在宮門外，看到幾乎虛脫的三夫人，眼淚都湧了上來。他上前扶著她說道：「娘節哀，妳這樣，外曾祖母在天之靈會難過的。」

把楚三夫人交給楚令衛後，陳阿福終於鬆了一口氣。這幾天，她心裡急得不行，因為家裡還有三個一到兩歲的孩子，想到他們晚上哭鬧不休，她的心都在淌血。

回到侯府，陳阿福直接去了安榮堂。聽楚令衛說，這些天四個孩子都和爺爺一起住在安榮堂。

一進屋，看見楚含嫣坐在錦凳上跟羅梅翻花繩，三個小的在跟動物們玩，楚侯爺坐在一旁看著他們。

一看娘親回來了，幾個孩子都向她衝來。小哥兒倆抱著娘親的腿喊著「娘親」，楚含嫣牽著步伐不穩的小玉兒，小玉兒則抬頭望著娘親哭，委屈得不行。

陳阿福把小玉兒抱起來說道：「好孩子，娘親回來了。」

她跟楚侯爺告辭，領著幾個孩子回了竹軒。

正月初八，舉行了隆重的登基大典，李澤平正式即位，並改建弘年為慶觀元年，封單皇后為皇太后，原太子妃為皇后。

幾位沒封王的皇子也封了王，賜了府邸，十一皇子李澤泰封為和王，二皇子的胞弟八皇子被封肅王，派去守皇陵，永世不得進京。

聽說小十一封了王，等府邸裝修好就會搬出來，陳阿福心裡挺高興。以後，看到他的時間更多了。

陳世英也正式任命為工部右侍郎，主要業務之一就是管屯田、種地。陳家除了陳雨暉，都搬來了京城，包括那個壞心的陳老夫人；只不過，她已經全身癱瘓，連話都說不清楚，再也幹不了壞事。

二皇子一黨的餘孽也大致被肅清出來了。情節嚴重的，七歲以上男丁斬立決，女眷或被沒入教坊司，或允官妓；情節稍輕的，當事人斬立決，其餘家人流放三千里。

與榮昭和楚含嫣有關係的外家馬家，主家按情節嚴重的處理，外家因為只是族親，一家人被判流放北地，允為軍戶；或許是皇上看在未來和王妃的面子上，讓他們的下場比流放瓊州的人家好得多。

陳阿福覺得那家畢竟跟楚含嫣有血緣關係，不好不管，便讓羅方給押解軍士送了不少銀子，請他們照顧一下，又以楚含嫣的名義送了她外祖父一些銀子和藥材，讓他們以後的日子好過些。

當今敢幫助流放人員的人，或許就只有未來的和王妃了。所有人都知道，和王爺最得太后娘娘和皇上的寵愛。

轉眼便迎來和王爺的九歲生辰，太后娘娘肯定要為他慶生。

陳阿福一早就做了一個生辰蛋糕讓人送進宮，還託人帶上她親手做的一套貼身衣物，以及楚含嫣編的一條靚藍色手鍊。

令陳阿福沒想到的是，這天傍晚和王爺居然來楚府了。

陳阿福又高興、又納悶，問道：「你怎麼出宮了？」

和王爺過來倚在她的身旁，說道：「自從我父皇駕崩後，我母后一大半的時間都在禮佛，我只有在巳時前能看到她；若不是我皇兄和我苦苦相勸，我母后都想出家……」他的眼圈有些紅了，穩了穩情緒，又說道：「我想吃岳母親手做的碎肉炸醬麵，就來了。」

陳阿福聽了，便笑著去後院做炸醬麵，又讓人去安榮堂把幾個孩子接回來，再把三夫人和楚令智請來竹軒吃長壽麵，一同為和王爺祝壽。

和王爺向楚含嫣晃了晃胳膊，手腕上那條靚藍色的鍊子異常顯眼，他笑道：「妹妹的手越發巧了，這鍊子編得真好看。」

楚含嫣笑著說：「王爺喜歡，我以後多給你編幾條。娘親說，明年我就可以學繡花了，到時候給王爺繡手帕、繡荷包。」

和王爺聽了更高興，說道：「好，我等著。」

華燈初上，東屋炕桌上擺了一大盆麵條，幾大碗茗子。陳阿福調了幾種茗子，有碎肉、韭菜炒雞蛋、香菇燉小雞和薑汁蝦仁。

和王爺笑道：「我只吃碎肉炸醬麵，什麼麵條都沒有它好吃。」

陳阿福幫他調了一碗，他吃完了又要。她又調了半碗，便不許他再吃了，說晚上吃多麵條不好消化。

看到和王爺喜歡，小哥兒倆也吵著非要吃炸醬麵，吃得半邊臉都花了。

還沒等陳阿福掏帕子，和王爺就掏出手帕幫他們擦了，哄道：「慢些，還很多，這麵條只有咱們三個喜歡。」

這時，窗外傳來幾聲燕子的呢喃。

在上房的廊下，有一個燕子窩，聽到這個聲音，除了小玉兒，幾個孩子又開始懷念起金燕子。

和王爺說：「這都二月底了，金寶怎麼還沒來找我們呢？」

楚含嫣嘟嘴說道：「是啊，我和弟弟們天天盼著牠，都沒有盼回來。」

陳阿福笑道：「金寶貪玩，或許路上看到好玩的東西，耽誤了回家的時間。」

其實，前幾日時，金燕子就出來了，只不過因陳阿福的請求，牠去南方看望楚令宣。

陳阿福見楚三夫人只吃了半碗蝦仁麵，勸道：「三嬸，再多吃些，生老病死是人生必經之路，太皇太后她老人家也是高壽，妳一直這樣，瘦得不成人形，三叔回來該心疼了。」

楚三夫人長長地嘆了一口氣，說道：「這些我都知道，可心裡卻過不去這個坎。我爹娘死得早，又沒有同胞手足，是皇祖母把我養大的，她老人家一不在了，我就覺得特別孤單。」說著，她的眼裡又湧上了一層淚水。

楚令智趕緊摟著楚三夫人的胳膊，受傷地說道：「娘，妳還有爹爹和兒子，怎麼會孤單？還有啊！爹走之前讓我和哥哥照顧好娘的，若他回來看到娘瘦成這樣，肯定會埋怨我和哥哥沒照顧好娘，會打我們的。」

「三嬸不光有夫君、兒子，還有我們這些親人。」陳阿福看楚三夫人的嘴還抿著，又說道：「好了，好了，大不了我再生個閨女，讓三嬸抱去養幾年，等妳添了孫女，再還我。」

楚三夫人看向摟著她的兒子，再看向方才許諾的陳阿福，還有眼巴巴看著她的幾個孩子，笑了笑，又強迫自己吃了半碗麵。

一說到先帝和太皇太后，和王爺的淚水也湧了上來。他跟太皇太后交集不多，但他知道先帝是真心喜歡自己的。雖然先帝的疑心重了些，對楚侯爺不太好，但他畢竟是真心疼愛自己的父親。

楚三夫人看和王爺哭了，又說道：「得，都怨我，不該說那些傷心的事。」

陳阿福把和王爺摟進懷裡，輕聲說道：「在這個世上，你有母后、皇兄，還有娘親、妹妹、弟弟……娘說話算話，無論什麼時候，都會牽著你的手。」

和王爺聽了破涕為笑。

這時，小鴿子過來躬身說道：「王爺，宮門快落鑰，該回了。」

和王爺皺了皺眉，說道：「以後我搬出皇宮就好了，想玩多久就玩多久，晚了，就住在這裡。」

陳阿福不言語，笑著把他送出院子。

陳阿福盼啊盼，盼到三月初金燕子還沒回來。中途，她還掐了幾次左手心，也沒能把牠掐回來，禁不住暗罵金燕子是個貪玩鬼。

幾日後的下晌，楚侯爺被皇上叫進皇宮，所以小哥兒倆和小玉兒被送回竹軒。半路上，楚三夫人又把小玉兒帶去明和院。

陳阿福坐在廊下看帳本，一旁楚含嫣替和王爺編織手鍊，小哥兒倆則和七七、灰灰、追風一家在院子裡玩鬧著。

突然，七七和灰灰都興奮地飛去院子裡的一枝翠竹上，由於灰灰太重，把竹子都壓彎了，追風則跑去竹下仰頭狂吠起來。

楚含嫣抽了抽鼻子，也起身笑道：「我聞到金寶的味道了。」說完，就跑向那叢翠竹底下。

竹葉裡傳出金燕子的唧唧叫聲。「不好玩，本來想跟你們躲貓貓的。」

說著，一隻鳥兒飛出竹林，落在陳阿福的膝蓋上，正是金燕子。

陳阿福急切地想知道楚令宣的事情，但這麼多人，也不好多問。

金燕子掛在陳阿福身上唧唧說道：「媽咪，妳要感謝人家哦！若人家去晚了一步，楚爹爹就要帶回一個二媽了。」

「怎麼回事？」陳阿福急得一下站起來。

金燕子說道：「媽咪別著急，金寶出馬，一個當兩個用。」

陳阿福耐著性子看著金燕子跟孩子們玩了一會兒，才去了淨房。

不久，金燕子也鑽進來，開始向陳阿福娓娓道來。

金燕子一路遊玩，欣賞著大好春光，在四天後飛到楚大帥的中軍帳，才聽說平叛已經結束了，二皇子自殺，原王國舅病死，剩餘的造反人員一併被俘獲。但是，楚令宣卻失蹤了。

原來，二皇子帶著僅剩的一千多人逃去山中，楚令宣帶著幾千人去圍剿。因不熟悉地形，一直找不到他們，楚令宣便去求附近的部落族長幫忙帶路，族長有一個叫玉帕英的女兒自告奮勇前去帶路。

有了她的帶路，倒是很快找到二皇子藏身的地點，卻在進攻的時候，楚令宣為了保護玉帕英受了傷。他帶傷繼續指揮戰鬥，二皇子看到失敗已成定局，揮刀自刎，剩下的叛軍群龍無首，不是逃跑便是投降。

戰爭結束了，楚令宣和玉帕英卻雙雙失蹤了。

楚大帥聽說姪子失蹤了，急得不行，一邊讓人去尋找，一邊讓人去找族長。

族長並不著急，說他女兒熟悉這裡的大山，終有一天會回家，還大笑道：「我們族的女人都喜歡英雄，等他們回家的時候，就不只是兩個人，而是三個人了。」

楚大帥聽了族長的話更擔心了。他怕媳婦，也知道姪子怕媳婦，若出了什麼事情回家沒法交代，於是又派了更多人去山裡尋找，一定要在出事前把人找到。

金燕子一聽也嚇著了，若因自己一時貪玩，讓楚爹爹多了一個小老婆，媽咪肯定不會善罷干休，便趕緊去山裡找。

牠跟楚爹爹相處了那麼久，自然熟悉他身上的味道，不久就在山裡的一處洞穴裡找到他。

說到此，金燕子又適時地賣起了關子，眨著綠豆眼說道：「媽咪，妳知道人家看到了什麼嗎？」

陳阿福緊張地問道：「看到什麼了？」

金燕子的臉都有些羞紅了，唧唧說道：「兒童不宜！」

陳阿福沈著臉說道：「你是說他們……他們發生了關係？」

「嗯。」金燕子點了點小腦袋，看到陳阿福猛地站起身，又說道：「媽咪不著急，不怪楚爹爹，是女強男，但是在最關鍵的時刻，被超級無敵金燕子給破壞了。」

陳阿福氣得彈了一下牠的小腦袋，嗔道：「你要急死人啊！能不能快些說，說重點。」

金燕子又開始說。

那個洞穴很深很大，裡面還點著火把。楚令宣被綁在一塊大石頭上，赤裸著上身，一條腿受了傷，雖然經過包紮，但血還是把繃帶都染紅了，或許因為激動的原因，還不停地往外滲著血。

一個穿著奇特的漂亮女子正用手摸著他，偶爾還親他的臉兩下，嘴裡嘰哩呱啦說著什麼。

金燕子十分老練地說道：「人家聽不懂那姑娘說的什麼話，猜測應該是挑逗的情話吧！」又噘著嘴說道：「那姑娘雖然有些奇怪，但長得確實漂亮，不過，楚爹爹並不喜歡她，還特別討厭她，解釋著自己已經有了妻子、兒女，他十分心悅妻子，不會背叛她……他見相求沒有用，就開始罵那姑娘不要臉，說若她敢做出什麼失德之事，他只要行動一自由就會殺了她……」

陳阿福想到楚令宣流血的大腿，心疼不已，急道：「那你怎麼不快些去救他呢？」

金燕子唧唧道：「為什麼要那麼快去救他？人家就是要看看楚爹爹會不會背叛媽咪，熬不熬得過柔情和痛楚，是不是真正的英雄……」

陳阿福氣得不行，咬著牙問道：「那你快說說，他們最後怎麼樣了？你什麼時候出手的？」

儘管陳阿福很氣急，又心疼他受了傷，但還是耐著性子聽金燕子娓娓道來。

金燕子說道：「……人家就站在一塊大石上看熱鬧。那個姑娘很有耐心，不停地說著，手也不老實……在她的大嘴快要親下去的時候，楚爹爹氣壞了，朝她吐了一口口水，大罵她不要臉。那姑娘惱羞成怒，一隻手猛掐楚爹爹的傷腿，掐得楚爹爹大叫一聲，另一隻手又向楚爹爹打去。人家不能再等了，若讓她打下去，媽咪會打我的……」

金燕子趕緊飛過去咬著玉帕英後背的衣裳，把她叼在半空中，飛向洞口。

玉帕英嚇壞了，嘴裡尖聲叫著。

出了山洞，金燕子把她甩下去，又高聲叫了幾聲。一群長嘴巴鳥兒便飛了過來，齊齊張著大嘴向玉帕英撲去。

玉帕英更害怕了，捂著腦袋往山下衝去。

金燕子又飛回山洞，楚令宣也看到了牠，對牠大笑道：「金寶，真的是金寶！是阿福讓你來的吧？謝謝你。快，快幫我把繩子解開。」

金燕子用嘴巴把繩子解開。

楚令宣坐起身，在丟置一旁的衣裳中翻了翻，翻出一個荷包，又從荷包裡取出一顆包著油紙的藥丸。他把藥丸吃下去後，才將金燕子捧在手心說道：「那藥是阿福給我的神藥，吃了它腿傷好得快。」

說到這裡，金燕子唧唧笑道：「媽咪，楚爹爹禁得起考驗，是個英雄。」

陳阿福終於鬆了一口氣，但想到楚令宣受傷的腿，心疼得眼淚又流出來了，那得多疼啊！她彈了牠個腦鑿子，罵道：「小東西，真是越來越過分了。他回到軍營裡了嗎？」

金燕子唧唧道：「當然回去了。楚爹爹拖著一條傷腿走出山洞，沒多久就被找他的人找到，楚爹爹還讓人家給媽咪帶了封信回來。」

說著，一抖翅膀，便掉下一根小竹管。

陳阿福撿起，打開小竹管，抽出一條裹起的紙卷，打開後，竟然是兩張紙。

一張上面寫著，三月五日平叛勝利，二皇子已自刎；另一張上面寫著，夫很好，勿念。

看到第二張，陳阿福的眼淚又流了出來。

受了那麼重的傷，流了那麼多的血，還被一個悍婦挾持了，好什麼呀……

她擦乾眼淚，起身把第二張紙條放進妝奩，拿著第一張紙條出了院門。

金燕子說的話，陳阿福不可能跟楚侯爺說，但這張紙條卻可以交給他，畢竟楚侯爺和老侯爺都知道金燕子的厲害。但是，這張紙條卻不能再讓其他人知道，否則容易讓人聯想到榮昭被鳥攻擊的事件。

當老侯爺看到這張紙條後，激動得眼淚都流出來了，壓著聲音說道：「好啊！好啊！所有不好的，都過去了。」

不多時，楚侯爺也從宮裡回來了，他看了紙條，也大笑不已。

多少年了，陳阿福還是第一次看到楚侯爺發自內心的笑。

他的笑很明媚，很乾淨，真是十足的中年帥哥。可惜了，被榮昭荼毒了十幾年，讓他生無可戀。

楚侯爺又說了，皇上找他進宮的原因，是想再請他出山，而且態度非常誠懇；還說，若他不喜歡當武官，可以去兵部。

楚侯爺都力辭了。其一是現在楚家的聲勢已經很大了，不願意引起皇上的猜忌，哪怕他現在沒有，也不能保證以後不會有；其二是當初在金殿上，當著先帝和文武百官的面，楚侯爺把話都說滿了；其三，楚侯爺已經徹底厭倦了宦海生涯，想過自由自在的日子。

晚上，竹軒這廂設宴請客，除了老侯爺父子，也把楚三夫人母子請來了。

楚三夫人看到那父子兩人喝得臉紅通通的，高興得不行，有些納悶。

陳阿福低聲笑道：「我隱約聽了一些，好像皇上想請公爹出山，公爹雖然沒同意，但感念皇恩浩蕩，高興唄。」

楚三夫人聽了，也抿嘴笑起來。雖然楚侯爺身上沒有官職，但他是楚家的家主，楚家所有人的依靠，皇上信任他，就是信任楚家人。

五天後，皇上收到八百里加急，平叛已經在八天前結束了，楚大帥帶領南征大軍在一個月後班師回朝，一同帶回來的，還有二皇子的屍首，以及王國舅等人的腦袋。

二皇子再是造反，還是皇上的兄長，必須留著全屍。

皇上大喜，在朝上大大表揚了楚家軍，說到時候他會親自出城迎接楚家軍；又把楚老侯爺和楚侯爺宣上殿，嘉獎了一番楚家的豐功偉績，還留他們父子兩人吃了御宴，和王爺作陪。

一時間，楚家的風頭無人能敵。

趁著這股東風，楚家二房庶女楚碧也定了一門好親，是一個從二品武官家的庶子。後生十七歲，已經在軍中做事，是一個八品小官。

兩個庶女都定了這麼好的親，甚至不比嫡女楚珍差，又讓楚二夫人一陣心痛。

因為前段時間處置了許多罪臣，空出了許多大宅子。最好的宅子被賜給幾位剛封王的皇子，剩下一些便拿出來賣。

楚令安買了一處帶花園的四進大宅子。其實作為他們這一房來說，官不大，人不多，完全沒有必要買這麼大的宅子，但楚令安總想把銀子多花在置產上，所以才買了這大宅子。

陳世英家也買了一處帶有人工湖和花園的四進宅子，原來的那個三進宅子太小。前段時間，陳雨晴已經和謝峰訂親，讓陳世英和江氏去了一塊心病。

三月二十，是和王爺正式開府建衙的日子，這一天他正式住進和王府。

頭一天下晌，和王爺就請陳阿福和楚含嫣、小哥兒倆、小玉兒、楚令智，以及動物們一起去和王府先睹為快。

和王府的府址原來是王國舅家的府址，王家經營上百年，府邸大氣奢華，又經過幾個月的改造，極盡奢侈精緻。

陳阿福領著孩子們和動物們來到和王府，看到和王爺正笑咪咪地站在側門口。其實，他更想站在正門口把娘親和妹妹接進自己的家，但他知道這樣會給娘親惹禍，只得很遺憾地在側門迎接。

陳阿福等人一下馬車，他馬上過去牽著她和楚含嫣的手說道：「這裡是我的家，我特地給岳母和妹妹準備了房間，以後玩晚了，就在我家住。」

小哥兒倆十分受傷，羽哥兒癟嘴道：「和王爺只喜歡娘親和姊姊、妹妹，都不喜歡弟弟和爹爹。」

明哥兒又補充道：「和王爺只喜歡女人，不喜歡男人。」

和王爺的臉都被他們說紅了，趕緊說道：「當然也有爹爹和弟弟們的屋子，一個大院子，再加上姥爺和姥姥、舅舅都能住下。」

這是一個七進大宅院，有大花園，還有種滿海棠花的棠園，院中有湖，湖中心還有座小島，島上還有處小院。他們幾人坐著不加圍欄的騾車參觀，轉了一個多時辰還沒逛完。

這就相當於前世的一個大型綜合公園。

陳阿福看了和王爺跟楚含嫣幾眼，這麼大的家就這兩個人住，著實太大了些，又想著，得讓丫鬟妙兒好好跟帳房學習，將來給楚小姑娘當財務總監。妙兒膽大心細，讓她幫忙小姑娘將來管內宅，哪怕王府有專人管理，但那麼多銀子怎麼花，小姑娘心裡總要有個數。

參觀完，天都快黑了，和王爺請他們去正院吃飯。

正院裡姹紫嫣紅，暗香浮動，屋裡的擺設更是精緻奢侈。

和王爺跟楚含嫣說道：「以後妹妹嫁進王府，就住在這裡，喜歡嗎？」

小姑娘笑眯眼地點點頭。

和王爺又問陳阿福道：「岳母，怎麼樣？」

陳阿福也點頭笑道：「嗯，很好。」

和王爺見楚含嫣牽著小玉兒和小哥兒倆進臥房了，拉著陳阿福悄聲說道：「岳母，楊淑妃經常傳她的妹妹進宮，很煩人，我以後住在自己家裡，想見誰就見誰，不想見誰就不見誰。」

陳阿福見他皺著眉頭，很嫌棄的樣子。和王爺早慧，他特意提出來，就說明那個楊淑妃的妹妹進宮不那麼簡單，很可能另有想法。

陳阿福直視著他，非常鄭重地說道：「我同意嫣兒給你當王妃，就是覺得和王爺不會委屈她，嫣兒太良善，爭不過別人的。」

和王爺見娘親這麼說，知道她聽懂了他的話，那個楊姑娘天天跟著自己的確另有所圖，以後一定要遠著她些。「岳母放心，我只對妹妹一個人好。」

陳阿福又意有所指地說道：「和王爺聰慧，有些事知道該如何處理。張皇后對嫣兒的爺爺頗多禮遇，她也深得皇上的敬重，以後，你不只要孝敬好太后娘娘，更要跟皇后娘娘搞好叔嫂關係。」

和王爺若有所思，小聲說道：「母后也讓我跟皇后搞好關係，說她心正，跟我皇兄患難與共。」

真是個聰明孩子，也是被自己養貼心的好兒子。

陳阿福笑著捏了捏他的耳朵。這是她原來的慣有動作，每當對大寶做的事滿意後，一個是親他的小臉，一個就是捏他的小耳朵。

得到娘親的肯定，和王爺笑得瞇起了眼睛。

在大宅子內吃了飯，陳阿福幾人才回楚府。

本來，和王爺請他們明天再來王府做客，陳阿福拒絕了。因為明天那些王爺、皇子、公主都會來，說不定皇上娘娘也會到，自家就不來湊熱鬧了。

擔任和王爺管事嬤嬤的魏氏今天也要回自己的家。

一路上，陳阿福讓魏氏坐了自己的馬車，又問了一下楊家姑娘的事。

魏氏悄聲說，那位楊家姑娘閨名楊文芳，十一歲，長得倒是明眸皓齒，楊淑妃經常把她傳喚到宮裡；而且，她還經常跟小王爺來個偶遇，不時去討好小王爺……

「……我總覺得有些不對，但不敢確定，連小王爺這樣的孩子都看出不對了，那人不知用了什麼手段。」魏氏撇嘴說道。

陳阿福暗恨，那楊淑妃真不要臉，自己當了小老婆，還攛掇著那麼小的妹妹去當小老婆，說不定還有把楚小姑娘踩下去當大老婆的想法呢！

她小聲說道：「和王爺的條件非常好，不只她，肯定還有很多姑娘會打他的主意，覺得嫣兒老實，哪怕她們只當個側妃，日子也好過。還有那心大的，想著以後把嫣兒踩下去的人也會有，妳和秋月都要警醒些，更讓小鴿子注意，別讓小王爺著了別人的道。大寶是我從小養大的，性子我知道，以後也定不會做那些不要臉的事，但那些蒼蠅太討嫌了，整天圍著他嗡嗡叫。」

魏氏點頭。「好，我知道了。」

回到楚府，陳阿福看到笑咪咪的楚含嫣，心裡疼惜不已。哪怕為了孩子，也得讓楚令宣好好掙前程，他的前程好了，自家的孩子才不會受欺負。

然而，既不讓皇上猜忌，又讓他重用，太難了……

四月中旬，這天平叛大軍進京。

平叛大軍昨天就到京郊了，他們要等到今天辰時，皇上率文武百官親自出城迎接。

楚家人昨天就接到楚三老爺和楚令宣派人送的信，楚三夫人和陳阿福皆是喜極而泣。

楚侯爺要跟著皇上出城迎接平叛大軍，老侯爺就帶著楚家所有人在安榮堂等消息。今天國子監放假，四爺楚令衛、五爺楚令智和陳阿祿都去街上看熱鬧了。

不到辰時，就有人來安榮堂稟報，平叛大軍已經往城門而來。接著，又有人來報，皇上已經率文武百官向城門而去。

各種消息源源不斷地傳進來。皇上在城門外接到平叛大軍，眾將士齊跪在地，山呼「萬歲，萬歲，萬萬歲」，聲音震天動地，皇上朗聲大笑。

威風英武的楚大帥跪在最前面，大聲稟報了平叛勝利的過程。

皇上親自把他扶起來，嘉獎了眾將士。

接著皇上坐著車輦，楚大帥騎著大馬與皇上同行，直至皇上帶著文武百官及平叛的高級將領進入皇宮，已至午時。

稟報人說得最多的是楚大帥，讓楚三夫人又是哭、又是笑、又是得意。

吃晌飯前，楚令衛、楚令智、陳阿祿也回來了。他們激動地說著楚大帥如何威武不凡，皇上如何禮遇他；他們還看到了楚令宣，他是高級將領中最年輕、最俊俏的一個，騎著馬緊跟在楚大帥後面。

這時，在宮裡當值的楚令安又讓人來傳信，說皇上請楚三老爺和楚侯爺、楚令宣在宮裡吃御宴，晚上或許也會在宮裡吃飯，讓家裡人別等他們。

飯後，眾人離開安榮堂，回各自的院子。

楚令衛和陳阿祿又出去了，說要去酒樓裡參加學子們「歌頌英雄」的鬥詩會。

幾個孩子興奮了一個上午，小哥兒倆雖然已經記不清爹爹長得什麼樣了，但知道爹爹愛他們，都急切地盼望著爹爹回來。小玉兒在娘親和姊姊的反覆說明下，大概知道了爹爹是個什麼東西，也充滿著期待。

楚含嫣就不用說了，天天盼著，看到娘親哭她也哭，還親手給爹爹編了一條漂亮的手鍊……

陳阿福看到小哥兒倆和小玉兒已經很睏倦了，便讓人帶著他們去午歇，他們還不願意。

陳阿福笑道：「你們爹爹要晚飯後才會回家。」

幾個孩子聽了，才由著下人領去睡覺。

楚含嫣偎靠陳阿福坐著，說道：「娘親，我太激動，睡不著。」

陳阿福笑道：「娘親也睡不著，咱們娘兒倆就坐在這裡等。」

她又遣人去把三夫人和楚令智請來，再讓楚令智進行一次街邊「實況轉播」。

為了讓楚令智更賣力些，陳阿福特地為他準備了加料的玫瑰果子露和點心。

一個下午，時光就在楚令智的轉播中度過，楚三夫人母子在竹軒吃過晚飯才回去。

等待，真是難挨。

晚上，把孩子們都哄去睡覺了，楚家的那三個男人還是沒有回來。

陳阿福正準備脫衣上床的時候，金燕子從窗縫飛進屋裡，對著她唧唧叫道：「楚爹爹回來了，楚爹爹回來了，已經去了楚太爺爺的院子。」

金燕子激動得不行。

正在屋裡的丫鬟笑道：「喲，金寶怎麼叫出了麻雀的聲音，真奇怪。」

這時，外院有人來報，世子爺回來了，正在老侯爺那裡，大概兩刻鐘就回來，侯爺和三老爺被皇上留在宮裡了，要等到明天才回來。

竹軒裡立即熱鬧起來。夏月高興地賞了報信人一個荷包，陳阿福讓人快去小廚房做飯。宮裡的御宴聽著好聽，一般都吃不飽。她又在衣櫥裡找了楚令宣從裡到外的衣裳，才坐到東側屋的炕上等。

想到終於要見到分別一年多的丈夫，陳阿福的身子都有些微微發抖。

兩刻多鐘後，院子裡一片歡騰，陳阿福忙起身急步跑出房門。

十幾盞的彩燈把院子照得透亮，看到一身戎裝的楚令宣大步走進來。他黑了，瘦了，如刀刻般俊美的五官雖然更顯剛毅不羈，但因為帶著笑意，他的人就如冬日裡的豔陽，眩目，迷人，溫暖……

陳阿福淚眼汪汪，向楚令宣跑去，跑到他面前，卻不好意思投進他的懷裡，畢竟這是古代，院子裡還有幾個下人。

楚令宣的笑容更大了，伸手拉起她的手，說道：「阿福，我平安回來了。」

陳阿福哽咽道：「嗯，真好，又聽到了你的聲音，看到你的人……令宣，我和孩子們天天都在盼著你。」

楚令宣一把將她摟進懷裡，在她耳邊輕聲說道：「我也想妳、想孩子們，天天都在想。」

然後，楚令宣拉著陳阿福進了屋。

進屋後，楚令宣便沒有顧忌地把陳阿福摟進懷裡，緊緊地抱著她，喃喃說著。「阿福，阿福，真想妳……」

他邊說，邊吻著她的耳垂、鬢角、臉頰，快到她的唇邊時，被陳阿福輕輕推了推，說道：「孩子們來了。」

楚令宣一回頭，看到竹青色軟簾掀起了一角，四張小臉從高到低排成一排地看著他們。他忙鬆開陳阿福，對那幾張小臉招手笑道：「兒子，閨女，傻了？快進來。」

小哥兒倆最先衝進來，楚含嫣牽著小玉兒隨後，四雙烏黑的眼睛都瞪圓了，呆呆地看著楚令宣。

三個小的還有些懵，楚含嫣走上前扯著楚令宣的袖子說道：「爹爹，女兒想你。」

楚令宣捧著小姑娘的臉笑道：「爹爹也想嫣兒，想得緊。好閨女，都長這麼大了，還訂親了，爹爹真捨不得。」

小哥兒倆從來都是行動派，在確認面前的這個男人的確是自己親爹後，雙雙跑去抱住他的兩條腿，說道：「爹爹，羽哥兒（明哥兒）是好兒子，偶們也想你。」

爹爹一回來，兩個小子嬌得話都說不清了。

楚令宣朗聲大笑，說道：「是，是，你們是爹爹的好兒子。」

他又蹲下，跟小玉兒懵懂的目光齊平，伸手笑道：「小玉兒，一晃眼，妳都長這麼高，還會走路了。我是爹爹，來，讓爹爹抱抱。」

小玉兒看著眼前這個陌生男人，這就是自己的爹爹？很俊俏呢！比大姑父，怡姊姊的爹爹還俊俏。娘親和姊姊說，爹爹是最好最好的人，也是最愛最愛他們的人。看看姊姊和哥哥，還有娘親都跟他抱抱了，她也想上去抱抱；可她又有些害怕，不敢上前，很是糾結，扭著小胖指頭不知該怎麼辦。

眼前的小玉兒，過耳的頭髮垂著，穿著只有陳阿福才會做的楊妃色睡衣、睡褲，和小兔子拖鞋。如玉般潔白的小臉上有兩圈酡紅，一看就是剛從被窩裡爬起來的，她睜著滴溜溜、烏黑發亮的大眼睛看著他，還糾結地扭著手指頭。

楚令宣笑意更深了，伸手一把將她抱起來。

小玉兒正猶豫著，突然感覺自己一下子到了半空中，原來是被爹爹抱起來了。

爹爹在她的臉上使勁親了兩口，哈哈笑道：「小玉兒，小寶貝。」

楚令宣的情緒感染了小玉兒，她也抱著他的脖子親了兩口，喊道：「爹爹，爹爹，格格格格……」

她的小嘴正好在楚令宣的耳邊，大嗓門嚇了他一跳。他沒想到，這個小人兒的嗓門會這麼大。

楚令宣又笑著親了她幾口。

陳阿福笑道：「好了，好了，讓你們爹爹去沐浴。」

楚令宣從淨房出來，又跟幾個孩子親熱起來。不多時，飯菜已經擺在炕桌上。

陳阿福對幾個孩子說道：「現在已經戌時了，該睡。明天起床，就能看到你們當元帥的三爺爺了。」

幾個孩子也乏了，卻還是纏著爹爹不想走。楚含嫣見娘親看了她一眼，懂事地起身抱著小玉兒說：「咱們先去歇息吧！明天再來看爹爹。」

小玉兒打了一個哈欠，表示認同。

小哥兒倆看姊姊和妹妹都要走了，也都聽話地跟著出去了。

陳阿福坐上炕，給楚令宣倒了一杯酒，自己倒了半杯，舉杯笑道：「祝賀咱們的大英雄凱旋歸來。」

楚令宣笑著一口飲盡，熾熱的目光沒離開陳阿福一眼，讓陳阿福這個老臉皮的人也紅了臉。

雖然桌上都是楚令宣平時最喜歡吃的菜，可是面對著他最想最想的媳婦，桌上的美酒佳餚都變得索然無味。他喝了兩杯酒，便起身說道：「我吃飽了。」又對一旁服侍的丫鬟說：「妳們出去吧！明天再收拾這裡。」

他是一刻鐘也不想等了，丫鬟還沒走出屋，他就打橫抱起陳阿福向臥房走去。

陳阿福羞得要命，小聲嗔道：「你就不能等一等啊！人家出去再……」

楚令宣說道：「我都等了一年，憋壞了。」說著，把她放上床。

陳阿福突然想到了什麼，用手一下子擋住楚令宣壓下來的嘴，說道：「你們軍營裡有營妓的吧？還有前幾個月，先帝賞賜你們打了大勝仗，不僅賜了美酒豬羊，也賜了一些女人過去……你還會憋壞？」

想到那個變態的編制，還有變態的先帝，陳阿福的氣就有些不順暢。

楚令宣抓住她的手，俯身親了親她，笑道：「我和三叔只享用了美酒和豬羊，那些女人，都留給了弟兄們……」又捏著她的下巴說道：「這麼好的氣氛，不許說那些掃興的話。」然後，身子便壓了下來。

想了陳阿福一年多，又攢了一年多的力氣，還喝了酒，楚令宣做得很賣力，也很認真。

但是，陳阿福卻出神了。

她沒注意到，金燕子早已經進了空間。她的腦海裡，一隻鳥羞得小臉通紅，掛著兩管鼻血在暴走著，時而還要罵幾句。「媽咪，楚爹爹在教壞小孩子。哎呀，好難為情，人家都替你們害臊……」

陳阿福很無奈，這時候她除了任人擺布，一點辦法都沒有。

這天夜裡要了兩次水，陳阿福睡著的時候，楚令宣還在耕耘著。

第二天，陳阿福正睡得香，一陣吵鬧聲把她驚醒了，是孩子們的聲音。

陳阿福睜開眼睛，看到四個孩子排排站在她的床前。

明哥兒說了句。「娘親，太陽照屁屁了。」

小玉兒用手刮著小臉，說道：「娘親，懶，懶。」

楚含嫣和羽哥兒則對她呵呵笑著。

夏月見陳阿福醒了，笑道：「大爺被老侯爺和三夫人請去安榮堂，他不讓奴婢吵妳。」說著，便過來服侍她起床。

陳阿福坐起身，一身痠痛，暗罵楚令宣打仗打變態了，不知道憐香惜玉。

巳時，陳阿福領著幾個孩子去安榮堂。

廳堂裡，不只老侯爺和楚三夫人在這裡，連二房一家都在。

陳阿福看到楚二夫人撇了撇嘴，也沒理她，對楚三夫人不好意思地笑道：「昨天大爺回來，孩子們鬧晚了，起得晚，等他們等到現在。」

幾個孩子都被爹爹吸引住了，沒注意娘親「冤枉」他們的話。

孩子們向長輩們行了禮後，都倚去楚令宣的身上。

小玉兒直接爬上他的腿，小哥兒倆一人倚著一條腿，楚含嫣則倚在他的身側。

聽他們的談話，昨天皇上要把楚三老爺的西進伯封為西進侯，又封他為兵部尚書，以及從一品的少保，再給楚令宣一個總兵的職務。

這天大的榮耀和恩寵，楚家男人卻不敢接。

之前，楚侯爺和老侯爺已經商量好楚家男人的未來，被先帝忌憚的楚侯爺退休了，功高蓋世的楚三老爺半退休，年輕的大爺楚令宣、二爺楚令奇、三爺楚令安全力掙前程，四爺楚令衛、五爺楚令智過兩年出仕。

楚令衛兄弟雖然在國子監裡讀書，但功課並不算很好，他們也會進軍隊謀前程。

楚侯爺手中的人脈，以後可以逐步傳到楚令宣的手中，等楚令衛成長起來後，楚三老爺的爵位和人脈再逐步傳給楚令衛。

因為情況特殊，楚侯爺和三老爺過去在先帝的支持下，明裡暗裡培養了不少勢力，這也是先帝最忌憚楚家的地方。雖然權力都交出去了，但人脈依然在他們手中，為了對抗以後的政敵，保全家族，他們雖然退下來，但必須要把這些人脈傳下去。

這個意思，老侯爺之前已經派心腹跟楚三老爺和楚令宣說過了。所以，楚三老爺只接了少保的虛銜，力辭實缺和爵位。

而且，從皇上讓楚三老爺轉文官當兵部尚書的意思看，皇上也不希望楚三老爺繼續為官。怎麼可能一個家裡，有調遣軍隊的最高官員，再有統領軍隊的高官，這幾頂高帽子，讓楚三老爺和楚令宣誠惶誠恐。

因為二老爺夫妻等人都在，楚令宣大概講了這些，不敢細講，只說楚三老爺力辭，楚侯爺也幫忙弟弟力辭，皇上雖然嘴上沒答應，但似乎心裡已經鬆動。

晚飯後，楚令宣就先回家了，楚侯爺和楚三老爺又被皇上繼續留下。

這些話昨天他就跟老侯爺說過了，今天特別跟楚三夫人再說一遍。

楚三夫人有遠見，也覺得丈夫和大伯做得對。當今皇上睿智果敢，肯定記著自家的好，特別是對大伯，有著極深的感情；但先帝對大伯猜忌，駕崩前定會對當今聖上有所交代，皇上此舉，可能是試探。

當他知道楚家確實沒有不臣之心，放下所有的芥蒂，楚家的好日子就來了。

只聽老侯爺對楚三夫人笑道：「若老三辭了實缺，他不到四十歲的年紀，就會賦閒在家了。」

楚三夫人笑道：「我家老爺年輕的時候在邊關，那時候邊關不太平，老爺常常帶人上陣殺敵。回京城這幾年，先是忙得不著家，後來又去南方平叛，我的心啊！就一直提著，他以後能閒下來，是好事，我也歡喜。」

老侯爺捏著白鬍子點點頭。這個兒媳婦找得真好，識大體，又大氣。

楚二夫人的臉先是笑著，後來就越來越沈。

楚家的兩個當家人把大官辭了，她兒子以後豈不是少人提攜了？雖然楚令宣的官不小，卻還沒到通天的地步，何況他可能去當總兵，那又要出京，她可不希望獨子去外地。

她知道老侯爺和三夫人都討厭自己，自己也不該在這種場合說話，她給楚二老爺使了使眼色，意思是讓他趕緊求求老侯爺，趁現在給兒子謀個好前程。

楚二老爺沒說話，還瞪了她幾眼，意思是讓她老實些，不要亂說話。

眾人都看到他們兩口子的表情，沈氏不好意思地低下頭，老侯爺暗哼著沒理他們。

吃飯前，楚侯爺和三老爺終於回來了。

除了老侯爺，所有的人都起來給他們行禮，楚三夫人又拿出帕子抹起眼淚。

楚侯爺坐到老侯爺的旁邊，楚三老爺坐在楚侯爺的下首。

楚侯爺又講了皇上只收回兵部尚書的實缺，依然封三老爺為少保，晉封他為西進侯，並世襲三代，還說，以後若朝廷需要楚三老爺重新出山，不得有誤。

這說明，皇上還是願意用他的。

另外，會封楚令宣為御林軍副統領。這個職務雖然只是從二品，比之前許諾的總兵還要低一級，卻是皇上的近臣，非皇上心腹不能勝任。而且，正統領黃大人已經年近五十，這個歲數一般都會去都督府任職，也就是不出幾年，楚令宣就能接班了。

這真是個意外的好消息，說明皇上跟先帝不同，還是信任楚家，把楚家當成絕對心腹。

聽到最後一個好消息，老侯爺的笑聲老大，鬍子都翹起來了，笑道：「我們之前做的事，是做到皇上的心裡去了。」

楚侯爺點點頭，也笑起來，笑意直達眼底。「皇上已經同意我把爵位傳給宣兒，以後，我就無官一身輕了。」看到老侯爺憐惜的眼神，又笑道：「皇上還說，他永遠都記得我曾經為他做過的事。明日早朝，他會當著文武百官的面，賜我『金書鐵券』。」說完，他雙手抱拳向北拱了拱，說道：「皇恩浩蕩啊！」

「金書鐵券」民間俗稱「免死金牌」，大順朝的皇帝對這樣東西非常寶貝，不會隨意頒發，只在開國時賜過幾塊給功勞特別大的功臣，這是之後幾代皇帝以來賜的第一塊。

也就是說，楚侯爺雖然沒有任何官職，卻享受了無上榮耀。

這個好消息讓廳屋裡的人都沸騰起來，老侯爺都哭了。雖然楚侯爺退休，三老爺半退休，看似楚家現在最高官職只是楚令宣的從二品，但是，楚家卻毫無爭議地成了京城最頂級的勛貴世家之一。

陳阿福也高興，擁有「免死金牌」的人家及其子孫，只要不謀逆，可免一切死罪。還有啊！皇上對楚家這麼禮遇，楚令宣又擔任那麼重要的職位，以後楚小姑娘有娘家撐腰，那些打和王爺主意的人該少了些吧？

陳阿福看著跟楚令宣擠在一起的三個孩子，他們強勢又聰明，不需要自己操心，最讓她操心的，還是溫柔又老實的楚含嫣。

楚侯爺看看楚二老爺夫妻一臉羨慕的樣子，又說道：「二弟放心，奇兒和安兒都是好孩子，他們好好幹，會有前程的。」

楚二老爺連連點頭，笑道：「一榮俱榮，宣兒出息了，自然會提攜兩個弟弟。」

楚二夫人的笑聲也大了些。兒子正好在御林軍裡做事，以後的前程肯定差不了。

另外，皇上還賜了三老爺十車的錦緞、玉石擺件、東珠、藥材等物品，還有五百兩黃金，一千畝良田；賜楚令宣五車的錦緞、擺件等物，還有五百兩白銀，五百畝良田。

楚家早些日子已經暗中分家了，所以這些東西就屬於大房和三房，楚二老爺夫妻再眼紅也無法。

講完正事，楚侯爺才發現今日跟平時有些不同，平時，那三個小孫子、小孫女都是跟他擠成一堆的，現在卻擠去兒子身邊。

楚侯爺對他們招手笑道：「到爺爺這裡來。」一見他們還有些捨不得爹爹，又說道：「你們爹爹公務繁忙，以後能帶你們去坐船、爬山、溜狗的，只有爺爺。」

他早就允諾以後帶他們去鄉下玩，所以幾個孩子一聽，都擁去爺爺那裡。

小玉兒爬上爺爺的膝蓋，不依不撓地嚷道：「還要找奶奶，找奶奶，爺爺忘。」

爺爺經常說帶他們去坐船、爬山、溜狗、找奶奶，她就記住了。現在見爺爺居然忘了說找奶奶，就把話補齊了。

楚侯爺哈哈笑起來，說道：「對，還要去找奶奶，是爺爺忘了。」

楚令宣對陳阿福笑了笑，他一直想要建功立業，給妻兒好生活，讓母親回家，這個願望終於快實現了。

第五十六章

傍晚，楚令宣一家正要去安榮堂的時候，和王爺領著動物們來了。因為和王爺一個人住在王府太孤單，七七、灰灰和追風一家多半時間都住在那裡陪他，今天一放學，他就回府把動物們領來了。

和王爺一看見楚令宣，就上前給他做了個揖，笑咪咪地說道：「岳父，咱們很有緣分呢！之前我當了你的義子，現在又當了你的女婿。」

看到小小的和王爺喊得如此隆重，楚令宣哭笑不得。他是絕對沒想到，這個從小就跟自己搗蛋的小十一，居然成了自己的小女婿。

眼前的小少年，穿著蟒袍，戴著金冠，俊眉朗目，齒白唇紅，漂亮得不像話。他還是太后最寵愛的兒子，皇上最寵愛的弟弟，聽說皇上給他賜了個大宅子，還有無數的金銀珠寶……

楚令宣說道：「嗯，的確有緣分。」又極其鄭重地說道：「和王爺跟嫣兒一起長大，知道她溫柔，善良，單純，沒有一點戰鬥力。我和阿福也只有把嫣兒交給你，才放心。」

楚令宣如此說，就是不放心。和王爺的條件太好，惦記他的人又太多，楚令宣怕他生活在錦繡堆中會失了初心，讓閨女受委屈；雖然陳阿福信任他，可楚令宣卻不敢完全相信他。

和王爺雖然年紀小，卻是從小看別人眼色長大的，聽出楚令宣的言外之意，也非常鄭重地說道：「岳父放寬心，我從小就最怕妹妹流眼淚，我不會委屈妹妹，也不會讓任何人委屈她的。」

他不好說的是，娘親和妹妹是世上最美麗的女人，也是他最喜歡的女人，不讓她們受委屈，是他從小的願望。

對他的答覆，楚令宣還算滿意。

和王爺又招呼了陳阿福跟楚含嫣以及弟弟、妹妹，並說休沐的時候，請他們去和王府吃飯，府裡新來了一位廚子，做的菜很有特色。

眾人說說笑笑，一起去安榮堂吃晚飯。

楚令宣走在最後面，看到小哥兒倆和小玉兒追著好幾天不見的動物們跑在最前面，孩童的笑鬧聲和狗吠聲蔓延了一路。

和王爺依然如小時候一樣，一手拉著陳阿福的袖子，還把楚含嫣叫到他的另一側，一開始拉著小姑娘的袖子，或許覺得不好，又鬆了手。

三個人籠罩在暮光之中，淺笑低語，就如幾年前從棠園去福園的路上。

看到這一幕，楚令宣放心了些許。看在和王爺跟嫣兒從小的「兄妹」情分，和阿福的「母子」情分，還有他良好的個性，應該不會委屈嫣兒吧？

晚上，楚令宣和陳阿福辦完事後，兩個人相擁著說起了家裡的一些事，也包括楚含嫣的事情。

陳阿福知道楚令宣的顧慮，說道：「嫣兒敦厚良善，性格又綿軟，嫁給不瞭解的人我不放心，但總不能不讓她嫁人吧？若嫁人，小十一是最好的人選。小十一是我養大的，是個好孩子，又對嫣兒有很深的感情，他唯一的缺點就是條件太好，惦記他的人太多。只要他一心一意對嫣兒，現在楚家又頗得皇上信任，皇上和太后、皇后肯定不會逼他納小。現在要防的是有些女孩利用手段，好在他身邊的人都跟咱們走得近，我也囑咐過了；還有，再給嫣兒多培養幾個精明的下人……」

她不好說的是，若是實在有那不要臉的人，先派人收拾，人若收拾不了，就讓金燕子收拾。

榮昭是先帝的長女，還不是被金燕子整得灰頭土臉？

聽了陳阿福的話，楚令宣很感動，吻了吻她的臉頰說道：「嫣兒有今天，多虧了妳。她的事情，妳比我這個父親還操心，難為妳了。」

陳阿福笑道：「嫣兒可人疼，我一直把她當成親閨女，她也把我當成了親娘，我們的母女情分，就像和小十一的母子情分一樣深厚，等她嫁人的時候，我還會拿我的私房銀子給她置辦嫁妝！」

兩人又閒聊了一陣子，才相擁入睡。

第二天，皇上在金殿上論功行賞，封賞了楚廣開、楚令宣等一些立了大功的將領，同意楚廣徹把永安侯爵位傳給兒子楚令宣的同時，又賜了楚廣徹「金書鐵券」。

金殿上，楚家的三個男人：楚廣徹沒有任何職務，楚廣開只有一個從一品太保的虛銜，楚令宣只是一個從二品武官。

但所有文武大臣都不敢看輕這三個男人，因為他們都知道，這三個男人是最得皇上看重的心腹大將，一旦朝廷有事，楚廣徹的話最有分量，楚廣開很可能再次掛帥，楚令宣更是前程遠大……

下午，封楚三夫人和陳阿福為西進侯夫人、永安侯夫人的聖旨也送到楚家。

繼楚令宣成為最年輕的侯爺，陳阿福也成為最年輕的侯夫人。

楚令宣成了永安侯，楚廣徹成了老侯爺，原來的老侯爺人稱「老太爺」。

新上任的老侯爺一回府，就提出搬家，他搬出安榮堂，讓楚令宣夫婦搬進去。

楚廣徹在外院有個院子，叫瑾院，以後若住在侯府，就在那裡歇腳。他還有個奢望，就是羅氏回來也有地方住，因此內院也有個院子。

與此同時，二房一家也開始搬家了。雖然楚二老爺極其不舒坦家裡的產業全部交由兒子管，但也沒有辦法，因為老太爺和楚令安已經悄悄在衙裡上了檔；更令他惱怒的是，自己這一房分到五萬兩銀子的現銀，老父親居然沒有給私房錢。而且，這些銀子還分給楚令奇一萬兩，又花一半多買了大宅子和一些田地，剩下不足二萬兩銀子。若自己想大筆花銀子，還要經由老太爺同意；他氣得要命，偷偷打了楚令安一頓，也沒有別的辦法。

楚二夫人倒非常高興由兒子管產業，唯一不高興的是，老爺子直接把庶子分了出去，還給了一萬兩銀子和兩千畝田地、一個鋪子、一個莊子，器皿擺件若干。若是她分，幾千兩銀子就打發了。

而楚三老爺夫婦雖然讓人把西進侯府打理好，搬了許多東西進去，人卻不忙著搬。楚三老爺覺得自己很少在老父親跟前盡孝，想等到他徹底跟大哥住去鄉下後再搬家。

待老侯爺搬入瑾院後，就開始重新裝修安榮堂。一進、二進、三進都不需要裝修，三進正房只須更換家具即可，關鍵是四進、五進的房子要重新裝修。

以後，楚令宣和陳阿福兩人住在三進，小哥兒倆住四進，楚含嫣和小玉兒住五進。

本來楚含嫣這麼大的姑娘，應該自己住一個院子，但小姑娘明顯不願意。陳阿福也想把她帶在身邊多學習一些人情世故，於是就由著她，等她十二歲以後再單住。

四進沒有北房，只有東、西廂房，羽哥兒住東廂，明哥兒住西廂。

楚含嫣和小玉兒都住在五進的後罩房裡，中間的廳屋為兩人共用。東屋是楚含嫣的臥房，東側屋是她的起居室兼書房；西屋是小玉兒的臥房，西側屋是她的起居室。

二進院子裡種了許多花，名為花廳，專門用來招待客人，或是家裡有重要的事情時，眾人便在這裡吃飯。

光一個安榮堂就這麼大，整個永安侯府更大。等到三房一家搬出去，這麼大一座宅子只有自己這一家，太空曠了，哪怕老侯爺和老太爺偶爾回府住，也占不了多大地方。

前世、今生，陳阿福第一次為自己的家太大發了愁，想到比這座宅子還大的和王府，小十一一個人住在那裡，陳阿福就更心疼了些。

她把心思跟楚令宣說了，楚令宣笑道：「那咱們就多生幾個孩子，等到孩子們長大娶了媳婦，再多生幾個孫子，這個宅子就不大了。至於和王爺，咱們閨女一看就跟妳一樣，是多子多福的命，將來給咱們多生幾個外孫，和王府也就熱鬧了。」

想到和王爺與楚含嫣後面跟著一串小孩子，陳阿福不厚道地樂了起來。

楚令宣又說道：「爹和爺爺把家裡的事情交代完後，就會去鄉下住，爹最主要的目的還是接我娘還俗。唉，我娘在空門裡待了這麼多年，性子已經變了，對我爹又頗多怨念，我爹不一定能如願。等我忙過後，咱們就一起去勸勸娘……」

陳阿福點點頭。她也想讓了塵還俗，給老侯爺一個完整的家。從某種意義上來說，他們都是苦命人，一個半生孤寂，一個半生隱忍，若能放下芥蒂，後半生相互慰藉取暖，就都幸福美滿了。只不過，這個美好的願望不太容易實現，或者說，不知道要經過多少努力才能實現。

她想著，還是自己的娘王氏通透，雖然她跟陳世英的感情極深，卻能放下那份不應該再有的情感，跟陳名好好過日子；還有江氏也通透，愛陳世英愛得甚至失去了自我，沒有了尊嚴，但她非常巧妙地處理好和陳阿福及王氏的關係，讓陳世英感動，也更疼惜她。

這兩個女人，都有她們的不幸，但經過她們的努力和謀劃，把生活過得日漸美滿。特別是王氏，前半生充滿苦難，卻咬牙養活了重病的丈夫、癡傻的女兒、弱小的兒子和外孫，日子越過越好。

而了塵，哪怕出了家，也一直有娘家和兒子的關照，她再難，也難不過王氏。

性格決定命運，了塵或許是過去的日子過得太好，也或許是她對感情要求得太高，她這樣，不僅家人痛苦，她自己也痛苦……

幾日後的夜晚，本來留在定州的楚令奇突然來到侯府。

原來，了塵知道二皇子一黨徹底被滅了後，執意搬回影雪庵，羅管事帶著一些下人又都搬回了棠園。

楚令奇極不好意思，說道：「……我和羅管事都怕大伯娘有什麼想法，一直不敢在她面前說平叛勝利的事，也不許下人說。誰知前天，下人在悄悄議論的時候，被大伯娘聽見了，她就……對不起，我讓大伯、大哥失望了。」

現在倒不怕二皇子餘孽或是榮昭害她，只是她的堅決讓老侯爺和楚令宣輕鬆的心情又沈重起來。

老侯爺之前的想法是，他和老父一起去定州府，說服羅氏還俗，然後一起住到鄉下的棠園或是福園去。那裡風景如畫，離京城不遠不近，既遵守了之前隱居鄉間的承諾，又能注意京裡的動向，為弟弟、兒子出謀劃策……

現在，羅氏搬去了影雪庵，他也只得先住去福園，再徐徐圖之。

楚令宣說道：「謝謝二弟，我爹和我知道你已經盡心了，你離我娘最近，我娘以後還得麻煩二弟多多護著。」

然後，讓人準備酒菜，留楚令奇在府裡喝酒。

四月二十日上午，和王爺果真派人來接楚家人去王府吃飯，說還請了榮靜長公主——六公主李珠。

陳阿福太忙了，要裝修安榮堂，還要整理規劃二房搬走以後空出來的院子。這些雖然不用她親力親為，但她要拿主意，偶爾還要去看著，楚三夫人在忙著西進侯府的宅子，也沒時間去。

楚令宣等幾個男人更忙，休沐的楚令衛和陳阿祿要外出會友，只能讓楚令智帶著楚含嫣姊弟三人去了。

小玉兒太小，陳阿福不放心她去，讓人把她領去院子外面玩。

可這小丫頭人小鬼大，無意中聽說姊姊、哥哥、小叔叔都去和王府做客了，唯獨自己沒去，就不高興了。

小玉兒讓丫鬟把她領到正在安榮堂忙碌的陳阿福面前，大哭道：「要去做客，小玉兒要去做客！」

陳阿福好話說了一籮筐，小玉兒仍大哭不止，小臉脹得通紅。這孩子被她爺爺寵得沒邊，平時比姊姊、哥哥都好強，姊姊、哥哥也都讓著她。

陳阿福早就想糾正她的性子，便堅定地說道：「不行，小玉兒在家陪娘親。」

小玉兒見自己哭成這樣娘親都不鬆口，便跑去大樹後面生悶氣。陳阿福沒管她，和下人們說著怎麼佈置房間的事。

不多時，突然聽到院子裡傳來照顧她的丫鬟的驚叫聲。「二姊兒呢？奴婢剛剛一錯眼，怎麼就不見了呢？」

丫鬟們都嚇壞了，在安榮堂找了一圈，也沒看到小玉兒的影子。

陳阿福也緊張起來，孩子在這個府裡倒是丟不了，就怕她不注意掉進湖裡或是井裡。丫鬟、婆子們趕緊去找人，特別在湖邊和有井的地方仔細尋找。

當眾人在到處找小玉兒的時候，小玉兒正趴在安榮堂外的芍藥圃裡。

這裡是圓圓經常跟小哥兒倆和小玉兒躲貓貓的地方。圓圓是長長和短短的兒子，上年十月分出生，現在已經半歲了。牠長得比牠的爹娘還漂亮健壯，雪白蓬鬆的毛像極了奶奶颯颯，五官像極了爺爺追風，因為剛生下來的時候圓圓的一團，由此得名。

小玉兒聽見找她的人群往遠的地方去了，又從芍藥圃裡爬到桂花樹後，再爬到翠竹邊，然後在草地裡往二門爬去。她爬的路線是圓圓最喜歡走的路線，因為現在正是草長鶯飛的暮春，她穿的又是一身芳綠色小襦裙，躲過了別人的視線。

她知道不能從二門過去，那裡的人很多，但那堵牆有個狗洞，她從狗洞裡鑽去外院，直接向瑾院的六芸齋爬去。她去過一次，知道這個時間，爺爺肯定會在那裡，她要找爺爺訴苦，她真的真的很可憐呢！

陳阿福已經急壞了，若金燕子在附近，肯定會馬上把牠叫回來幫忙找人，但是金燕子六天前就去看大好河山了，說不定現在已經遠在千里之遙。當然，若過些時候再找不著，也只有把牠召喚回來。

若追風一家在府裡也好辦，但牠們還在和王府。

兩刻鐘後，還沒找到小玉兒，焦急的陳阿福正準備讓人去和王府，叫追風一家回來找人的時候，六芸齋的小廝跑來稟報，二姊兒去瑾院找老侯爺去了。

小廝不敢說的是，當小玉兒一身狼狽地來到瑾院，衣裳髒得要命，還有許多地方劃破了，小臉哭花了，眼睛紅腫，小手上還蹭破了兩塊皮。她哭著撲進老侯爺的懷裡，可把老侯爺心疼壞了。

老侯爺把她抱起來問道：「小玉兒怎麼了，怎麼會這樣？」

小玉兒抱著他的脖子哭著說道：「小叔叔，姊姊，哥哥，去做客了，嗚嗚，只有爺爺的小玉兒，只有爺爺的小玉兒，不能去，嗚嗚嗚，娘親不愛小玉兒，小玉兒好可憐……」

然後，就咧開小嘴，哭得肝腸寸斷。小妮子別看歲數不大，但口齒比兩個哥哥還清晰。

看到小玉兒的第一眼，老侯爺心疼壞了，再聽到她說「爺爺的小玉兒」，看到她小手上的傷，他的心都在發抖，覺得比自己多年前那次身受重傷還疼得厲害。

老侯爺趕緊輕聲哄道：「小玉兒，乖寶寶，莫哭，妳娘親不愛，爺爺愛……好了，好了，莫哭了，爺爺帶妳玩，過會兒爺爺給妳當大馬……」

房裡除了有老太爺，還有楚三老爺，以及另外幾個心腹大將，楚令宣忙著衙門裡的事，不在。

如此的老侯爺，讓老太爺和楚三老爺紅了臉，其他幾個男人都低下頭不好意思看……

陳阿福聽說小妮子去找爺爺了，放下心的同時，又氣憤、又心虛。她雖然不知道小妮子是怎麼避過眾人的視線去了外院，居然還找去了隱密的六芸齋，但想著一個小人兒跑那麼遠去告狀，老侯爺又護犢得厲害，肯定會生氣。

等到晌飯時，沒見老侯爺讓人把孩子送回來，顯見他氣得不輕。

陳阿福一直非常尊敬老侯爺，覺得他過得十分不易，不願意讓他再多操心。為了把他哄過來，她下晌親自帶人做他喜歡吃的下酒菜，又讓人去請他和老太爺、楚三老爺來竹軒吃飯喝酒。和王府的人說了，那幾個孩子會在和王府吃了晚飯再回來。

陳阿福邊做菜還邊想著，等以後老侯爺去鄉下，就要好好約束一下那個小妮子。

小妮子聰明，好強，嘴皮子利，可別被寵得像那些跋扈張揚的小貴女，那可就糟心了。還有，得請楚三夫人再給個好些的教養嬤嬤。

請人的夏月回來紅著臉稟報道：「老侯爺說、說他氣都氣飽了，吃不下飯；還說、說大奶奶若重男輕女，不待見二姊兒，他以後就把二姊兒帶去鄉下住，不礙大奶奶的眼……」

自己還重男輕女了？

陳阿福翻了翻白眼，想著老侯爺的話可能說得更不客氣。她只得裝了一碟老侯爺喜歡吃的五仁金絲糕，讓夏月送去的同時，又說道：「跟老侯爺說，我幾個月前泡的那罈桂花酒已經熟了，裡面還加了無智大師走之前送的幾味補藥，香醇又大補。還有，晚上我炒的蒜苗，可是金寶上個月從深山裡啣出來的野香蒜栽出來的；若老太爺和三老爺沒跟老侯爺在一起，再去把這話跟他們說一遍。」

上個月底，陳阿福又用施了燕糞的土栽了一盆香蒜苗，她實在太饞那個味了，為了吃那種蒜苗，想了半天才想出這個藉口。

不多時，夏月喜孜孜地回來了，說老侯爺還是不願意來，但老太爺和三老爺說他們會勸著他一起來。

傍晚，楚令宣下了衙，陳阿福氣呼呼地把這件事告訴他。

楚令宣笑道：「我閨女真能幹，這麼遠的路竟然能找去六芸齋。」見陳阿福不贊成地看著他，又勸道：「好了，別生氣了，閨女聰慧是好事，她聰明又討喜，我爹偏愛她些也正常。」

陳阿福嘟嘴說道：「我怕她被寵得無法無天，將來不好嫁人。」

楚令宣說道：「我閨女那麼俊俏，怎麼可能不好嫁人？她又聰慧，以後知道什麼事該做，什麼事不該做。」

兩人正說著，三個男人帶著小玉兒來了。

楚三老爺笑道：「聽說宣兒媳婦這裡有好菜、好酒，我們就都來了。」

老太爺捏著鬍子點點頭。

老侯爺懷裡抱著小玉兒，還沈臉生著氣。

可他懷裡的小玉兒早就不生氣了，還對楚令宣和陳阿福糯糯說道：「爹爹，娘親，騎了大馬，好久好久。」

等楚三夫人來了，酒菜便端上了桌。

今天美酒好喝，菜也好吃，隨著幾個男人酒到酣處，老侯爺的臉上也有了笑意。

小玉兒滑下爺爺的腿，跑來娘親面前獻殷勤，嬌笑軟語，讓陳阿福也沒有了氣性。

陳阿福把小玉兒抱起來，輕輕拍了一下她的小屁股。小玉兒格格嬌笑幾聲，摟著陳阿福親了幾口，糊得她一臉口水。

一旁的楚三夫人笑道：「和嫣兒比起來，我更喜歡小玉兒的性子。咱們這種人家，孩子就應該厲害些，只要做事分寸拿捏得準，別人挑不出毛病，也不敢隨意欺負。嫣兒太柔弱了，哪怕以後嫁去了夫家，娘家人也省不了心……」又嘆了口氣，輕聲說道：「都是榮昭害人。」

這話陳阿福倒也贊同，小玉兒這麼小，許多事她都不擔心；而楚含嫣，她從小擔心到現在，以後還要繼續擔心，哪怕嫁給最放心的小十一，她還是怕節外生枝。

陳阿福笑道：「三嬸，我想給小玉兒找個好些的教養嬤嬤，做事得體有分寸，小玉兒需要從小教導。」

楚三夫人說道：「好說，太皇太后薨了以後，服侍她老人家的宮人放出來一批。」想了想又說：「我記得，丁嬤嬤和蘇嬤嬤都不錯，伶俐穩重，之前特別得太皇太后的喜歡，年紀也不算太大，我讓人去打聽打聽。」

陳阿福笑著道謝。

這時，院子裡傳來孩子們的說笑聲，是那幾個去和王府串門子的孩子回來了。

小哥兒倆最先衝進來，隨後是楚令智和楚含嫣。

小哥兒倆跑到陳阿福的面前爭先恐後地說道：「娘親，娘親，姊姊哭了。」

「嗯，姊姊哭得好傷心，和王哥哥賠了禮，還把壞姊姊趕走了。」

陳阿福嚇一跳，向楚含嫣望去。

小姑娘的眼睛紅紅的，已經來到陳阿福的跟前，眼裡又湧上一層水霧。

「怎麼了？」楚令宣也從另一桌走過來。

其他人都抬頭看著楚含嫣。

陳阿福把小玉兒交給旁邊的楚三夫人，她拉著楚含嫣上下看了看，見沒受傷，就放下一半的心，她把她拉進懷裡，問道：「嫣兒，是誰欺負妳了嗎？」

小姑娘的鼻子吸了吸，眼淚流了出來，輕聲說著。「我，我，楊姊姊，她，她……」

看到她這樣，陳阿福既心疼又著急。這麼多年，幾乎天天都要教她不能太軟弱，不能任人欺負，要學會反擊，卻是收效甚微。這也沒辦法，小姑娘的病雖然康復了，甚至達到最好的效果，但幼時的創傷卻注定這個性格和智商。

楚令智說道：「都是楊文芳討嫌，說的話不要臉，惹嫣兒生氣，我和羽哥兒、明哥兒罵了她，和王爺還生氣的把她攆走了。」

黃嬤嬤走上前說道：「大奶奶，是這樣的……」

她看了看幾個孩子，不好繼續說。

陳阿福幫楚含嫣把眼淚擦乾淨，說道：「好孩子，去廂房裡玩吧！記住，我們楚家不是誰都能欺負的，妳不需要怕任何人，誰欺負了妳，妳就給我欺負回去；妳沒欺負回去，爹娘給妳找場子。」

對這個膽小又柔弱的小姑娘，她的話必須要說得直接。

等孩子們和下人都離開了，黃嬤嬤才說出了事情的經過。

今天，楊淑妃的妹妹楊文芳也來了，她是被榮靜長公主帶來的。

榮靜看到和王爺不贊同的目光，為難地說道：「我也沒法子，昨天楊文芳在淑妃娘娘那裡歇著，今兒一早她就來我宮裡，說淑妃讓我領她來皇兒府裡玩，還說，都是親戚，就是要多相處。」

和王爺聽了這話也沒轍。

剛開始楊文芳也沒找事，雖然說話有些尖銳，又愛顯擺，但其他孩子都不怎麼搭理她。後來看到和王爺對楚含嫣頗多關照，對她又特別冷淡，楊文芳便不高興起來。

和王爺身邊的魏氏和秋月都厲害，黃嬤嬤也時刻小心，化解了一些楊文芳對楚含嫣言語上的不善。

事情發生在吃晚飯的時候。

和王爺、楚令智、小哥兒倆幾個男孩子一桌，而榮靜、楚含嫣和楊文芳幾個女孩一桌。這時候，魏氏和秋月在和王爺一桌服侍，黃嬤嬤一直站在楚含嫣身後服侍。男孩子那桌說了什麼笑話，逗得眾人大樂，把眾人的注意力都吸引過去。

楊文芳便湊到楚含嫣跟前小聲說道：「楚妹妹，我聽說好些貴女都心儀和王爺，說他俊俏、有才，又得皇上和太后娘娘的歡心。人們都說妳不聰明，還得過癡病，外家又是逆王那夥的，配不上和王爺。現在和王爺年紀小，許多事不懂，才覺得妳好，等他長大就不會看上妳了，哪個男人心悅的不是聰明姑娘……」

黃嬤嬤原先也被那桌的笑聲吸引，等聽到後面的幾句話頓時嚇得魂飛魄散，說道：「哎喲，楊姑娘，姑娘家的怎麼能說這種羞人的話？」

楊文芳嘴硬道：「這又不是我說的，是她們說的，好多人都這麼說，我只是提醒楚妹妹，是好心。」

楚含嫣已經氣得哭出了聲。

楚令智和小哥兒倆知道楚含嫣挨罵了，都過來斥責楊文芳。楚令智說她「不知廉恥」，明哥兒罵她「壞」，羽哥兒直接上去踢人，人沒踢到，被楊文芳推得坐在地上。

和王爺怒極，直接下了逐客令，楊文芳才哭著走了。

聽完這話，屋裡的人都氣得不行。

楚令宣咬牙說道：「楊家仗著出了個淑妃，越來越狂妄。那楊淑妃更是不知廉恥，不僅明目張膽攛掇楊家小姑娘打和王爺的主意，居然還敢說這種話。楊家嗎？我們不怕，以後我定要找機會，好好整治他們。」

老侯爺沈臉說道：「我明天就去找聖上，我這個孫女有隱疾，配不上和王爺，他們的婚事就算了吧！都怪我這個祖父沒本事，小時候讓嫣兒倍受欺辱，長大還要被人如此謾罵……」話沒說完，他就哽咽起來，趕緊手握成拳把嘴堵起來，頓了頓，又說道：「羅氏，還有嫣兒，是我這輩子最對不起的兩個人。一個現在還在空門青燈古佛，一個雖然小小年紀，但所有親人都在為她的未來發愁……」

眾人聽了老侯爺的說詞，都覺得最可行，這既表明了楚家的態度，也是以退為進。

幾人還分析，楊文芳說的這些話，絕對不是楊淑妃讓她說的。楊淑妃精明，又是在皇上落難時跟了他，也曾經得過老侯爺的幫助，更知道老侯爺對皇上的幫助。

她讓楊文芳跟和王爺走得近，目的肯定是想讓楊文芳跟和王爺慢慢建立起感情，甚至能與楚含嫣交好，最好能慢慢取代楚含嫣在和王爺心中的位置，先做側妃，再徐徐圖之。

只不過楊文芳年紀小，一著急就把心裡的真話說了出來。她說的那些話，也肯定是許多貴女私下議論的，或者是很多人家所想的，既然把這個話題引了出來，楚家正好可以拿來作文章。

若皇家人真的嫌棄楚含嫣不夠好，那楚家以小姑娘有隱疾退親，未嘗不是好事。這門親，也的確是楚家高攀了。楚家看的是和王爺的為人和以前的情分，但別人可不這麼看。若皇上不允，也必須給楚家一個說法，讓那些覬覦和王爺的人有所收斂；特別是楊文芳，必須為她的言行付出代價。

而且，楚家之所以有楚含嫣這個孩子，她又之所以被榮昭整傻，都是因為老侯爺為了扶九皇子上位隱忍的結果。所以，無論皇上還是太后娘娘、皇后娘娘，不出意外，都會嚴懲楊文芳；甚至，還會波及楊淑妃和楊家。

以後，楚令宣和三老爺還要抓住機會，狠狠打擊楊家。這不是兩個孩子單純打架或者吵鬧的問題，而是老楊家和楊淑妃想挖楚家的牆腳，搶楚家的女婿。

老侯爺走之前，又對陳阿福說道：「不要太過約束小玉兒，我就喜歡她的聰慧強勢，甚至霸道，我楚家的女兒就應該如此。嫣兒，太令人心痛了……妳這個母親做得很好，宣兒娶了妳，是楚家之幸事。」

說完，他深深地嘆了一口氣，走了出去。

之前，楚令宣一直說老侯爺不太喜歡楚含嫣這個孫女。看他平時的表現，陳阿福也這麼認為。現在看來，不是老侯爺不喜歡，而是心裡有愧，不知道該如何面對小姑娘。

等眾人走後，幾個孩子才進了正房。

陳阿福把小姑娘摟進懷裡，表揚了小哥兒倆遇事能夠跟姊姊同仇敵愾，希望他們繼續發揚下去。

小玉兒也揮了兩下小胳膊，說道：「壞姊姊欺負姊姊，小玉兒也要打，打她！」

陳阿福點頭道：「嗯，正該如此。」

楚含嫣抬頭糯糯說道：「娘親，楊姊姊說我不聰明，以後和王爺不會喜歡跟我在一起，會喜歡其他聰明的姑娘……」

楚含嫣歲數小，又單純，對情愛、喜歡、心悅這些事情根本不懂，她之所以高興跟和王爺訂親，是因為她知道訂親的人以後會在一起生活。她相信過去的大寶，也喜歡過去的大寶，喜歡跟他一起生活。

只不過，這孩子的確太善良了，那楊文芳那麼壞，卻還叫她「楊姊姊」。

陳阿福問道：「她說的話妳相信嗎？」

楚含嫣搖搖頭，若有所思地說道：「我不相信。和王爺是大寶的時候，對我和娘親那麼好，過去的事情，我還記得好多。」

陳阿福捏捏她的小臉，笑道：「這就是了，既然不相信，幹麼還哭呢？楊文芳是嫉妒妳比她漂亮，比她得和王爺看重，才故意那麼說，目的就是想把妳氣哭。她讓妳生氣，明天妳爺爺和爹爹就會進宮告御狀，請皇上和皇后收拾她。好孩子，不要怕，咱們楚家的閨女不是別人能隨意欺負的，以後不要再理楊文芳那個壞丫頭，一旦遇到說話不好聽的小姑娘，妳不要哭，直接跟她說，『我討厭妳，請妳走開』，或者妳直接離開，回家讓我們替妳出氣……」

楚含嫣聽了這些話，又抿嘴笑起來，說道：「嗯，是啊！和王哥哥也跟我說，遇到說話不好聽的壞姑娘，不要哭，告訴他，他也會替我出氣。他還說，他會教訓楊姊姊。」

一旁的楚令宣說道：「閨女看看，妳有這麼多的倚仗，還怕誰？誰都不用怕。」

楚含嫣點點頭，說道：「好，我不怕了。」

第二天巳時，老侯爺準時來到宮門口，楚令宣正在那裡等他，兩人一起進宮。

與此同時，一個太監出了皇宮，快馬加鞭去了永安侯府。他是慈寧宮的內侍，傳太后的口諭，請陳阿福和楚含嫣進宮。

陳阿福聽了，趕緊把小姑娘打扮好，兩人一起坐車去慈寧宮。她心裡狐疑，這個時候他們爺兒倆應該才進宮沒多久，怎麼太后會宣自己呢？

而且，自先帝駕崩以後，太后娘娘每天這個時候都會進小佛堂禮佛，聽和王爺說，不管什麼事，都不能打亂太后這個日程。

陳阿福來到慈寧宮，看到太后娘娘坐在上座，皇后娘娘、和王爺也在，連楊淑妃和幾個妃子都在。

只不過，和王爺臉色不好，楊淑妃則神色慌張。

陳阿福和楚含嫣施了禮，太后給陳阿福賜座，又招手把小姑娘叫了過去，拉著小姑娘的手笑道：「真是個好姑娘，漂亮，溫柔，賢慧，哀家很是喜歡。」

皇后也捧場笑道：「可不是，這麼好的姑娘，不只太后喜歡，臣媳也喜歡呢！」

太后又對陳阿福笑道：「楚夫人，哀家一直記著妳對小十一的養育之恩，也一直記著楚家的好。自小十一回來後，哀家就一直想多多疼愛他，只是哀家已經看破許多俗事，又忙於禮佛，這個心願一直沒有達成；特別是小十一搬出皇宮後，哀家對他的關愛就更少了……」

和王爺的眼圈都有些紅了，說道：「母后一直疼愛兒臣的。」

太后對和王爺笑了笑，又對陳阿福說道：「小十一還小，又一個人住那麼大的宅子，哀家希望他能多些母親的疼愛。哀家拜託楚夫人，妳及妳的家人，以前怎麼對他，以後還是怎麼對他。」

楚含嫣此事不僅驚動了後宮，前頭朝廷亦然。

今天不早朝，皇上正跟十幾個重臣在乾陽殿裡議事，楚廣徹父子在殿外求見。

皇上心想，自他當上太子到繼位，楚廣徹從來沒有主動求見過自己，這次父子一起來，肯定是有要事。

他一直覺得自己和先帝對不起楚廣徹。楚廣徹為了他們一家，犧牲自個兒的前程和家庭，隱忍十幾年，卻被過河拆橋，正值壯年就賦閒在家。

皇上從小的願望有兩個，一是登上大位，二是報答楚廣徹的恩情。

可先帝卻告訴他，君要臣死，臣不得不死，楚廣徹所做的一切，都是臣子的本分。

先帝還告誡他，楚廣徹能力太強，暗勢力太多，他又太過倚重楚家，為了讓他記住自己的本分，必須打壓楚家。

先帝怕自己死後兒子忤逆，甚至在死前跟安王爺和幾個重臣交代，若楚廣徹敢違背當初「不再當官」的諾言，一定要協助皇上弄死他……

皇上極其不贊成先帝的做法，不只是他記恩、記情，還因為「疑人不用」，他充分相信楚廣徹的為人。

但因為先帝的遺囑，他不敢重用楚廣徹，還逼得楚廣開辭去了所有實缺；還好楚家人沒有不臣之心，做出了讓步，他們那幾步棋，不僅盤活了楚家，也不再讓他為難。

皇上雖然沒重用楚廣徹，但給了楚廣徹「金書鐵券」，以保全他和他的後人。當然，更會重用並施恩他的後人……

楚廣徹和楚令宣來到殿上，給皇上磕頭行禮。

皇上笑道：「朕好久沒見到楚老愛卿了，平身。」

楚廣徹父子並沒有平身，楚廣徹又磕了一個頭，說道：「皇上，老臣的長孫女含嫣因幼時被人迫害至癡，雖然癡病已經痊癒，但她這一段不堪的經歷卻永遠也抹殺不了。老臣覺得，為了皇家及和王爺的體面，含嫣實不該高攀這門貴親。」

楚令宣也磕頭說道：「臣懇請皇上，收回他們的親事，准許他們以後各自婚配。」

皇上一愣，楚家姑娘雖然不算頂聰慧，但溫柔敦厚，賢良淑德，擁有天人之姿，自己和太后都喜歡，小十一更是喜歡到心坎裡了。當初先帝之所以賜婚於他們，就是把不能給楚廣徹的恩典，給了楚家女；何況小十一和楚家姑娘青梅竹馬，感情深厚，楚家也甚是喜歡小十一這個小女婿。

他們父子兩人今天來唱的是哪一齣？

皇上想一想，便有些了然。他偶爾會聽皇后說兩句玩笑話，說小十一如今成了人人喜歡的香餑餑，若沒有先訂親，楚家肯定無法有這個小貴婿……

他之前沒有多想，現在想來是皇后有意這麼說的。楚家人之所以要退親，或許是有人拿小姑娘之前的病說嘴了，還當著人家的面說，說得十分不堪。

皇上看看跪在下面的楚廣徹，一身便服，四十幾歲的年紀頭髮卻已經半白。

他的母親被這個人從死牢裡救出，他也被這個人從小扶持到大，現在，他如願坐上了龍椅，母親當上了太后，可楚廣徹什麼都沒有了，連孫女的親事或許都會被別人惦記……

皇上氣極，緊握的拳頭在龍椅扶手上捶了一下。他看看殿裡的十幾個重臣，努力平息怒氣，問道：「愛卿何出此言？怎麼回事，說清楚，若有人搬弄是非，詆毀楚姑娘，朕為她作主。」

皇上的話讓楚廣徹感動了，他哽咽說道：「皇上，有人對老臣的孫女說，現在許多人家都在謠傳，說老臣孫女得過癡病，不聰明，外家又是逆王一黨，配不上和王爺，還說等和王爺長大就看不上我家蠢笨的孫女，而會另找聰明姑娘……不是我們跟小姑娘一般見識，因這話明顯不是小姑娘所能想到的，定是聽大人或是別人說的。皇上啊！這話就如那鋼針，針針扎在老臣心上。老臣痛啊！老臣的孫女過去受過那麼多苦，差點被人整死，現在還要被人背後議論，當面羞辱……嗚嗚嗚，老臣對不起她，沒護著她，枉為祖父。」

楚令宣也哽咽說道：「是我這個父親沒用，護不住幼女……」

楚廣徹用袖子擦了擦眼淚，又說道：「皇上聖明，這門親事楚家不敢高攀，求皇上收回。」

說完，父子兩個一起磕頭。

皇上多聰明啊！他知道昨天和王府請客，請了榮靜，楊文芳也跟去了，而且，楊淑妃不止一次對他說過，小十一如何聰明，楊文芳如何聰慧。怪不得楚廣徹父子把這事鬧進皇宮，原來是自己的女人和岳家惦記小十一，小姨子還跑到人家面前搬弄是非，羞辱人家去了。

楚家父子還給他這個皇上留了面子，不好意思說是楊家女幹的事。

那楊淑妃，好日子還沒過幾年，就把楚家人對她的好全忘了，居然帶頭去搶人家的孫女婿。

皇上又氣又羞，說道：「兩位愛卿，朕知道，楚小姑娘的病早已痊癒。她良善討喜，溫柔敦厚，又聰明伶俐，不僅得先帝看中，朕和太后也甚是喜歡；至於那搬弄是非的人，朕會讓太后和皇后下懿旨教教她怎樣做人。以後若是誰再敢當面或是背後謾罵攻擊未來的和王妃，就是對先帝和朕，還有太后的不敬，定然嚴罰。因為這樁婚事是先帝和朕看好的，楚姑娘也是被太后嘉獎過的，何況，楚姑娘曾經的癡病，楚老愛卿曾經的委屈，都是受朕所累。兩位愛卿快快請起，以後不要再說那些癡傻、高攀之類的話，楚家姑娘是個好姑娘，跟小十一是天作之合，最最般配，咱們的這個親家，當定了。」

楚廣徹和楚令宣想過皇上會處罰楊家女，但沒想到他會說得如此情深意重，他們都被感動了，磕頭泣道：「臣，謝主隆恩。」

殿裡的大臣，就有好幾個家裡的女眷在打和王爺的主意，也沒少說那些楚含嫣配不上和王爺的壞話，此時聽了皇上的話，忍不住擦擦前額的汗，暗道，回家就讓女眷們閉上嘴。

這時，慈寧宮的內侍進來稟報，說太后娘娘請了楚夫人和楚家姑娘去慈寧宮陪她老人家解悶。楚姑娘溫柔敦厚，太后娘娘很是喜歡，會留楚姑娘在慈寧宮住兩天，陪她老人家誦誦佛經。

太后娘娘還說，楚姑娘實在得她老人家的緣，她老人家替楚姑娘向皇上求個恩典，請皇上給楚姑娘賞樣什物。

驚動了太后，還讓她老人家放下佛事，皇上便知道肯定是和王爺去告狀了，哈哈笑道：「楚姑娘還真是討太后的喜歡，能讓她老人家開這個金口。好，朕就賞楚姑娘一樣什物。」

他作勢想了想，又道：「她老人家是第一次向朕討要什物，太差的拿不出手，朕就封楚姑娘為慧陶縣主，另賜東珠兩盒。」

不是宗室女而被封縣主的，本朝還沒有幾個。這個封號不僅讓人知道皇上和太后對楚含嫣的恩寵，一般的貴女也不敢輕易招惹她。

楚廣徹和楚令宣喜極，又趕緊跪下磕頭，朗聲唱道：「謝主隆恩。」

大殿裡的其他大臣也跪下磕頭，朗聲說道：「皇上，仁慈。」起身後，又抱拳恭喜楚家父子。

皇上封楚含嫣為縣主的好消息一傳到慈寧宮裡，也讓陳阿福跟和王爺喜出望外。

楊淑妃臉上笑得歡，一迭連聲地說著「恭喜」，心裡卻更加惶恐了。

昨天，楊文芳直接回了楊家，她不敢跟父母說自己罵了楚含嫣，還被和王爺攆出王府，只趴在床上哭。下人有些害怕，還是悄悄去跟楊夫人說了。

楊夫人聽自己閨女說了那麼不堪的話，嚇壞了，直覺會給楊淑妃惹禍。楊文芳是楊夫人的老來女，非常嬌寵她，見她惹了這麼大的禍，自己也不敢幫她瞞著，便差人去請楊大人。

楊大人正在小妾那裡，回到正院聽夫人講了經過，氣得要命，但那時宮裡已經落鎖，進不去。今天一早，楊夫人就來找楊淑妃說了經過。

楊淑妃還沒去給皇上和太后請罪，慈寧宮的內侍就來傳太后的口諭，讓楊淑妃立即去慈寧宮。

太后當著皇后和其他妃子的面，先斥責楊淑妃疏忽禮儀，經常讓其妹留宿宮中，在御書房上學的王爺、皇姪眾多，楊姑娘不知避嫌，影響惡劣；又說楊姑娘不知羞恥，居然對未來的和王妃出言不遜等等。

太后娘娘從來都是慈眉善目，不發脾氣，這還是第一次拿出太后和婆婆的款兒，不僅把楊淑妃嚇得跪了下去，連皇后和其他幾位妃子都跪下聽訓。

此事算是圓滿落幕了，陳阿福在慈寧宮吃完晌飯，便要獨自出宮。

雖然小姑娘的口齒不太伶俐，但由於她之前經常陪了塵，有幾篇佛經誦得非常流利，況且太后是個真正的慈善人兒，又是想施恩於她，定然不會為難小姑娘。只是小姑娘自懂事以後，很少離開過陳阿福，哪怕偶爾離開陳阿福，也有小十一陪著她，所以，陳阿福還是有些擔心。

看到楚含嫣眼裡的惶恐，和王爺很想賴在慈寧宮不走，但他現在大了，知道有些事要避嫌，不能給別人攻擊楚含嫣的藉口。

他給榮靜長公主使了個眼色，榮靜便走過去拉著楚含嫣的手對太后撒嬌道：「母后，兒臣也要跟楚姑娘一起跟母后誦經。」

太后知道楚含嫣的膽子小，也看出兒子擔心她，便笑道：「榮靜這兩天就跟楚姑娘一起在偏殿裡住著吧！小十一不能耽誤功課，下學後來這裡吃飯。」

和王爺笑得眉眼彎彎地點著頭。

楚含嫣聽了，眼裡的惶恐也少了些。

對。

陳阿福知道她還有些害怕，但也沒辦法，何況小姑娘漸漸長大了，許多事必須獨自面對。

當天下晌，太后和皇后斥責楊文芳的懿旨就到了楊府，並禁足楊文芳半年，還給她派去了一個嬤嬤，教導她一年。

第五十七章

過兩天，魏嬤嬤又來楚府，悄悄跟陳阿福說，皇上昨天晚上嚴厲斥責了楊淑妃。

這日下晌，楚含嫣回到楚府，除了帶回皇上的賞賜，還帶了許多太后和皇后的賞賜。隨後，皇上封楚含嫣為慧陶縣主的聖旨便到了。接著，太后和皇后嘉獎楚含嫣的懿旨也到了。

一時之間，永安侯長女楚含嫣風頭無兩，成為京城貴女最羨慕的人。

楚家長輩都高興，最讓他們擔心也是被傷害得最深的孩子，以後的路會更好走了。

陳阿福心裡也喜孜孜的。這位皇帝比之前的皇帝好多了，不僅記情，還英明；還有太后，真真菩薩心腸。天家的人說翻臉就翻臉，他們能記得楚家的好，也是難得了。

特別是太后，她現在雖然擁有最尊貴的地位，卻是個可憐的女人，受的罪甚至比了塵多。了塵至少得到過丈夫的愛，前夫現在還惦記著她；可太后，她完完全全沒有自己的人生，只是先帝用來生育和贖罪的工具。

或許因為這樣，了塵即使出家十幾年，依然斷不了塵念；而太后，她是真的看破了紅塵，卻不能如願出家。

因為太后大多時間放在禮佛上，也明確表態，為了讓小十一更開心地成長，陳阿福和小十一的關係基本恢復到以前的狀態，只差小十一明目張膽地叫陳阿福為「娘」了；但鬼靈精的小十一絕對不會叫陳阿福「娘」，只叫她「岳母」。

五月中旬，楚老侯爺和楚老太爺就要回鄉下去了。前些日子，陳阿福就派紅斐一家先回福園收拾，把她原來在上房的用品搬到棠園，再把房子重新裝修，以後老侯爺會住在上房的西屋，老太爺會住在上房的東屋。

紅斐上年嫁給管事宋和。她現在已經懷了五個月的身孕，但因為她對福園熟悉，這差事也只能派她去。

老侯爺還提出，讓羽哥兒和明哥兒這兩個小子，輪流去福園盡孝。其實，老侯爺更想讓小玉兒去，但他知道不可能，所以便沒有提這不合理的要求。

陳阿福雖然極其不捨，但也不得不放人，她知道，孩子不僅是去盡孝，更是為了暖了塵的心。

出發前夕，楚家安榮堂的丁香廳異常熱鬧。幾盞垂吊下來的琉璃宮燈和高几上十六支大蠟燭，把大廳照得燈火輝煌，男人一桌喝酒，女人和孩子一桌吃飯，中間連屏風都沒隔。

明天一早，老侯爺和老太爺就會由楚令安送去鄉下長住。本來楚令宣和陳阿福想送他們去鄉下，但因為楚令宣剛剛上任不久，許多事沒理順，所以不能去；而陳阿福不久前診脈出懷了身孕，也去不了。

今天兒孫們都來送別，不僅二房一家、三房一家、楚華一家來了，連和王爺都來了。明天，老侯爺他們還會把羽哥兒，以及追風、颯颯帶去鄉下。

追風、颯颯或許老了，這半年來情緒十分不好，金寶說牠們想紅林山了，牠們兩個不像七七和灰灰，七七和灰灰偶爾會和金燕子一起飛去紅林山玩幾天，可牠們卻不行。

翌日，陳阿福起了個大早，她讓人把和王爺跟楚含嫣叫起來，他們要去送行。她又親自把熟睡著的羽哥兒抱來上房，把他叫醒，穿上衣裳，吃了早飯，又囑咐了他一番，讓他要孝敬爺爺和太爺爺，以及姥姥和姥爺，不要淘氣。最重要的是多去奶奶面前盡孝，多跟奶奶說甜言蜜語，對待奶奶就要拿出小玉兒對待爺爺的架式……

羽哥兒很爺們，不太贊同娘親的某些觀點，說道：「要孝敬，嘴甜甜，不學妹妹，纏人，羞……」

陳阿福笑著看了一眼渾然不覺的和王爺，當初他纏自己的功力可不比小玉兒纏爺爺差。

飯後，陳阿福領著和王爺與楚含嫣、羽哥兒及追風、颯颯去了前院。

待老侯爺他們上車後，羽哥兒的哭聲傳了出來。他現在才發現，跟出去玩比起來，他更不願意離開娘親、爹爹和手足兄弟，可惜為時已晚。

陳阿福的眼淚也湧了上來，朦朧中，看到兩隻鳥兒在馬車上空盤旋，正是灰灰和七七。

這一天，小玉兒和明哥兒哭了好久，怎麼哄都不聽；特別是小玉兒，嗓子都哭啞了，弄得滿身大汗。

陳阿福又心疼、又生氣，嚷著要打他們的小屁屁。

還是楚三夫人過來，把兩個孩子和楚含嫣帶去西進侯府玩，說去看三爺爺的新家，才哄得他們沒有繼續哭。
西進侯府離永安侯府不遠，只隔一條街，步行一刻多鐘就能到，馬車只消半刻鐘。送行完後沒幾天，楚家三房正式搬家，遷入西進侯府。
楚三夫人已經把楚琳和楚碧的嫁妝置辦好了，但不敢放在二房家，怕被沒皮沒臉的二夫人悄悄挪作他用，還是先放在永安侯府，等她們出嫁前再送去。
陳阿福真捨不得三房一家。楚三老爺夫妻、楚令衛和楚令智，這幾個人和他們相處得就像一家人。
楚三夫人走之前，還對陳阿福說：「明和院先給我留著，等妳要生產的時候，我會回來陪妳。」
陳阿福摸著平坦的肚子，特別怕這胎生女孩，她實在捨不得把孩子交給楚三夫人撫養；若他們沒搬走還勉強可以，離得近，可他們搬走了，雖然兩家離得不遠，也不可能天天見面。
楚令衛已經十五歲，再過幾年他就能娶妻。也許等楚三夫人有了自己的兒媳婦，就不會那麼惦記她肚子裡的閨女了。
陳阿福當然不敢說心裡話，笑道：「明和院我會一直給三嬸留著，三嬸隨時來住。」
今天，楚令宣要上衙，楚令衛在國子監，楚令智要上學，只有陳阿福帶著三個孩子送三老爺和三夫人去西進侯府。

今天西進侯府吃開伙飯，除了請陳阿福一家，還請了瑞王一家、和王爺、榮靜長公主、謝家、陳世英家及兩家三老爺的下屬。

今天是小規模請客，二十日那天就會大規模宴客。

楚三老爺夫婦性格豪爽，朋友、知己眾多，屆時京城大半皇親國戚和世家大族都會親臨道賀。

陳阿福今天送的禮物是四大罈加料的泡酒。

看到這麼寒酸的禮物，楚含嫣有些不好意思，說道：「娘親，咱家過去送禮都是金玉器皿居多，還有繡品，或者錦緞、文房四寶，哪怕送酒也是送那種外面買的青花釀之類的名酒，怎麼送三爺爺這種咱們自己泡的酒啊？不太好看呢！」

陳阿福笑了，小姑娘經常跟自己學管家，還是很有作用嘛！

「這泡酒可是好東西，裡面泡了稀世藥材，是妳三奶奶指名要的。」

楚三夫人的原話是──「我知道妳跟無智大師關係匪淺，他給妳的好東西可不少。不許藏私，把妳那些泡了好藥的老酒分我幾罈，我家老爺特別喜歡喝。」

楚三夫人識貨，知道這些酒可比那些金銀珠寶好得多，當她看到陳阿福讓人把四罈泡酒抬上馬車，笑得見牙不見眼。

楚三老爺也知道那泡酒是好東西，哈哈笑著直誇三夫人。「還是夫人英明。」

陳阿福十分無奈，這兩口子一貫如此，別人給的東西，感激的永遠是對方。

楚三夫人在花廳招待女客。

因為有謝、陳兩家的人，眾人都在關心謝五爺今年殿試成績如何。

今年二月本該舉行會試，卻因為那時為先帝和先太皇太后守制，便把會試推延到四月初舉行。五月十五那天舉行殿試，今日放榜。

謝五爺不負眾望，會試考到一百八十九名。名次雖然靠後，卻是勛貴武將家難得的好成績。他是受益於陳世英的指導，否則不見得能考這麼好。這個成績，極大可能是三甲，但殿試超常發揮也有可能進二甲。

謝家和陳家都非常著急，希望他能在殿試中發揮好，得進二甲，畢竟二甲和三甲的待遇可是天差地別。

因為今天謝家情況特殊，只來了楚華母子三人，其他人都在家裡等消息。

江氏倒是領著陳雨晴、陳雨霞和朝哥兒都來了，他們表面平靜，心裡卻也急得要命。

大概午時初，有人來報，謝五爺考了二甲一百四十六名，賜進士出身。

立時，花廳裡一片恭賀聲。

江氏都激動哭了，陳雨晴也是激動不已。

楚華又代表謝峰感謝江氏及陳大人的指導。

楚三夫人對江氏笑道：「以後，還要請陳大人多多指教我家智哥兒。」

楚令智或許從小受益於燕沉香，學習成績非常好，以後，楚令衛會承爵進軍隊，而楚令智會走科舉。

吃完晚飯回家，剛一走進安榮堂的三進院子，楚含嫣就吸了吸鼻子，說道：「爹爹，娘親，我好像聞到金寶的味道了。」

她的話音剛落，一隻鳥兒就從一棵樹上飛下來，掛在楚含嫣的衣襟上，正是金寶。

眾人一陣驚喜。

明哥兒想去抓楚含嫣身上的金寶，楚含嫣沒躲，只輕聲囑咐道：「弟弟輕些，別把金寶捏疼了。」

明哥兒答應著，儘管「輕輕的」，還是捏得金寶直翻白眼。

金寶唧唧罵道：「壞小子，沒輕沒重。」

轉眼進入七月，陳阿福已經懷孕三個多月。胎坐穩了，按原計劃，她應該帶著孩子去鄉下看望了塵、老侯爺和老太爺；不過，因為特殊情況，又沒有成行，只有楚令宣帶著明哥兒去了。

前幾天請御醫來診脈，說她懷的是雙胞胎，這個消息讓楚令宣和陳阿福又是高興、又是發愁。

再次懷雙胞胎任誰都高興，可想到生小哥兒倆時的凶險，又令人發愁。

楚令宣便不敢讓陳阿福去了，怕路上有閃失。

陳阿福倒是極想去，其一是看望老侯爺幾人，其二是她想王氏和陳名，也想福園。她覺得自己常待在空間裡，又經常吃含有燕沉香的食物，懷胎很穩。

楚令宣堅決不同意，還找來楚三夫人和江氏做說客，陳阿福就沒轍了。

小玉兒見爹爹帶二哥沒帶自己，又開始鬧騰。

陳阿福便嚇唬道：「妳這麼鬧，都把肚子裡的弟弟、妹妹嚇著了，他們害怕，不出來怎麼辦？」

小玉兒一聽，趕緊把嘴捂上。看到她無聲地流淚，陳阿福只得讓人把她送去西進侯府玩。

小妮子跟娘親嘔氣，在西進侯府住了兩天才回來。

十日後，楚令宣帶著羽哥兒從鄉下回京，一同回來的還有王氏和陳名。

王氏一聽陳阿福又懷了雙胞胎，也是又高興、又害怕，趕緊收拾東西來了。

陳阿福見到雙親很高興，便力邀他們在侯府住下。

王氏也願意，現在侯府裡閨女當家作主，又沒有旁人，他們住在這裡看著閨女，也比較放心。而且，等到阿祿休沐，和王爺來了，一家人就像回到過去一樣。

唯一美中不足的是，老侯爺的追妻之路受阻。

晚上，陳阿福便聽楚令宣說，老侯爺去鄉下這麼久，連了塵的面都沒見過。他一去影雪庵，了塵就躲進禪房，門外的羽哥兒哭著喊奶奶，門便開條小縫，只把羽哥兒拉進去。

過去，了塵隔一段時間就會回棠園住幾天，自從老侯爺住進福園後，了塵連棠園都不回去了。

楚令宣唉聲嘆氣，說道：「……我勸了娘很久，說爹之前那麼做也是沒法子，他的心裡一直裝著娘；可娘非常固執，她只是哭，就是不同意見爹。我就跟她說，實在不想見就不見吧！但希望她能還俗，以後我們做晚輩的兩邊孝敬……唉，娘還是沒同意。」

陳阿福聽完，便笑了起來。

楚令宣嗔道：「妳還笑！我娘一個人在庵裡，多可憐，我們做晚輩的怎麼忍心？還有我爹，他比之前更顯老了。」

陳阿福說道：「我覺得婆婆還牽掛著俗世，沒有一心向佛，這比什麼都好。」看楚令宣的眼睛亮起來，又說道：「你們男人不懂女人的心，婆婆願意見你和羽哥兒，說明她還記著親情，捨不下兒孫。她哭，說明她心裡有怨有恨，不是無悲無喜，沒有心如死灰，這就更好了；而且，愛得深才會恨得深……現在，公爹最好少去打擾她，咱們先打親情牌，讓她願意還俗，還俗以後，再說其他。」

她沒說的是，了塵懷著恨和怨在空門裡待了那麼多年，性情肯定有變，何況，她之前就是個對感情非常執著的女人。她還俗或許容易，原諒老侯爺，怕是難矣。

陳阿福本來覺得若自己是了塵，也不會原諒老侯爺，受不了他十幾年的身體背叛。可自從她跟老侯爺接觸次數多了以後，真正瞭解老侯爺，她又改變了原來的認知。

在古代，像老侯爺那樣自始至終愛著一個女人的，無疑是少之又少的奇葩，何況這個女人已經沒有了韶華，還固執得可怕。而且，兩個人的那十幾年都不好過，都心繫著對方。

所以，她若是了塵，她不僅會原諒老侯爺，還會跟老侯爺好好過完下半生，把那十幾年的痛苦日子補回來。當然，那十幾年的怨也不會憑空消失，就每天一點還在他的身上好了，揪一揪、掐一掐，既出了氣，也算培養氣氛吧……

陳阿福有時喜歡推己及人，但想到那兩個人是自己的公爹和婆婆，又趕緊打住下面的想法。

楚令宣沒注意到陳阿福臉上的潮紅，說道：「嗯，妳說得對，先盡一切辦法說服娘還俗。我給大舅寫封信，最好讓他抽空親自去勸勸娘，到時，我和妹妹再把孩子們都帶去，這麼多親人，肯定會打動娘的心。」

「好，若我生完孩子，再把小雙雙帶去。呀，婆婆想不喜歡，都難。」陳阿福笑道。看著妻子美麗的面容，聽著她的甜言軟語，楚令宣情不自禁吻了下去。

陳阿福迎合著楚令宣，兩人都有些忘情，感覺楚令宣身體漸漸有了變化，手也亂動起來。

她自己也有些情不自禁，沒有制止楚令宣。突然，她感覺肚子一抽一抽地疼起來。她知道自己這是惹火燒身了，趕緊側過臉去，說道：「哎喲，肚子痛。」

這話把楚令宣嚇了一跳，那些旖旎的念頭一下子跑到九霄雲外，把她扶到床上躺平，緊張地問：「怎麼了？別嚇我，我趕緊讓人去請御醫。」

「別，先別，我歇歇，看能不能好些。」過了一會兒，陳阿福覺得肚子不痛了，才對一直看著她的楚令宣笑道：「好了，肚子好些了。」

楚令宣還是不放心，說道：「明天還是要請御醫來看看。」

夜裡，陳阿福落紅了。

楚令宣嚇得把下人都叫了起來，讓人趕緊去請御醫。

陳阿福很鬱悶，半夜請御醫來診脈，並被勒令要在床上靜養一個月。關鍵是時間不恰巧，竟然是在楚令宣回來的第一天夜裡發病，眾人都想歪了，看她的眼神很有些玩味。

王氏氣得不行，第一次給楚令宣甩臉子，還悄悄嗔怪她。「妳這是第三胎了吧！女婿不知輕重，妳就由著他？」

楚三夫人則是似笑非笑地看了她一眼，說道：「我讓妳三叔說說宣兒，媳婦這時候是要疼的，不許他胡鬧；再說了，把我孫女嚇跑怎麼辦……」這次連「姪」字都去掉了。

江氏則是紅著臉勸她。「福兒，妳這時候是不能服侍夫君的，好好勸勸女婿……」

楚華給她傳授著經驗。「我大哥實在忍不住，就讓他沖冷水澡……」

她的話讓陳阿福嚇一跳，這個小姑真不像古人，想想她是由三夫人帶大的，與眾不同也就可以理解了。

楚二夫人不知怎麼也知道消息了，帶著沈氏來看她，並教導著她。「宣兒媳婦，雖然咱們分家了，但我還是妳的長輩，就托個大，教教妳。妳這時候該給宣兒抬個通房丫鬟，既顯示妳賢慧大度，又有人替妳分擔……」

沈氏嚇得不行，來之前丈夫勸了婆婆好久，婆婆一來又說這些不中聽的話，便趕緊攔住她的話，說道：「婆婆，公爹和三爺不是讓咱們請大哥幫幫忙嗎……」

楚珍還有半個月嫁人，二房想讓楚令宣幫楚珍的未婚夫再謀個好些的差事。

李嬤嬤先是建議楚令宣睡到別處去，楚令宣沒理她，她就天天睡在側屋值夜，一聽屋裡有點動靜，就使勁咳嗽幾聲。

孩子們不知道娘親得了什麼病，只知道娘親的病很重，病在床上起不來，都嚇哭了。羽哥兒和小玉兒守在門邊大哭，楚含嫣無聲地抹著眼淚，後來和王爺知道了，也一路哭著跑來看她。

楚令宣見陳阿福無事了，終於鬆了一口氣，還是悄悄跟她抱怨。「我那天也沒有怎麼樣，弄得像我虐待了妳一樣。四位岳父、岳母都對我不高興，三叔也話裡話外怪我不知輕重，特別是侍郎岳父，還跑到我倆門裡來斥責我，氣人！」

為了區別陳世英和陳名，楚令宣稱陳名為「岳父」，陳世英為「侍郎岳父」。

陳阿福笑起來，說道：「若爺爺和公爹在家，你很可能會挨打。」

楚令宣說道：「不是可能，是肯定。」

對於親人們的表現，陳阿福既感動又滿意。除了二夫人給她添了個堵，其餘沒有一個人讓她賢慧大度，給楚令宣找通房丫鬟，楚令宣更沒有那個想法，這在古代已經非常不易了。

八月底，陳阿福終於能夠起床了。其實，她幾乎天天都要進空間療養一下，身體早就沒事了，但因為御醫的醫囑，她被人看得緊緊的，早一天起床都不行。

因為是雙胞胎，運動少又吃得好，懷孕剛剛滿五個月，肚子就已經非常大了，像別人七、八個月的大肚子。

見她這樣子，楚令宣和王氏等人又著急了，讓她無事多動動。

八月中旬，楚珍嫁人，家裡送了厚禮，但陳阿福無緣出席。

九月下旬，陳阿玉娶親，十月中旬，陳雨晴嫁人。這兩人，一個是陳阿福喜歡的堂弟，一個是她喜歡的妹妹，她都遺憾地不能去參加婚禮。

九月初，陳實一家和陳業一家來了京城。

陳實一家住在陳阿玉的家裡，陳業一家住在陳名的家裡，王氏和陳名就搬出了侯府，回自個兒在京城的住所。

陳家三房人齊聚京城，陳名非常高興，初十那天，便在家裡請客，不僅把陳家人都請去，還請了和王爺。

這天，楚令宣和陳阿福領著幾個孩子剛吃完早飯，和王爺就領著動物們來了。

「我好久沒見到老家那些親戚了，有些想他們。」和王爺又補了一句。「除了胡氏。」

他一直記恨著胡氏，小時候，胡氏給他添的堵最多，無事就說要把他賣了，嚇得他整天戰戰兢兢。

把孩子們都打扮好，陳阿福就領著他們回娘家。楚令宣則要晚些時候去，他跟那些人說不到一起。

出發之前，楚令宣囑咐李嬤嬤和幾個丫鬟，讓她們看住陳阿福，不讓她被孩子衝撞，也不能讓她太激動。

他們到達的時候，其他人已經到了。現場除了大房、三房一家人，還有楊明遠一家人也齊聚一堂。

這些人看到和王爺，都嚇得跪下磕頭。

和王爺趕緊把陳老太太扶起來，說道：「起來吧！都是親戚，無須多禮。」

聽到和王爺依然把他們說成親戚，陳老太太和陳實、陳業等人都極是感動。

只有胡氏嚇得直哆嗦，站不起來，還是高氏把她扶起來的。她被扶去一間耳房，再也不敢出現在和王爺面前，連飯都是躲在小屋裡自己吃的。

和王爺跟一群孩子玩得十分高興。

陳業和陳老太太這次也非常開心，雖然他們看到二房和三房比大房好過得多，在京城都有這麼大的宅子，京城興隆大酒樓自家的股份也比他們少得多，但是，陳實已經表態，讓大虎滿十四歲就去定州府幫他。等陳業老了就來京城跟兒子過，定州府的興隆大酒樓讓大虎當掌櫃。

陳業和陳老太太過了這麼多年終於明白過來，伸手要財要物自家富不起來，也會帶壞子孫，只有子孫出息，自家才能真正富裕。

陳老太太拉著陳阿福笑說：「阿福這個名字起得好，真的有福啊！嫁了個好女婿，三胎就有兩胎懷的是雙胞胎，這個福氣，別人是沒有的。」

九月二十二日，陳阿玉娶親。

因為陳阿福和小玉兒沒去，楚令宣帶著楚含嫣和羽哥兒去了。和王爺也沒親自去，但遣長史官送了重禮，這讓陳家無比榮耀，陳實父子都快喜瘋了。

第二天新娘子認親，做為堂姊的陳阿福出席了。

新娘子毛氏姿色中等，偏豐腴，為人處事還算大方懂禮。她家裡有錢，據說陪嫁有十里紅妝，還有一千畝良田，以及一萬兩的壓箱銀子。

這讓陳實和張氏喜極，也讓陳業和胡氏眼紅不已。

胡氏又說了些不好聽的酸話，覺得二房幫三房是真的，三房的女婿、兒媳都找得好，幫大房是假的，沒有給阿菊找個有錢的婆家。

陳老太太罵道：「臭娘兒們，妳就別再挑事了。什麼壺配什麼蓋，阿菊被妳慣得沒個樣，怎麼能跟阿玉和阿滿比！找了那個婆家，已經是高攀了，若妳再敢挑事，就給老娘滾，以後不帶妳出來了。」

他們住在陳名家，吵架的聲音有些大，被下人聽到了，又傳進王氏的耳裡。
王氏雖然覺得胡氏屬於狗改不了吃屎的那種人，但好在老太太和陳業還算明白。
九月底，陳阿福請陳家三房一起來侯府玩了一天，之後，他們就回定州了，陳名和王氏也一起走了。
王氏走之前，去水玲瓏買了一架富貴花開的蘇繡炕屏，讓陳阿福幫忙給陳雨晴添妝。

時間一晃到了臘月初，陳阿福已經懷孕八個月，肚子非常大，給人感覺隨時會生娃，前些天就讓人把兩個經驗豐富的接生婆接進府裡住。
善婦科的宋御醫又來給陳阿福診脈，他非常肯定地說陳阿福這次懷的是龍鳳胎。宋御醫能斷胎兒男女，之前問過他，他總有些拿不准，一會兒說像男娃，一會兒又說像女娃。
楚三夫人正好在這裡，她聽說後，哈哈大笑幾聲就走了。
下晌，就有下人來報，說三夫人和三老爺帶著大包、小包住進了明和院。
陳阿福十分無奈，既為懷了龍鳳胎高興，又為閨女會被人搶走而發愁。若是別人，陳阿福肯定會食言不給，但那人是豪爽霸道又俠義心腸的楚三夫人，她幫了楚令宣和楚家良多，陳阿福無論如何都不能耍賴，也不敢耍賴。
別說陳阿福，連楚令宣和老侯爺都不敢耍賴說不給。
陳阿福不想把女兒給楚三夫人撫養，除了感情上捨不得，還有個重要的原因，就是孩子跟著自己，九個月前可以經常進空間，也能吃自己的奶，這對孩子的身體和發育非常重要。小哥兒倆和小玉兒的身體素質那麼好，與這兩點密不可分。

她想著，最好能說服楚三夫人在明和院長住，等孩子滿九個月再搬回西進侯府，這樣，孩子就能偶爾抱回來帶進空間。同時，她每天讓人給奶娘送加料的下奶食物，奶娘的奶質也會好些。

她正想著，楚三老爺夫婦就喜笑顏開地來了安榮堂。

楚三夫人說，她早就為孩子找了一個奶娘和一個教養嬤嬤，還讓人把她院子的西跨院裝修好，以後給她「孫女」住。

陳阿福哭笑不得，心想，真是有錢就任性。

楚三夫人也看出陳阿福不捨，笑道：「妳把閨女給我養，不吃虧，我不僅會把她調教成聰明識大體的貴女，還會給她一筆豐厚的嫁妝。」

陳阿福撒嬌扮癡道：「我知道三嬸會調教人，把閨女給妳養，我也放心。不過，三嬸能不能在我家裡住到孩子滿週歲再離開，我每天看她一眼，心裡也好過些。」

一旁的楚三老爺挺為自己媳婦硬搶人家孩子不好意思，聽陳阿福如此說，便對楚三夫人笑道：「就這麼辦吧！我偶爾會去鄉下看望父親和大哥，或出去遊玩，不經常在家。明年衛兒會去軍中歷練，智兒又要上國子監，妳一個人帶著孩子在家也寂寞不是？」

楚三夫人想想也是，便笑道：「成，住這裡也熱鬧些，等衛兒成親了，我們再搬回去。」

他們如此說，陳阿福更高興了。因楚三夫人不喜歡兒子太早成親，說他們要等到十八歲以後才能娶媳婦，楚令衛成親至少要在兩、三年以後。

晚上，楚令宣回來，聽陳阿福說了這個好消息，也極高興。

他摸著陳阿福特大號的肚子笑道：「這就好了，我也能多抱抱咱們的小閨女，等衛兒的媳婦一生了閨女，就趕緊把咱們的小閨女接回來。哦，對了，大舅給我來了信，說他年底會去棠園勸我娘，到時，不管妳生了沒，我都要回一趟鄉下。」

陳阿福的預產期是明年元月初，不過，懷雙胞胎都容易早產，到底什麼時候生孩子，誰都拿不准。

陳阿福雖然不想楚令宣那時不在自己身邊，但他娘的事情心繫更多人，也只得放行。「你放心去吧！接生婆住在府裡，三嬸也在，出不了什麼事。」

臘月十五這天下晌，下了幾天的大雪終於停了。

雪過天晴，燦爛的陽光把厚厚的積雪照得格外耀眼。幾個孩子在屋裡悶壞了，都跑出去玩。

坐在炕上的陳阿福聽到窗外孩子們的格格笑聲，也想起身去看看孩子，她剛一動，就覺得肚子一陣劇痛。

「哎喲，肚子痛……」她皺眉叫道。

「定是大奶奶要生了。」李嬤嬤一迭連聲地讓人去叫接生婆，又要扶陳阿福去東廂，那裡已經收拾出一間生產用的廂房。

陳阿福忍著痛，先去臥房拿出一小截燕葉沉香，頓時一股好聞的幽香瀰漫開來。她趁李嬤嬤沒注意，又用袖子擋著左手從空間裡拿出一條手帕，手帕上沾了綠燕窩，這是金燕子給她生孩子時吃的。她佯裝用帕子擦嘴，把那點綠燕窩吃進嘴裡。

楚三夫人聽說後，也趕緊跑來安榮堂。她怕把羽哥兒和小玉兒嚇著，讓楚含嫣把弟弟、妹妹領去後罩房玩，又遣人去告訴陳家及正在上衙的楚令宣。

陳阿福這次生產比較順利，下晌申時陣痛，晚上戌時末就生了。

先出生的是男孩，號哭聲極大。

還沒過秤，接生婆就大叫。「天！還有這麼胖的雙生子。」

過秤一秤，接生婆又大聲通報。「是兒子，六斤一兩。」

屋外的人聽了，都驚訝出聲，楚令宣等人相當歡喜。

陳阿福生了一個孩子，頓覺肚子輕鬆許多，聽到兒子這麼重也欣喜，只是還沒等笑出聲，肚子又開始痛起來，半刻鐘後，她又生了一個女孩。

只是這次接生婆沒有驚喜聲，而是說道：「這是女孩，恭喜了，大奶奶生了對龍鳳胎。」

孩子沒哭，接生婆在她的屁股上打了一下，孩子才哭出聲來。聲音很小，嚶嚶嚶地像貓叫，過了秤為三斤二兩。

陳阿福一聽孩子的哭聲，就覺得不太健康，再一聽這麼輕，心疼得眼淚都流出來了。

接生婆忙勸道：「大奶奶莫愁，雙生子都輕，老婆子當穩婆二十幾年，像哥兒那麼重的雙生子還是第一次遇到，多是像姊兒這種，三斤多、四斤的，只要養得好，雙生子比單生子長得快。」

陳阿福不像之前那兩次生完孩子就睡著了，她雖然疲憊至極，卻非常清醒，眼睛沒離開過那個嬌弱的小女孩。

孩子非常小，小腦袋跟陳阿福的拳頭差不多大，顯得眼睛更長，鼻子更大，小胳膊、小腿，還有手指頭都特別細，簡直就是皮包骨；特別是小屁股，由於沒肉，尖尖的，讓人看了就心疼。

這樣的孩子，離開母親怎麼活！

陳阿福收拾索利後，被抱進對面的廂房，楚令宣、楚三夫人和江氏走了進來。

楚三夫人先把女孩抱進懷裡，江氏把男孩抱進懷裡。兩個孩子都包上紅色錦被，男孩很白、很漂亮，胖嘟嘟的，像楚令宣多些，正睡得香；女孩則又小又瘦，皺巴巴、紅通通的，小腦袋只趕得上男孩的半個大。她沒有睡覺，閉一隻眼、睜一隻眼，澄澈的眼神看得人心都化了。

看到這麼嬌弱的閨女，楚令宣對白胖的兒子不滿起來。他從江氏手裡接過兒子，朝他屁股打了一巴掌，罵道：「臭小子，在娘親的肚子裡就欺負妹妹搶吃食，以後再這樣，看我怎麼收拾你。」

他的勁不大，被擾了好夢的男孩還是張開嘴大哭起來。

江氏忙道：「女婿快莫這樣，驪哥兒這麼小，懂什麼！」

老侯爺已經來信，說女孩用之前取的名字楚含珠，而男孩是楚司驪。

楚三夫人對一直強睜著眼睛看她的陳阿福笑道：「別擔心，我不搶小珠兒了。」又低頭親了親小珠兒，說道：「妳這麼弱，三奶奶可不敢讓妳離開娘親。放心，妳娘會養人，定能把妳養得壯壯的、美美的。好孩子，三奶奶盼了妳那麼多年，也是咱們的緣分，等妳長壯了、長大了，再去陪三奶奶解悶。」

看到如此通情理的三夫人，陳阿福一直提著的心終於放下來，笑道：「三嬸住得這麼近，每天來看小珠兒，跟養在妳家裡一樣。」說完，就進入了夢中。

小珠兒雖然瘦弱，倒沒其他病，她的胃口很小，只能吃驪哥兒喝的一半奶。

陳阿福趁其他人不在的時候，悄悄領著兩個孩子去空間，連金燕子都極憐惜小珠兒，給她的綠燕窩比給其他幾個哥哥、姊姊多一點。

臘月二十七，楚令宣和楚三老爺、楚令衛去了鄉下。楚令宣去見羅家大舅，一起說服了塵，楚三老爺父子則去看望老太爺。

本來，老太爺父子應該回京過年的，但因為羅巡府要去，老侯爺便不想回京，老太爺也只得跟兒子一起在鄉下過年了。

楚令宣不在，陳阿福夜裡除了子時在外面，等著兩個嬤嬤進來給孩子清理、洗屁屁，其他時候都待在空間裡。

或許真的孩子越小長得越快，小珠兒雖然吃得不多，但長勢很好，十幾天就長了一斤半，只比驪哥兒少長半斤。小臉、小胳膊都有肉了，小屁股也成了兩個「半圓」。小妮子終於能看了，長得也很漂亮可愛。

看到這樣的小妮子，陳阿福和楚三夫人等人才放下心。

除夕夜，楚三夫人和楚令智在永安侯府吃了中飯，便回西進侯府了。過年，要在自己家守歲。

他們母子一走，安榮堂就安靜下來。如今府裡沒有其他成年主子，只有陳阿福一個，還不能出屋。

和王爺在宮裡吃完御宴，直接來了楚家。他說要在這裡守歲，和王府裡只有他一個人過年，太孤單。

羽哥兒、小玉兒跳腳歡迎，楚含嫣也抿著嘴直笑。

陳阿福不同意，說道：「今天日子特殊，這麼晚了太后和皇上沒留你住在宮裡，就是想讓你在自己的王府裡守歲，來年王府才能更昌盛，你來我們這兒，豈不是辜負了他們的心意？」

和王爺眼圈有些紅，期期艾艾地說道：「我也知道這個理，可我就是不想一個人過年。那麼大個地方，就我一個主子，很孤單的……」他又拉著陳阿福的袖子晃了晃，撒嬌道：「娘親，妳就答應我吧！」

他好久沒叫她娘親，也好久沒跟她這樣撒嬌了。

陳阿福本來就捨不得他一個人孤孤單單，再被他一晃一叫，更心疼了，但理智還是占了上風，她伸手撫摸著他的臉，輕聲說道：「好孩子，我也捨不得你，但是，和王府才是你的家，你必須在那裡守歲。」看到和王爺的眼淚都湧了上來，又趕緊說道：「明天晚上你來這裡睡一晚，就睡在東側屋，離娘親近。」

羽哥兒和小玉兒聽了，又不依地嚷道：「我們也要在這裡睡，我們也要離娘親近。」

楚含嫣也想說離娘親近，但想到自己同和王爺的關係，還是忍住沒說。

和王爺聽了，才不情願地點頭。他又領著幾個弟弟、妹妹在院子裡玩了一陣，才不捨地走了。

十幾日後，楚令宣和三老爺、楚令衛回來了，和他們一起回來的，還有老太爺和明哥兒。

老太爺此行回來，是打算給小雙雙過滿月的。

楚令宣十分難過地說：「我大舅和大舅娘都去了棠園，無論我們怎麼勸，我娘都不同意還俗。」

陳阿福聽了也十分無奈，所有人都知道，了塵並不是真心向佛，她只是羞憤、委屈、不甘。讓她一直待在佛門裡獨自神傷，親人不忍心；若她真的像單太后那樣，只有在佛門裡才能找到安慰，除了老侯爺，其他家人或許也就認了。

只可惜，天不從人願。單太后因身分關係，儘管她早就想出家，但為了皇上，她也只能繼續待在皇宮裡，等到皇上真正坐穩江山後，不知道她能否如願以償？

陳阿福勸道：「婆婆這樣，也在我們意料之中，等孩子再大些，我們再去求。所謂精誠所至，金石為開，總有一天會讓婆婆回心轉意的。」

楚令宣點點頭，嘆道：「也只能如此。我爹也想孩子，但他不願意讓我娘一個人孤零零地待在影雪庵，便留在福園，隔兩、三天去紅林山轉轉，哪怕他見不到我娘，也讓我娘知道我爹就在附近陪她。」

他拿了兩條紫檀木墜小項鍊出來，說道：「這是我娘給驪哥兒和小珠兒的，是她特地向歸零師父討要的，泡過湯藥，對孩子身體有益。」

正月十五，小雙雙滿月。一大早就給小兄妹過了秤，驪哥兒十斤，小珠兒五斤半，眾人對他們的成長都相當滿意。雖然小珠兒現在比許多剛生下來的孩子還輕些，但健康討喜，比想像中好得多。

這天，楚家大擺筵席，京城大半皇親國戚、世家名門都派人道賀。老太爺、楚令宣、楚三老爺、楚令衛、楚令智在外院招待男客，楚三夫人帶著楚華、楚含嫣在丁香廳招呼女客。

令人沒想到的是，榮和公主和馮妙華居然來了。

楚含嫣一看見馮妙華就害怕起來。

楚三夫人捏了捏她的手，小聲說道：「她們是來巴結咱們的，拿出氣勢來。」

小姑娘悶悶說道：「我不喜歡她們。」

楚三夫人笑道：「不喜歡就不理，咱們家的大姊兒，即使給別人甩臉子，他們也只能瞧著。」

榮和公主過來跟三夫人寒暄，馮妙華隱下眼裡的不甘，笑咪咪地來拉楚含嫣的手。楚含嫣沒有笑臉，一扭身躲了過去。

楚三夫人對楚含嫣笑道：「妳看，榮靜、朱姑娘、楊姑娘在叫妳呢！過去跟她們玩吧！」

楚含嫣聽了，便轉身找玩得好的手帕交去了。

馮妙華氣得紅了眼圈，剛想罵人，聽到榮和的咳嗽聲，還是把想說的話嚥了回去。

晌飯前，單太后和張皇后先後來了懿旨。太后給小兄妹賜了七寶瓔珞圈兩個、紅麝香珠兩串、玉如意兩柄，皇后賜了小兄妹金麒麟兩尊、小玉鎖兩個。

面對如此皇恩浩蕩，沒有哪個人不羨慕的。

二月中旬，天氣漸暖，老太爺又準備帶羽哥兒去鄉下住。

陳阿福給他們準備了很多東西，包括二十幾套從裡到外的衣裳，還有許多日用品。老太爺和老侯爺身邊都沒有女人張羅，這些東西多是陳阿福幫忙準備。

小玉兒一聽說太爺爺又要帶大哥去鄉下，傷心得不行，天天哭鬧。「大哥、二哥輪流去，就是不帶小玉兒，怎麼能這樣……嗚嗚嗚……」

楚令宣心疼閨女，跟陳阿福商量道：「妳看閨女哭得多可憐，就讓她去吧！多帶些人；再說，岳父、岳母也在那兒。」

小玉兒一聽有戲，就淚眼婆娑地看著娘親，癟嘴說道：「娘親，娘親，小玉兒求求妳了……」

羽哥兒聽了，也幫妹妹求情，說道：「娘親，就讓妹妹去吧！我會照顧她。」

看著比同齡孩子壯實一些的小玉兒，陳阿福點頭同意，叮嚀道：「可以去，但不能住久了。」

小玉兒和羽哥兒聽了，一陣歡呼，明哥兒又癟嘴哭起來。

楚令宣天天被幾個臭小子吵得頭痛，對他們沒有什麼耐心，皺眉斥道：「你都去玩過了，怎麼還跟妹妹爭？再鬧，就去面壁思過。」

明哥兒怕爹爹，趕緊閉上嘴巴，無聲地抽泣著。

陳阿福把明哥兒拉過來，給他擦著眼淚，又哄了他幾句。

他們預計二月二十日啟程，結果楚令宣接到羅大舅派人送來的信，說羅老太君心疼閨女，要親自去勸了塵，讓楚令宣也去棠園幫忙一起勸。他們準備三月初啟程，那時天氣已經暖和了。

羅老太君已經六十七歲，癱瘓在床十幾年，她竟然要親自去棠園。

楚令宣又是感動，又是心疼，跟陳阿福商量道：「我姥姥要去棠園，乾脆妳也帶著孩子們一起去。老的、小的，這麼多人勸她，我娘再是鐵石心腸，也會心軟的。等三月初，天氣暖和了，我們再一同前往。」

上自近七旬的老母，下至出生只有幾個月的孫子，這一劑猛藥，了塵肯定抵擋不住。若這樣都不能讓她還俗，那她便是真的一心向佛，也沒有再勸的必要了。

陳阿福點頭同意，又開始準備孩子們的東西。

楚令宣去跟老太爺商量，讓他們晚些天再走。

幾日後的夜裡，楚令宣不在家，陳阿福帶著矖哥兒和小珠兒一起進了空間，今夜子時金燕子又可以出去了。

金燕子一聽說媽咪和楚爹爹會帶著所有孩子一起回福園，更高興了，唧唧說道：「媽咪，再把臭大寶帶上吧！咱們一起回去，大團圓，多好，沒有他，總少了點什麼。」

聽了金燕子的話，陳阿福心裡一動。這次全家人都回去，少了大寶，還真是個遺憾。不過，要讓這尊大神回鄉下，似乎不太容易……

陳阿福笑道：「寶貝真聰明，的確如此；再把阿祿叫上，沒有他，也不算大團圓。」

金燕子唧唧笑道：「是啊，是啊，怎麼忘了阿祿舅舅，該打。」說完，還用一扇翅膀搧了自己小腦袋一下。

子時一到，金燕子就急不可待地飛出了空間。

翌日傍晚，和王爺從宮裡放學回王府。聽秋月說，楚夫人派人送信來，金寶回來了，請他去楚家吃晚飯。

和王爺這段時間一直盼著金寶，聽了喜極，趕緊領著長長和短短去楚家。

晚飯擺在正房廳屋的大八仙桌上，一家人圍在一起吃飯，連小玉兒都上桌了。

八仙桌旁的左邊擺了一個高几，高几上置放一個大盤——是金寶吃飯的地方；八仙桌旁的右邊，擺了一個低矮小几，讓長長一家在這裡吃飯。

吃飯的時候，羽哥兒和明哥兒非常臭屁地跟和王爺說自己一家要回鄉下去，還會讓小舅舅一起去。

和王爺聽了，也拉著陳阿福的袖子，吵著要跟著回去。

陳阿福道：「我也想讓你一起回去玩啊！那裡有咱們那麼多的回憶，可是，皇上和太后娘娘能同意嗎？」

楚含嫣也想讓和王爺一起去玩，說道：「和王爺，你好好跟皇上和太后娘娘說說唄，你還記得棠園和福園嗎？」

和王爺猴急地說：「我當然記得，不只記得棠園和福園，還記得這兩個院子之間的那條小路，還有祿園和響鑼村，我作夢都回去過。」又極其鄭重地承諾道：「你們放心，我會想辦法讓皇兄和母后答應。」

當他說到福園和棠園之間的小路時，楚令宣和陳阿福相視一笑。雖然沒有說話，但他們知道彼此心中所想——那條小路，見證了他們兩人的不捨、心動、相知、相戀……

楚令宣說道：「和王爺要好好跟聖上和太后娘娘請示。若他們實在不讓你回去，莫鬧脾氣，等你長大些再回去也成。」

和王爺點點頭，說道：「楚將軍放心，我會和他們商量好的。」

在楚家吃過這頓飯後，和王爺翌日進宮去求了皇上和太后好久，說他想鄉下，作夢都想回去看看，還哭了，才讓他們同意。

為了此事，皇上還特地找來楚令宣，讓他必須保證小十一的安全。

陳阿福聽說後，又領著孩子們去王府玩了一天。她沒幫忙求情，自己帶的孩子已經夠多的了，不想再多個小祖宗。

第五十八章

三月初下晌，楚令宣領著祖父、妻子、兒女，以及和王爺啟程去通縣。在通縣驛站住了一夜，翌日早上棄岸登舟。

這次搭乘的兩條船是楚家的——更確切地說是福運來商行的。現在，福運來商行已經涉足船運生意。

一條船住的是主子和貼身服侍的人，另一條船住的是一百名護衛。

此時正值春季，青山綠水，風光正好。

甲板上，和王爺領著羽哥兒、明哥兒跟長長一家在玩鬧，楚含嫣、小玉兒則跟金寶在嬉鬧。

驪哥兒和小珠兒躺在嬰兒車裡，陳阿福和楚令宣坐在遮陽傘下。小珠兒和驪哥兒似乎知道哥哥、姊姊玩得開心，他們也開心地揮動著小胳膊，蹬著小短腿，嘴裡還格格笑個不停。

看到這個情景，陳阿福十分有成就感。上一輩子活了三十二年，自懂事起就想要自己的家，有愛自己的丈夫，可愛的兒女，可惜，到死都一無所有。

而穿越來這裡不過六年，她一切都有了。無論夫家還是娘家，都給了她溫暖的家庭；愛她的丈夫，比劉旭東優秀一百倍不止；可愛的七個兒女，不，不止七個，還有金寶……

這一切果真如無智老和尚的批命，她這輩子是有福的。

陳阿福把目光從遠處孩子們的身上收回來，看向身邊的楚令宣。

楚令宣今年二十八歲，這個年齡的男人在前世大多還沒有成親，事業也剛剛起步，可他已經是從二品大員，在西邊打過胡人，在南邊平過戰亂，得皇上信任，被家族依賴。

他沒有留鬍子，還是那麼年輕俊朗。老太爺不止一次跟他提過，嘴上沒毛、辦事不牢，他是從二品大員，應該蓄鬍子，看起來才穩重，得人信任。

但楚令宣知道陳阿福不喜歡男人留鬍子，也就沒蓄，說等到三十歲以後再蓄。

楚令宣見妻子看他的雙眸水潤，情愫流轉，不覺心中一動，對著她的耳邊輕聲說了兩句。

陳阿福臉一紅，拍了他一下，輕聲笑道：「好討厭，不害臊。」

大船在夕陽西下時到了定州府外，楊管家已經帶人在碼頭上等候。

現在定州府的楚家已經沒有主子了，主子也很少去住，所以留了不多的下人在那裡看家，絕大多數人已經調去京城侯府。

一上岸，發現王成和陳實也來接他們了。

眾人寒暄一陣，才回到定州府的楚府。

老太爺依舊住在外院，楚令宣和陳阿福帶著驪哥兒和小珠兒住正院，和王爺領著羽哥兒、明哥兒和長長一家住去勁院，楚含嫣領著小玉兒住悅陶軒。

楊管家是人精，連桂院也都收拾出來，讓陳阿祿喜出望外。

在這裡住了一宿後，眾人一大清早又要坐車趕往鄉下。和王爺與楚含嫣還有些捨不得這裡，但福園和棠園對他們的誘惑更大，也都老老實實上了車。

因為今天走得早，大概午時初就到了上水村那條小路。

當隱隱看到棠園的影子時，金寶就飛上天空，向那裡飛去。

不多時，看到兩隻鳥兒向他們飛來，在陳阿福坐的馬車上空盤旋一圈，一個俯衝，衝進車窗裡，正是七七和灰灰，牠們激動地叫著「娘親」，直往陳阿福的懷裡鑽。

接著，又聽到一陣熟悉的狗吠聲，長長、短短帶著圓圓激動地跳下馬車，向牠們迎去。

到了路口，羅管事和羅大娘，還有老侯爺的長隨楚管事，以及穆嫗都已經在這裡迎接。

一行車馬到了棠園門口，沒有停車，反而繼續往前，去了福園。

老侯爺等在福園門口，把老太爺從車裡扶下來，又給和王爺抱拳施禮，和王爺也躬身還禮。

眾人進了福園，滿園子百花齊放，奼紫嫣紅，還有廊下幾十隻鳥兒齊聲歌唱……

多少次午夜夢迴，夢到這裡，今天終於回來了，陳阿福的眼裡都有了濕意，和王爺與楚含嫣也激動不已，這裡給他們留下了太多美好的回憶。

一行人進入正房。老太爺和老侯爺坐上座，楚令宣帶著妻子、兒女向他們行禮，兩個嬤嬤也抱著驪哥兒和小珠兒給他們磕頭。

禮畢，小玉兒放下對爺爺的些許不滿，幾步跑去爬到老侯爺的膝上，抱著他的脖子，糯糯說道：「爺爺，你不回去看小玉兒，小玉兒來看你了。你的小玉兒好想你，你想小玉兒嗎？」

軟軟的小孫女讓老侯爺的笑意直達眼底，笑聲也大了許多。

來鄉下這麼久，他還是第一次如此開心大笑。

「想，爺爺很想你們，尤其想爺爺的小玉兒。」

聽了爺爺的甜言蜜語，小玉兒樂得眉眼彎彎，道：「我和哥哥、姊姊，還有弟弟、妹妹一起去求奶奶，奶奶就會回家了；若她還不回家，我和妹妹就哭給她看。妹妹的哭好可憐，比小玉兒還讓人心疼呢……」嘰哩呱啦，小話簍子的話把大家都逗笑了。

眾人在福園吃了午飯，還把陳名、王氏和陳阿祿請來一起吃。

之後，楚令宣和陳阿福帶著驪哥兒和小珠兒回棠園歇息，和王爺、楚含嫣、羽哥兒、明哥兒和小玉兒都跑去兒童樂園玩了。

金燕子帶著動物們連園子都沒進，直接去了紅林山，還帶上旺財一家四口。

魏氏和秋月同和王爺一起回來，和王爺給她們兩個放了假，讓魏氏回去跟羅管事一家團聚，秋月去旺山村跟家人團聚。秋月如今已經跟王府的一個李姓參軍錄事訂親，預定年底成親，小李將軍也和她一起去拜見岳父母。

六十幾個護衛分散在幾個園子後面的下人房裡，還剩三十幾人住不下，去了上水村的村民家裡住。從羅家來的護院，有一部分也只得去住村民家。

這個季度正是海棠怒放的時候，棠園各個角落都是粉紅色的花朵，美麗極了。

楚令宣和陳阿福卻無心欣賞美景，因為羅管事跟他們說，今天上午接到羅巡府派人送的信，羅老太君、羅大夫人、羅四爺夫妻估計明天下晌就會到達棠園。

楚令宣要快馬加鞭去影雪庵看望了塵，還要察看一下路況，若山路狀況不好，要再修繕一番，畢竟老太君身體不好，怕顛簸。當然，他將羅老太君和他所有兒女都來了的事隱瞞下來，也不許羅管事說，就是怕了塵有所準備找藉口，或是了塵承受不了選擇逃避。

楚令宣十分遺憾，楚華母子這次不能來，因為楚華又懷孕了。

為了遠道而來的貴客，陳阿福張羅著給羅家人收拾屋子，以及一些招待事宜，雖然許多事羅管事都準備了，但她還是要再察看一番。

棠園不大，替羅家貴客安排好住所之後，陳阿福兩口子便帶著楚含嫣、小雙雙住燕香居，安排和王爺、大雙雙、小玉兒住去福園。

後來和王爺強烈要求住祿園，陳阿福也同意了。

忙到傍晚，陳阿祿又來請陳阿福一家還有老太爺父子、和王爺去祿園吃一頓「便飯」。飯後，天色還沒有黑透，和王爺提出想去響鑼村的老房子瞧一瞧。

陳阿福沒同意，說改天再陪他去，現在天黑了，明天太忙碌。

陳阿福一手牽著和王爺，一手牽著楚含嫣，三人站在祿園門口往西看去。前面田裡種的是油菜，油菜花黃嫩嫩的，田地那面的大片屋舍是響鑼村，極目處是蜿蜒的紅林山，都籠罩在沈沈暮靄中。

和王爺被這美麗的景色所感動，吟誦了一首這個時代大詩人描寫鄉間的詩歌。

楚含嫣抿嘴笑道：「看見這裡，我想到的是娘親教我們唱的那幾首童謠。」

和王爺笑道：「哦，我也記得。」

回了燕香居，陳阿福一直沒睡，等著楚令宣。

楚令宣是半夜回來的，兩人又商量了一番，才歇下。

第二天，棠園的人又是一陣忙碌。在下晌申時，去接人的下人來報，老太君兩刻鐘後會到達棠園。

楚令宣領著陳阿福及一眾子女守在棠園門口等，老太爺和老侯爺守在福園門口遙望這邊。

老太爺跟老太君是同輩，本不需要在門口守候，但因為自己兒子傷了人家女兒的心，他也只得保持低姿態。

本來和王爺也要來等候，楚令宣沒同意，讓他在祿園玩，以後再引見。

兩刻鐘後，來了十幾輛馬車及幾十個騎馬的人。

楚令宣帶著妻子、兒女在最大一輛馬車前躬身行禮，馬車裡傳來一個慈祥的聲音。「好孩子。」

聽這聲音，老太太雖然癱瘓了，但身體其他功能還挺好。

老太爺和老侯爺急步來到馬車前，老太爺先抱拳笑道：「老親家好啊！咱們有十幾年沒見面了。」

羅老太君說道：「楚老太爺，你叫錯了，我不記得有你這門貴親。」

老侯爺又趕緊向馬車躬身問好。「老太君，一別十餘年，晚輩甚是掛念。唉，慚愧，都是晚輩不好，讓您老人家拖著病體舟車勞頓，趕這麼遠的路。」

羅老太君冷哼一聲，說了句。「老太婆舟車勞頓不是因為你，不需要你慚愧。」

老侯爺面紅耳赤，又躬身抱拳道：「慚愧，慚愧。」

馬車直接進了棠園，楚令宣一家人也進去了，只有老太爺和老侯爺父子倆悵然若失地站在那裡。

來到外園，老太君被婆子揹出來，放上藤條床，直接抬進怡然院。

陳阿福領著六個兒女來給老太君和大夫人磕頭，孩子們又給羅四爺夫婦見禮。

老太君很瘦，由於少見陽光，臉呈青白色，但老人家非常慈祥，笑咪咪的，並不嚇人，她摸了摸孩子們，又給他們見面禮。

老太君對陳阿福非常滿意，笑道：「好孩子，是個有福氣的，嫁給宣兒四年，居然生了五個孩子！」

飯後，楚令宣讓他們歇息兩天，後天再去影雪庵。

一提影雪庵，老太君就老淚縱橫，說道：「不，明天就去！我要趕緊把雲兒接回來，我要跟她說，別人不要她，我要！」

老太君的話讓陳阿福等人都流了眼淚。

小玉兒膽子大，趕緊說道：「太姥姥，小玉兒也要奶奶，我爹爹、娘親都要奶奶，還有爺爺，也要奶奶。」

羽哥兒和明哥兒見妹妹表態了，也齊聲說道：「嗯，我們都要奶奶。」他們的話把大家都逗樂了。

老太君說道：「你們都是好孩子，有這麼好的孫子、孫女，雲兒也不應該再賭氣了。」

翌日巳時，十幾輛馬車以及二十幾個騎馬的人，從棠園向紅林山而去。

午時初，一行車馬來到影雪庵，又沿著牆往後走，來到一扇側門前，幾輛馬車從這裡進入庵堂。

此時，了塵正在自己的禪房裡誦經，突然聽到窗外一陣嘈雜聲，她皺了皺眉，起身出了禪房，看見楚令宣走進禪院。

楚令宣笑道：「娘，妳瞧，誰來看妳了？」

他一閃身，陳阿福和幾個孩子自他身後走出來，羽哥兒和明哥兒大聲叫著「奶奶」。

了塵先是一怔，後又笑起來，說道：「你們來了？宣兒可惡，前天都沒告訴我，嫣兒長這麼高了，哦，羽哥兒，明哥兒……」

一個兩歲多的漂亮女孩走上前說道：「奶奶，奶奶，還有我，我是小玉兒，我早就想來看妳了。」

「哦，小玉兒，好孩子。」了塵驚喜道。

陳阿福和楚令宣從下人手裡接過驪哥兒和小珠兒，上前笑道：「娘，看看，驪哥兒和小珠兒也來看妳了。」

「哦，驪哥兒，小珠兒，你們怎麼也來了？你們還這麼小。」了塵目不轉睛地看著他們，嘴裡喃喃說道。

驪哥兒和小珠兒現在的心情非常好，一個「啊啊」叫著，一個吐著小泡泡，在春陽照射下，顯得生氣勃勃。

羽哥兒和明哥兒跑過來抱著她的腿，齊聲說道：「奶奶，跟我們回家吧！」

小玉兒沒腿抱了，就上前拉著她的衣袖說：「奶奶，妳不在家，我們很寂寞啊！」

楚令宣也說道：「娘，本來妹妹還要來看妳，可是她又懷孕了，不讓她來，她都哭了。」

正說著，後面傳來一個蒼老又熟悉的聲音。「雲兒，雲兒……」

了塵一怔，喃喃說道：「娘的聲音，娘？是我聽錯了？」

楚令宣等人讓開一條路，羅老太君被人抬了進來。

老太君看到了塵，淚流滿面，伸出一隻瘦骨嶙峋的手，啜泣道：「雲兒，雲兒，我的雲兒，妳受苦了。這麼多年，妳孤孤單單，一個人在庵堂青燈古佛，多可憐啊！雲兒，跟我回家，別人不要妳，我要妳，娘要妳……」

了塵一聽，跪倒在地，爬進老太君的懷裡痛哭起來。「娘……娘啊！」

這番久別重逢，讓眾人皆哭了一陣子，之後，老太君和了塵便移到禪房裡談了許久，連齋飯都是送進去的。

直到夕陽西斜，老太君終於說動了塵同意還俗。

楚令宣和陳阿福得知消息後，都喜極而泣。

夕照下，一群老少浩浩蕩蕩出了影雪庵的大門，每個人的影子都拉得老長。

了塵在楚令宣的攙扶下，看到母親被抬上車，再看到兒媳、孫子、孫女陸續上了車，她又回頭看了一眼肅穆、莊嚴的大門，再一次熱淚盈眶。

楚令宣輕聲道：「娘，咱們回家了。」

了塵點頭，上了羅老太君的那輛馬車。

一行人在車輪的轆轆聲中，乘著夕陽餘暉，逐漸遠離了那僻靜的山林，駛向炊煙裊裊的農村。

因孩子們鬧著要跟長輩同車，楚令宣和陳阿福難得清閒下來。暫時擺脫了孩子們的兩人，便在馬車裡彼此慵懶地相擁，耳鬢廝磨。

楚令宣親吻著她的臉頰，在她耳畔輕聲道：「阿福，能娶到妳，是我一生中最大的幸事！」

陳阿福把臉埋進他的頸窩，笑道：「能嫁給你，也是我一生最大的幸事……」想想不對，又糾正道：「不，能嫁給你，是我兩生兩世最大的幸事。」

楚令宣被逗樂了，摟著她的胳膊緊了幾分。「還兩生兩世，喝了孟婆湯，妳還能記得前一世嗎？」

陳阿福似是玩笑道：「前一世我做了善事，孟婆獎勵我，沒讓我喝湯。」

倚在丈夫的臂彎裡，陳阿福掀起車簾的一角，看見馬車越來越駛近棠園，孩子們歡喜的笑鬧聲清晰地迎風傳來。

伴隨著這暮色，這一片景致真是歲月靜好，現世安穩。

——全書完

番外一　羅雲

清晨，晨光斜斜射入窗櫺，照在玻璃鏡的一角，反射出一道光彩，格外奪目。

羅氏瞥了眼遠處的大玻璃鏡，猶豫片刻，還是坐在靠床邊的紅木雕花妝檯前。梳妝檯上的銅鏡裡，婦人面目不甚清晰，膚色略帶銅鏡的淺黃色，頭髮已經齊耳，穿著琥珀色褙子。儘管還俗已經五個多月，她還是不習慣抹粉施脂。如此模樣，與那個已經久遠的明豔麗人面目相似，卻又迥異。

十四年的時光，帶走了青春、風華。曾經的屈辱，刻下的風霜不只在臉上，還在心上。

晨鐘暮鼓，木魚經文，長得不能再長……

她以為，了卻塵世的日子會日復一日，年復一年，一直到死，卻原來，那十四年如一陣輕煙，飄散在空中，已尋不見蹤影。

只是，那飄走的十四年，是她人生中的劫難——不僅奪走了她的丈夫、她的幸福、她的家庭，也改變了她的一生。

如今的她又回來了，已經不是了塵，是羅雲，還有村人口中的「羅夫人」。

她的老母親在棠園陪她，她的孫輩守著她盡孝，她的家庭、幸福，似乎又失而復得。

失而復得了嗎？應該沒有……

「奶奶，咱們該去太姥姥那裡了。」

身後傳來一個糯糯的聲音，把羅雲的思緒拉了回來。

羅雲笑起來，回過頭，看到一個兩、三歲的小女孩走進來。

小女孩穿著水綠色的小襦裙，梳著兩根沖天炮，可愛得不得了。

羅雲說道：「小玉兒，妳怎麼沒有多睡一會兒？」

小玉兒來到羅雲的身旁說：「鳥鳥說，早早早，身體好。」又納悶道：「奶奶，玻璃鏡照白白，銅鏡不白白，臉上有灰灰，銅鏡看不到。」

羅雲笑了笑沒言語，拿起梳妝檯上的一頂丁香色帽子戴在頭上。帽子有些像番人女子戴的帽子，又不完全一樣，奇異又不算誇張，還繡了幾朵粉色小花在上面。

這是兒媳婦陳阿福替她做的，陳阿福如今最喜歡給她做帽子，已經讓人帶來了十幾頂，樣式、顏色各異，好看又雅致。

小玉兒又誇張地瞪大眼睛，大聲說道：「哇，奶奶好漂漂。」

這模樣把羅雲和服侍的丫鬟都逗笑了。

羅雲捏捏她的小臉，說道：「小精靈，最會說。」之後，牽著她一起去怡然院。

羅老太君把女兒接回棠園之後，並沒有隨羅大夫人和羅四爺回石州府家裡，而是繼續住在棠園。她的說詞是，趕了那麼遠的路，她的老骨頭已經禁不起折騰了，只有在這裡把身子骨兒養好，再回石州府。

她。

羅老太君如此安排，不說別人，就是羅雲都知道她是為了什麼，但也只得在這裡陪著福的不捨，但她也只得咬牙把小妮子留了下來。

不僅如此，老太君還強硬地把人小鬼大、嘴甜的小玉兒留在棠園。任誰都看得出來陳阿福的不捨，但她也只得咬牙把小妮子留了下來。

小妮子果然討喜，逗得老太君和羅雲天天好心情。

大孫子羽哥兒也在鄉下，住在福園陪爺爺，每天會來往棠園多次。當然，小玉兒每天也會跑去福園好多次。因為小兄妹腿腳痲利，還喜歡各自通報情況，兩個院子哪怕有一點風吹草動，彼此都會知道。即使羅雲不想知道，但那聲音硬是往她耳朵裡面鑽。

羅老太君住在怡然院，羅雲帶著小玉兒住在清風院。

一進入怡然院，就能聞到一股淡淡的藥味。

羅雲特地請歸零師父給老太君診了脈，開了藥，再加上陳阿福給了幾小塊無智大師送她的奇藥，熬成湯每晚浸泡，老太君的身子骨兒已經好多了。

還沒進屋，小玉兒就開始叫道：「太姥姥，小玉兒和奶奶來陪妳吃飯了。」

屋裡傳來羅老太君的笑聲。「好，好，太姥姥等著呢！」

老太君斜躺在床上，羅雲餵了她半碗飯，便讓下人接過碗繼續餵，自己則去桌上吃飯。一旁的小玉兒則先吃一些，之後下人再餵一些。

前幾天羅雲才開始吃雞蛋。自她還俗後，一直不願意吃葷食，老太君心疼閨女身體不好，勸了多日，她才開始吃雞蛋，不過肉類還是沒吃。

飯後，小玉兒便要去福園「上課」，老師是她的大丫鬟冬月，經過了夏月正規培訓，教材是之前陳阿福留下的積木及連環畫。

學生除了小玉兒和羽哥兒，還有下人的幾個孩子。

離開之前，小玉兒又邀請羅老太君道：「太姥姥，今天的太陽極好呢！妳去福園曬太陽吧！還能看我和哥哥練武功，還有很多的鳥鳥。」

其實，她更想邀請奶奶去的，只不過，她邀請了好多次，奶奶都不去，奶奶不想見爺爺。

想到他們練的武功，羅老太君又是一陣爽朗的笑，說道：「好，好，若太陽好，太姥姥就去看重外孫練武功。」

看到小玉兒跑出房門，羅雲又開始為羅老太君按摩。

羅老太君嘆著氣，開始老生常談。「雲兒，雖然廣徹傷了妳的心，但那事也不能怪他，先帝讓他那麼做，他能不做嗎？不做，就是抗旨。他讓妳出家，也是保護妳，是權宜之計。這些年，他沒有變心，一直想著妳，也毫不手軟地把榮昭逼進了庵堂。他現在所做的一切，都是為了讓妳回心轉意。雲兒，我們不逼妳，只希望妳能慢慢想通，卻也不能太固執。妳今年四十五歲了，已經韶華不在，若真等到妳老得動不了了，想原諒他，想好好過日子，也晚了……」

老太君一說這事，羅雲就不說話，緊緊咬著嘴唇，聽她念叨。

老母，哥哥，嫂子……所有娘家人都說她固執，雖然兒子、女兒沒明說，但他們心裡也定然是這麼想的。

她也知道他所做的一切是無奈，是變相保護她，但是，想到自己被逼出家，孤身在庵堂想兒女想得痛徹心腑，而他卻跟另一個女人相擁纏綿，她就受不了……

羅老太君念叨完該說的話，雖然沒得到閨女的答覆，但也露出滿足的神色。

天天這麼念叨，閨女總能聽進去一些，女婿又這麼努力想重修舊好，慢慢會把她的心軟化的。

唉，閨女的事情解決了，自己就是死也能瞑目了……

這時，有人來報，說響鑼村的宋婆子領著滿頭是血的小孫子來了。

羅雲一聽，趕緊起身去了外院。

如今的羅雲，除了在家服侍老太君，以及含飴弄孫，還會給村人免費看病。

她的醫術並不高明，只能治一些簡單的傷風感冒，以及不嚴重的外傷。這些小病，村人一般捨不得出錢看病，絕大多數人能夠自然痊癒，但少部分的人卻越拖越嚴重，尤其是身體底子差的老人和小孩。

現在，這部分人終於能夠不花錢看病了，村民們都非常感激「羅夫人」，說她是活菩薩。

由於看的都是小病，用的多是草藥。她會收購採藥人或村民送的草藥，也會讓人去縣城買些好一點的藥材，偶爾還會自己帶幾個人去紅林山採藥。

宋婆子的小孫子狗兒跟孩子們打鬧，被一塊石頭砸到頭頂。狗兒頭上的血流到臉上，跟眼淚混在一起，再用手一抹，小手、小臉都是血，極嚇人。若是其他人家，早就找村裡的大夫診治了，不僅離得近，大夫的手藝還要好得多。

可宋婆子家裡窮，又節省慣了，就把孫子抱來棠園。

羅雲趕緊用涼開水把狗兒的傷口洗淨，傷口挺長，用了搗碎的止血草還是止不住血，而之前的好藥都用完了。

羅雲急切起來，說道：「傷口太大，我這裡的草藥止不住血……」

宋婆子聽了，嚇得大哭起來。

這時，楚廣徹的長隨楚管事跑來了，遞過幾顆藥丸說道：「我們老爺讓小人送來的止血藥，化開塗在傷口上，或許能好。」

楚廣徹剛才正好在福園外面散步，看到孩子的傷勢有些嚴重，怕羅雲的藥治不了。他是武將，隨時都準備了外傷藥，便讓楚管事送來。

之前羅雲拒絕過多次楚廣徹讓人送來的藥，可這次事急從權，便收下了。把藥丸化開塗在傷口上，果真血就止住了。

羅雲又塗了些治外傷的藥，把狗兒的頭包起來，宋婆子千恩萬謝。

他們走後，下人稟報，老太君去了福園玩，玩得高興，晌飯就留在那邊吃了。通常晌飯小玉兒和羽哥兒多在福園吃，晚飯多在棠園吃。

兩個孩子不在家，連老母親都走了，羅雲便拿著給老母親做的抹額去祿園，跟王氏一起做針線。

她現在特別怕孤單，怕身邊沒有親人，若家裡只有她自己一個人，在庵堂那些已經久遠的孤寂感就會如潮水一般湧來，她非常不喜歡這種感受。

所以，只要母親、孫兒不在家裡，又沒有病人，她就會把一起長大的羅管事和羅大娘叫來說說話。然而今天不巧，羅管事去定州府辦事，羅大娘前幾天進京看兒孫去了，她只得去祿園。

王氏跟羅雲的年齡差不多，又是親家，有很多共同的話題。王氏經常會來棠園串門子，也是羅雲在這裡唯一一個說得上話的朋友。

羅雲不知道的是，羅老太君曾多次私下請王氏來家裡玩，不僅因為陳家跟他們是親家，還因為王氏「看得開」。她曾經有那麼多的不幸，現在卻生活得非常幸福，也非常快樂。陳阿福走之前也拜託王氏跟羅雲多說說話，能夠變相開解羅雲。

羅雲走出棠園，前面大片稻田盡收眼底，稻穗在秋陽的照耀下更加金燦燦。她向北走去，還沒到福園，就能聽到裡面孩子們的笑鬧聲，以及鳥鳴聲，還間或有楚老太爺的大笑聲。

羅老太君出自武將之家，十分豪爽。她父親跟楚老太爺的父親是遠親加好友，她年幼時就跟楚老太爺非常熟悉；再加上鄉下不講究，老太君斜坐在藤條椅上去福園串門子，也不覺得有什麼不妥。

聽到那些熟悉的聲音，羅雲的心又抽了抽。

她的幾個親人都在那個院子裡，可她卻不能走進去融入其中——不是不能，是她邁不出那一步！

她渴望親情，渴望溫情，還有那遠得隔了一世的……他；也知道自己只要稍稍壓下不甘，稍稍柔軟一點，不要那麼堅持，她便能擁有一切想要的。

她會跟王氏一樣滿足，一樣快樂，讓老母親欣慰，讓兒女放心。

可是，她就是做不到。

路過福園大門時，餘光看到大門是開著的。羅雲急步走過去，還是瞥見院子裡一群孩子圍著斜坐在椅子上的老母親。

眼尖的七七看到她了，大著嗓門叫「奶奶」。

楚廣徹猛地抬頭往門口望去，只看到一片琥珀色的裙裾飄了過去。

楚廣徹急走幾步來到門外，望著羅雲的背影壓著聲音喊道：「雲兒。」

羅雲的腳步頓了頓，繼續往前走去。

楚廣徹向前幾步又喊了一聲。「雲兒。」

羅雲停下腳步，卻沒有回頭。

楚廣徹說道：「雲兒，咱們現在是鄰居，無事可以去鄰家串串門子的，妳若不想看見我，我去後院。」

羅雲逼退眼裡的淚水，急步向祿園走去。

楚廣徹呆呆地看著那個身影進入祿園，身後傳來小玉兒高興的聲音。「爺爺，奶奶跟你說話了！奶奶不生氣了嗎？呀，太好了！」又扯著楚廣徹的衣襬糯糯說道：「給娘親寫信。」

楚廣徹回過身來，哈哈笑著把小玉兒抱起來，說道：「妳這個小人精。」又小聲在她耳邊說：「奶奶還在生氣，不過，慢慢會好的。」

王氏看到羅雲來了，十分高興，把她請到炕上坐下，笑道：「我剛剛從福園那邊過來，聽說羅老太君要留在那裡吃飯，羅姊姊就在我家吃吧！我當家的去了縣城，咱們兩人一起吃飯也熱鬧。」

羅雲欣然接受邀請，笑道：「那就打擾了。」

隔壁的笑聲不時從窗外飄進來，讓這個寂靜的小院變得十分熱鬧。老太爺和小玉兒、羽哥兒的嗓門最大，偶爾還有兩聲羅老太君的笑聲。

那些聲音裡，小玉兒跟爺爺撒嬌的聲音最突出。

羅雲啞然失笑，說道：「小玉兒還小，鬧騰就鬧騰些，等她再大些了，就得送去她娘的身邊，好好拘束一下，否則，這樣嬌寵下去，可不好找婆家。」

王氏笑道：「小玉兒家世好，模樣好，又聰明，到時候定會一家有女百家求。」

晌午，王氏親自下廚，炒了一道青椒豆皮絲，一道甜玉米，一道素炒蘑菇，還有一道韭菜炒雞蛋。

「我只會炒農家菜，羅姊姊別嫌棄。」

羅雲笑道：「王妹妹客氣了，我倒覺得極香呢！」

飯菜剛一擺上炕桌，羽哥兒和小玉兒就來了，嚷著要跟奶奶和姥姥一起吃飯。同來的丫鬟手裡還端了一菜一湯，分別是松樹猴頭菇和龍井竹蓀，說是老太爺讓人添的菜。

羅雲和王氏樂壞了，趕緊把小兄妹抱上炕。

飯後，羅雲牽著小兄妹回棠園午歇。

福園的大門還開著，羽哥兒對站在院子裡的楚廣徹喊道：「爺爺，我跟奶奶去棠園歇晌。」

楚廣徹幾步走去門外，對羅雲笑道：「岳母已經回棠園了。」又跟羽哥兒說：「不許淘氣，不要把奶奶累著。」

小玉兒趕緊表態。「小玉兒乖乖，不會把奶奶累著。」

羽哥兒答應著，被低著頭的羅雲牽扯著往前走去。

走了一段路，羽哥兒才抱怨道：「爺爺關心奶奶，為什麼總拿羽哥兒說嘴啊！」

羅雲沒吱聲，小玉兒格格笑道：「哥哥沒有小玉兒和奶奶，招爺爺稀罕唄。」

羅雲紅了臉，嗔道：「小玉兒莫胡說。」

羽哥兒抿了抿嘴，十分大氣地說道：「哥哥是小子，不吃妳們的醋。」

轉眼到了八月十五，一大早王氏就來棠園，說請羅老太君和羅雲到祿園吃飯，還請了楚老太爺和羽哥兒、小玉兒。

羅老太君愉快地接受了邀請，笑道：「別看老婆子身子不方便，最是喜歡去別人家做客。」

王氏笑著回家，領著人準備中秋晚宴。

今天祿園請客是楚老侯爺跟陳名和王氏提議的，他說這是羅雲還俗後過的第一個中秋節，想讓她過得熱鬧一些；至於她不想見自己，他就不去了。他還讓人送來許多做素席的吃食，又讓兩個廚娘來幫忙，還不好意思地暗示，羅雲講究，碗盤什麼的，要用好的。

陳名和王氏自是十分願意，他們也希望羅雲能走出心結，跟楚老侯爺和好，這是閨女一家心心念念的事。

王氏曾私下跟陳名說：「或許羅姊姊讀的書太多，許多事就想得多，還多愁善感，若她簡單些、少想些，只看楚親家的好，他們兩個人就不會像現在這樣痛苦了。其實，楚親家是多好的男人啊！他自己委屈得什麼似的，還一心記掛著羅姊姊。」

陳名也是一樣的想法，笑道：「要不怎麼說女子無才便是德，女子讀太多書了，就喜歡胡思亂想。妳看，妳和阿福都沒讀什麼書，妳們都是賢妻良母。」

王氏不贊同地說道：「我是真的讀書少，也知道得少；阿福可是聰慧，即使沒讀多少書，也比別人懂得多。」

「這倒是。」陳名點頭道。

今天過節不上課，羽哥兒和小玉兒領著動物們在怡然院裡玩。羅老太君和羅雲坐在院子裡的樹下曬太陽，十分愜意地看著孩子們玩鬧。晌飯孩子們是在棠園吃的，羅老太君又讓人去把老太爺請來吃飯。羅雲雖然不願意重新接納楚廣徹，但對老太爺還是一如既往地孝順。

傍晚時分，羅老太君帶著一家子去祿園。

路過福園時，小玉兒又大著嗓門叫道：「太爺爺，爺爺，去我姥姥家吃飯飯了。」

「哦，來了，來了。」老太爺一迭連聲地答應著，隨後人也出來了。

沒看見爺爺出來，小玉兒和羽哥兒還是頗為失望。

羽哥兒嘟起小嘴巴，說道：「今天中秋節，要全家團聚，少了爺爺怎麼成呢？」

小妮子精明，想想就知道原因了。因為奶奶不願意看見爺爺，所以爺爺才不能去跟大家一起過節。

小玉兒拉了拉羅雲的衣袖說：「奶奶，爺爺一個人過節，多孤單、多可憐啊！小玉兒不忍心呢！」看了看眾人，又說：「太爺爺和太姥姥、哥哥都不忍心啊！」

羅雲心裡酸澀不已，張了張嘴，還是沒言語。

老太爺不想羅雲為難，笑了幾聲，意有所指地說道：「妳爺爺不會孤單，心中有人，離得再遠都沒有距離；何況，妳爺爺在福園，他聽得到我們說話，也聞得到我們的酒香。」

羅老太君說道：「廣徹是個好孩子。」

小玉兒又說道：「太姥姥，我爺爺是長輩，有白頭髮，鬍子都有白的了，不是孩子。」

羅老太君笑道：「你們的歲數再大，還是我們的孩子。」

羅雲的心又抽了抽，他不僅頭髮白了，連鬍子都白了？

這頓飯是在廳屋裡吃的，羅管事也上了桌，陪著老太爺和陳名喝酒。

羅雲和陳名一家對羅管事非常禮遇，他平常都能跟主子一桌吃飯。王氏又讓人送了一桌席去福園，請楚廣徹吃。

羅老太君喝了一杯酒，勸羅雲道：「雲兒，妳也喝點吧！這小酒好喝。」

老太爺也說道：「宣兒娘，這酒是宣兒媳婦孝敬的，不只好喝，對人身體好，還能養顏，沒看老表姊都越來越年輕了嗎？」

他的話逗得眾人大樂。

羅雲笑了笑，還是搖頭不喝。

酒足飯飽後，眾人便去院子裡賞月，桌上擺了許多水果、乾果和點心。

仰望天際，群星璀璨，烘托著一輪圓月，陣陣桂香隨著晚風飄進祿園，愜意極了。

祿園裡沒有桂花樹，但福園裡的桂花樹正好栽在牆邊，濃郁的花香隨著晚風飄過來。

眾人說笑著，當然是老太爺、小玉兒主講，其次是羅老太君和羽哥兒，陳名也會附和幾句。羅雲的話很少，偶爾會說幾句。

那幾聲溫柔的話語和輕笑，讓桂花樹下的楚廣徹又是心喜、又是心酸。

多少年沒有聽到這笑聲了？只是不知道這笑聲能在自己的身邊響起，還要等多久？

他又暗忖：現在比過去好多了，已經能親耳聽到她的笑聲，也一步一步更近了……

賞月賞到戌時，老太爺的談興還濃，可羽哥兒和小玉兒已經睡眼惺忪，不時用小胖手捂著嘴打哈欠。

羅老太君呵呵笑道：「老表哥，今兒夠了，看看兩個小人兒都睏了。」

老太爺哈哈笑著起身，說道：「是，都回屋歇著吧！」

眾人起身，卻聽到從福園那邊傳來一陣咳嗽聲。咳嗽聲很急，一聲趕著一聲，在夜裡顯得特別突兀。

這是楚廣徹的聲音。

羅雲的心跟著那咳嗽聲抽了又抽，心疼得要命，袖子裡的手都捏成了拳頭。還好那幾聲猛咳以後，就沒有那麼急的咳嗽了，只間或再咳兩聲。

羅老太君道：「這是廣徹的聲音，他怎麼咳得如此厲害？這幾天我總能聽他咳嗽幾聲，明兒讓人去府城找大夫來給他診診，不要小病拖成大病。」

老太爺罵道：「沒出息的小子，肯定是在牆角站久了，吹了風。」又揮著大手道：「無事，他身體好得緊，從小就沒生過什麼病。」

羅老太君說道：「廣徹也是四十好幾的人了，不可掉以輕心。」

眾人說著，出了祿園。

路過福園大門的時候，還是能聽到從裡面傳來幾聲咳嗽聲。

老太爺牽著羽哥兒進了福園，大門「嘎吱」一聲關上。

抬羅老太君的人走在前面，羅雲抱著小玉兒走在後面，聽到裡面傳來的咳嗽聲，她的腳步頓了頓，才邁著沈重的步子往棠園走去。

老太爺的話說得對，自從她嫁給楚廣徹，共同生活了十幾年，他很少生病，更別說咳得這麼厲害了。

羅雲幾乎徹夜未眠，早上還是強打精神起來，領著小玉兒去陪老太君吃飯。

羅老太君人老成精，看到閨女一臉的倦容，嘆道：「唉，何苦呢？跟著心走，妳不受罪，大家也都好過。」

羅雲沒吱聲，把小玉兒送走，又給老太君按摩，聽完千篇一律的念叨，就回了清風院，坐在窗前發呆。

這時，丫鬟來報，說福園的楚管事來找她討要幾副治病的草藥。

羅雲知道，這定是給楚廣徹討要的，她急步去外院的杏院。杏院很小，只有三間房，是她平時給人看病的地方。

楚管事向羅雲抱拳道：「夫人，老侯爺這些天一直咳嗽，想向您討幾副治咳嗽的藥。」

羅雲麻利地抓著藥，一大半是在縣城裡買的好藥材，又抓了一點草藥進去，說道：「我的藥不好，治不了重病，該找大夫來給他把把脈，對症施藥，免得小病拖成大病。」

楚管事樂得嘴都咧到耳後根。老侯爺自從來了鄉下，不管夫人在庵堂還是還俗以後，這是第一次說出關心老侯爺的話。

「小人遵命，回去就跟老侯爺說。」

楚管事拿著藥一溜煙地跑回福園，跟楚廣徹說了羅雲的話。「小人看得出來，夫人的臉上甚是焦急，其實，夫人心裡很是關心老爺呢！」

楚廣徹嘴角勾了勾，讓人快去熬來給他喝。

只是，楚廣徹並沒有重視自己的病，想著可以因為這個病，讓羅雲多關心關心自己，便沒有去請大夫來看病，而是隔兩天就讓楚管事去棠園拿藥。拿著幾包草藥，再聽楚管事轉達羅雲的幾句關心話，他內心十分開心，但面上依然沈著臉，不好意思在下人面前表現出來。

他自己都覺得十分羞愧，已經快五十歲的人，還因為她的幾句話高興如斯……

或許心情好，也或許他的確沒有什麼大病，他吃了那些草藥，咳嗽還真的好了許多。

楚管事高興，去拿藥的時候，吹捧著羅雲的醫術如何高明，老侯爺的病在她的診治下好多了。

小玉兒也不住地誇羅雲。「奶奶，太爺爺和爺爺都說妳的醫術進步了，連爺爺的病都能治好。」

聽到這些話，羅雲的心情輕鬆多了。

秋收過後，就是綿綿秋雨，一下多日。

一場秋雨一場寒，九月下旬的天氣已經很涼了。

這天下晌，雨還在下著。

羅雲坐在窗邊給小玉兒做著小衣裳，邊跟羅老太君閒話。她年輕時並不喜歡做針線，而是愛看書撫琴，或是管管家，而現在，這幾樣她都不喜歡，閒著無事，也只有做針線了。

雨滴打在屋簷上，打在芭蕉葉上，擾得她心煩。想起她本來喜歡聽雨打芭蕉的聲音，情不自禁地搖搖頭，嘴角露出幾絲苦笑。

突然，窗外傳來小玉兒和羽哥兒的大哭聲。

兩個孩子同時哭，還哭得這麼大聲，羅雲和老太君都嚇了一跳。

羅雲趕緊跑出屋，看到兩個丫鬟抱著兩個孩子跑進屋，還有人給他們打著傘。

小玉兒一看到羅雲，就哭得更淒慘了，大叫道：「奶奶、奶奶，爺爺要死了，怎麼辦啊！嗚嗚嗚……」

羅雲驚道：「到底怎麼回事？」

羽哥兒哭道：「奶奶，爺爺吐血了，好嚇人，嗚嗚嗚……」

抱著小玉兒的冬月說了原因。今天老侯爺的咳嗽突然比平時厲害許多，便不願意讓兩個孩子接近他，怕過病氣。

下晌，兩個孩子午歇後，聽到老侯爺沒咳嗽了，都跑去爺爺身邊湊趣兒。突然老侯爺又大咳不止，還咯血了，把手帕都染紅了……

羅雲急得眼淚都流出來了，強壓抑住聲音說道：「快去請大夫啊！」

冬月說道：「楚管事已經騎馬去定州府請大夫了，老太爺還派人進京城請御醫。」

羅雲的心如墜冰窖，身體都輕微地哆嗦起來。

「雲兒，雲兒……」

「奶奶，奶奶，我怕……」

兩個孩子的大哭聲及老太君的叫喊聲把羅雲拉回了現實，她的眼睛木木地看向老太君。

羅老太君流著眼淚說道：「雲兒莫心慌，廣徹那麼好，扛過了一切劫難，好日子就在前頭，老天不會收了他……」

也是，他那麼強大，那麼睿智果敢，無所不能，怎麼可能被一個病痛打垮！

羅雲強迫自己相信楚廣徹無事，又哄著兩個孩子。「不怕，你們爺爺身體好得很，不會有大事。等大夫來了，吃了藥，他就會無事了……」

晚上，羅雲讓人把兩個孩子領去歇息，羽哥兒今天也住在這裡。她沒睡，一直坐著等福園那邊的消息。

府城的大夫已經請來，楚令奇也跟來了。

羅雲坐在炕上，從半開的窗櫺望著外面。

下了多日的雨終於停了，天上布滿繁星，亂糟糟的，如同她此刻的心情。星光下，隱約能看到院牆外伸進幾枝海棠，紅紅的小果密密麻麻掛滿樹枝，連她這裡都能聞到酸甜的香味。

他曾經說，她如春天的海棠花，溫柔，恣意，美豔高潔，芳香濃郁……話音時刻在她耳邊縈繞，可人卻遠在天邊。

當他從天邊走來時，又被自己推回去了……

思及此，羅雲的眼淚又流了出來。

大概戌時末，丫鬟帶著一直在福園那邊打探消息的羅管事匆匆走進門來。

羅雲忙站起身，迎出門問道：「他怎麼樣，無事吧？」

羅管事抿了抿唇，沈重地說道：「夫人，老侯爺他、他得的是肺癆……」

「肺癆，肺癆……」羅雲的眼淚又滑過臉龐，輕聲念叨著。

他不會死吧？若他死了自己該怎麼活？無論她在空門裡，還是還俗了，她都知道他一直在想著她，永遠不會放棄她。他隱忍那麼多年，就是要保全楚家，要接她回家……其實，支撐著她沒有一根繩子吊死的，不只兒女，更因為他。

不，他不會死！正如老母親說的那樣，他那麼好的人，扛過了一切劫難，好日子就在前頭，老天不會收了他！

羅雲急步向院外走去，羅管事見了，也忙跟著出去。

一個丫鬟點燃羊角燈，跑到她的前面。

羅雲走得極快，不一會兒的工夫便來到福園。

福園裡燈火通明，羅雲直接進了上房。她早就聽孫子、孫女說過，他住在上房的西廂，進門前，她還把眼淚擦乾了。

廳屋裡，不僅老太爺和楚令奇在，連陳名和王氏都在。

王氏見羅雲來了，忙過去扶著她說：「羅姊姊莫太著急，我當家的之前得的就是肺癆，躺在床上十幾年，已經快死了，又活了過來，還痊癒了。」

之前，陳名和王氏也不停地用這種話安慰著老太爺。

羅雲點點頭，說道：「侯爺那麼好的人，老天不會收他的。」

她走進西屋，王氏忙在房門口放手，老太爺則跟了進去。

楚廣徹正閉著眼睛躺在床上，一個老大夫在給他施針。

羅雲走到床邊，看到楚廣徹臉色青白，眉頭微皺，兩頰都凹了進去。他的眼角、前額有了皺紋，頭髮已經青白，還有白鬍子。

羅雲自從出家後就沒正眼看過楚廣徹，在她的印象裡，楚廣徹一如十幾年前，俊朗，健壯，滿頭墨髮，什麼事都打不倒他……

羅雲站在床前默默流著眼淚。

大夫施完針，被老太爺請了出去。

羅雲便坐在床前，用手輕輕撫摸著楚廣徹。從頭髮開始，慢慢往下，前額，眉毛，眼睛，鼻子，臉頰，嘴，下巴。之後，又反覆抹著前額、眼角上的皺紋，似要把皺紋抹平。

楚廣徹已經醒來，感覺到那隻撫摸自己的手微涼，軟柔。是雲兒！

他沒有睜開眼睛，任憑那隻手慢慢撫摸著，漸漸地，他的眼角溢出一行清淚。

那隻在他臉上游移的手停在他的眼角上。他一把抓住那隻手，睜開眼睛。如此近距離看羅雲，讓他開心，可看到羅雲淚流滿面，又極是心痛。

若是自己沒生病該多好，十幾年的念想就可以實現了。可是，他現在生了這個病，能活多久都不知道……

他注視了她一會兒，輕聲說道：「雲兒，妳還有另一個身分，妳是我的妹子，無事多來看看我，我的時日或許已經不多，想在有生之年，多寵寵妳……小時候，我是妳的表哥，妳是我的表妹，那時，我就想一直寵著妳，寵妳一輩子。可惜，我們的好日子卻是那麼短暫……即使，即使回不去了，妳還是我的表妹……」

羅雲哭出了聲，說道：「楚郎，在我的心裡，你一直是我的夫君啊！不管什麼時候，哪怕在庵裡，我的凡心從來沒有改變過。對不起，是我不好，我把你推得那麼遠。現在，我又回來了，你不要再把我推出去。」

楚廣徹扯著嘴角笑起來，說道：「雲兒，妳冰雪聰明，就是有時候太執拗。凡事太執拗了，傷害最深的，永遠是自己，還有關心妳的親人……答應我，不管什麼時候，遇到什麼事情，都要想開些……」

兩人一直講到夜深，楚廣徹睡著了，羅雲還不願意離開，就在屋裡的榻上睡了。

天剛矇矇亮，窗外的鳥兒便啾啾叫起來。福園的鳥兒特別多，足有近百隻，一叫起來，煞是壯觀。

羅雲睜開眼睛，看到楚廣徹還睡得沈，她走過去細細地看著他。微弱的晨光中，楚廣徹睡得很沈很沈，嘴角居然還噙著笑意，似作了美夢一般。

羅雲一直看著他，看不夠似的，此時，她又後悔自己之前的做法。

楚郎說得對，她，太執拗了，若自己不那麼固執，他們兩人已經過了半年的好日子。

思及此，她的心又痛起來。

外面傳來腳步聲，有人去廚房忙碌，也有人在掃著院子。

羅雲站起身，輕輕出了房門。她要做一道雞絲燕窩粥，楚郎最喜歡吃這道湯品，成親前，母親請了曾經當過御廚的人來教過她，她這輩子，也只會做這一樣吃食。

自此，羅雲就住在福園上房的東屋，老太爺則搬去了東廂。

小玉兒和羽哥兒沒來福園。不是他們不來，而是不許他們來，他們站在院門外大哭，被陳名和王氏抱去祿園。

五天後，楚令宣和陳阿福帶著御醫院的院判錢大人日夜兼程來到福園。

錢大人診治肺癆的醫術最高明，是皇上派他來的，還讓他住在福園，直到把楚老侯爺的病治好為止。

轉眼又是一年春，福園百花齊放，棠園的海棠花開得正豔。

二月初，楚廣徹和羅雲帶著孩子住去棠園，老太爺則住在福園。

前幾天，金寶飛來福園，讓小玉兒和羽哥兒及追風、颯颯和旺財一家興奮不已。

這天下晌，小兄妹一人抓著一隻鳥兒，從棠園跑去了福園。

一進福園，羽哥兒就大著聲音說：「太爺爺、太爺爺，我奶奶又懷叔叔和姑姑了。」

小玉兒噓了一聲，說道：「奶奶不好意思，讓咱們不要到處說。」

羽哥兒說道：「可爺爺高興，讓咱們趕緊來告訴太爺爺。」

老太爺愣了愣，大笑起來。

小玉兒來到老太爺面前，很是發愁地說道：「太爺爺，叔叔和姑姑是長輩，都長得好高、好高，奶奶的肚子怎麼裝得下呢？」

老太爺把小玉兒抱起來，大笑道：「再是長輩，生下來也是小奶娃，跟驪哥兒和小珠兒一樣大。」

一家人的歡聲笑語，隨著風逐漸淡去。

番外二　和王妃

慶觀六年九月二十一日，京城永安侯府一片忙碌。大姑娘楚含嫣即將於十月初四嫁去和王府，和王府的聘禮已於昨日送入府裡。

這天，侯夫人陳阿福終於置辦完楚含嫣的嫁妝，心頭輕鬆不少。

嫁妝裡，侯府出了十萬兩銀子，王府的聘禮一文不留都給她，還有楚含嫣生母馬氏留下的嫁妝。

另外，陳阿福又從自己嫁妝裡拿出五萬兩銀子，她一直把楚含嫣當親閨女，當然會給她一份嫁妝，包含田地、鋪子、宅子、溫泉莊子，以及器皿擺件、頭飾、古籍、藥材等等，外加四萬兩壓箱銀子，楚含嫣的嫁妝有近二十萬兩銀子之多，在整個京城的貴族圈，都是名列前茅。

其實，陳阿福心裡並不贊成他們這麼小就成親。他們今年才十五歲，還是孩子，過早房事對他們身體不好，若早生孩子，或許也會影響下一代的身體。

但和王爺一個人在府裡太孤單，單太后和當今皇上都希望他早些娶親。

單太后已於上年末正式出家，法號惠悲。出家地就在原影雪庵，擴大數倍後，改名為鳳慈庵。羅雲無事，經常會去庵裡和惠悲師太論禪，檻內、檻外的兩個女人也成了莫逆之交。

單太后出家讓皇上及和王爺非常難過。不過皇上有那麼多兒女和女人，本人也已經三十多歲，對此事尚能釋懷；和王爺就可憐了，父親在他九歲時就死了，母親在他十四歲時就出家了，唯一的胞兄是皇上，是君主，不可能太親密。

和王爺哭著把單太后送去鳳慈庵，又哭著回京城。

單太后也覺得對不起這個小兒子，離開京城之前，特地召見了陳阿福，封她為護國夫人，希望她在自己出家後，把和王爺當親生兒子一樣看待，繼續照顧他、疼惜他。

護國夫人是超一品，跟國公同級。陳阿福成了大順朝兩百多年來，第四個擁有這個封號的女人。

此後，和王爺只要學習完，晚上多數時間都會來永安侯府吃飯。因為他與楚含嫣訂了親，不好住在這裡，否則，他肯定會隔三差五地賴在這裡睡覺。

今年春，和王爺滿十五歲以後，便不需要再進宮學習了，皇上讓他進六部歷練，想進哪個部隨他選。

和王爺選了工部，要主司種糧食和屯田，這是陳世英過去主管的事務。陳世英已於三年前升任工部尚書，是當朝最年輕的尚書之一。

雖然在工部歷練，但他是王爺，提建議就行了，或者偶爾代表皇上去察看莊稼種植情況。因此他多數時間還是清閒的，來永安侯府串門子的時候也就更多了。

如此，他的心情也沒有那麼難過和失落了。

所以，近一年來，陳阿福一直在調理他們兩個的身體，又向金燕子討要了一丁點的綠燕窩，特別是和王爺，強身健體補腎的吃食可沒少吃。

陳阿福把嫁妝單子交給楚含嫣過目，笑道：「以後嫣兒嫁為人婦，不僅要管府中中饋，還要打理自己的嫁妝，雖然有下人幫忙，自己也是要放些心思在此。」

從她十歲起，陳阿福就把楚含嫣帶在身邊，教她管家、庶務和做生意。雖然她的進步不是很大，但至少給她培養了幾個得力幫手，守成沒問題。

她這樣陳阿福也放心了，有精明的和王爺，他們的日子定會芝麻開花節節高，不會像有些王府，主子荒淫無度又不事庶務，日子越過越差。

楚含嫣淚光閃閃，接過嫁妝單子沒有看，而是倒進陳阿福的懷裡，說道：「娘，我捨不得離開妳。」

這是她的心裡話，早已說過許多遍。

陳阿福笑道：「傻話，姑娘長大總要嫁人，何況，妳嫁的是跟妳感情甚篤的和王爺。咱們離得近，你們想娘了，就回來吃個飯，再住個一、兩天，反正和王府也沒有長輩，沒人拘著你們，芳臨軒也會一直留著給你們。」

楚含嫣紅了臉，又抿嘴笑起來。

她也捨不得和王哥哥一個人住在王府孤單，嫁過去後，他們偶爾回來住兩天，還可以經常回來吃頓飯，兩邊都能兼顧。

傍晚，楚三夫人帶著大兒媳和孫女來了永安侯府，和王爺卻沒來。上年底升任御林軍統領的楚令宣回來說，是皇上把他留在宮裡了。

楚三夫人如今終於有了自己的親孫女，小女孩叫楚寶心，一歲半，長得冰雪可愛，像楚三老爺多些。楚三夫人把她寵上了天，抱著到處顯擺。

今天丈夫、兒子都在外面會友，不甘寂寞的楚三夫人便領著兒媳、孫女來了。

九月底，老太爺、老侯爺、老夫人、明哥兒和二姑娘楚晚都回來了。

楚晚是老侯爺和老夫人的老來女，今年四歲，長得十分漂亮。小妮子古靈精怪，和小玉兒一樣好強，一回來就擺足長輩的架式，指使著比她大得多的姪子、姪女、外甥們忙得團團轉。

陳家大房、三房和王成一家也都來京城喝和王爺與楚含嫣的喜酒。

現在，陳名和王氏一大半的時間，都住在陳阿祿的家裡看孫子。陳阿祿上年考中了進士，如今正在讀庶起士，前年已經成親，有一個兒子。

那年秋闈，陳雨嵐被皇上點為探花，父子兩人同為探花，被傳為美談。陳雨嵐的妻子是個郡主，年初才生了一個閨女。

陳阿堂雖中了舉，但春闈失利，想再考一次，若再考不上，就會找關係當個小官。

十月一日起，楚家的親戚、朋友，以及楚含嫣的手帕交都陸續來添妝。人來人往，熱熱鬧鬧，陳阿福才真正感覺這個小姑娘即將離開自己，嫁為人婦。

雖然嫁的是自己養大的「兒子」，可她還是十分不捨。

楚令宣更不捨，他有六個兒女，但他操心最多、最疼惜的孩子就是楚含嫣。他明面不顯，夜裡總是唉聲嘆氣。

楚含嫣也知道自己馬上要離開這個家，不能再天天看到爹娘、弟妹，不能再時時跟娘親撒嬌。只要沒有客人的時候，她就會摟著陳阿福不鬆手，她捨不得這個家，最最捨不得的還是娘親。

自從她漸漸懂事，便知道了自己的不幸。一生下來就死了親娘，被榮昭縱著下人整成癡兒，還沒有親人照顧自己……但她又何其幸運，遇到了這個聰慧良善的母親。母親想辦法治好了她的癡病，把她當成親閨女一樣疼愛，她知道，即使親娘在世，也不會比這個母親更疼自己，她也不會比現在更幸福、更快樂……

在一家人的不捨中，轉眼日子來到了十月初四。

一大早，楚含嫣便被黃嬤嬤和丫鬟叫起來，香湯沐浴後，又吃了一碗湯圓。她穿上紅色中衣、中褲，披著一頭墨髮盤腿坐在床上。

碧色羅帳已經換成繡有百子圖的大紅羅帳，被面、床單是繡有丹鳳朝陽的紅彩錦緞。

剛坐好，就湧入許多送親和觀禮的女客，還有幾個妹妹、表妹和晚兒小姑姑。

全福人也來了，她先給楚含嫣梳頭，邊唱著祝福詞，邊從頭頂梳到髮梢，反覆梳了幾次，又用紅色雙線給楚含嫣開臉，還唱著。「左彈一線生貴子，右彈一線產嬌男，一邊三線彈得穩，小姐胎胎產麒麟。眉毛扯得彎月樣，狀元榜眼探花郎……」

開完臉後，楚含嫣本就潔白美麗的臉蛋更加光潔瑩潤，嬌豔如花，就像月宮中的仙子。觀禮的人都七嘴八舌地說著，再沒有比她更美麗的新娘了。

之後，喜娘給楚含嫣梳頭化妝，插鳳釵，戴鳳冠，穿上繡有龍鳳呈祥的大紅喜服。

忙完這些，也到了晌午，客人們都去吃喜宴。

小玉兒，小珠兒，還有晚兒不願意出去，被嬤嬤們好不容易哄走了。

屋裡瞬間靜下來，只剩下跟楚含嫣玩得最好又還沒有成親的手帕交楊茜陪著她。楊茜已經訂了親，後生的父親是戶部郎中，後生已經中了舉，是個庶子。

楚含嫣又是期待，又是興奮，又是甜蜜，又是不捨。各種情緒摻雜在一起，她緊張得手都有些發涼。

兩個姑娘手牽手講著悄悄話，當然是楊茜主講。楊茜的話如小時候一樣多，她安慰著楚含嫣，時而還調侃幾句，兩人格格輕笑著，楚含嫣也沒有之前那麼緊張了。

喜宴過後，屋裡又擠滿了人，他們說著各種吉祥話，讓楚含嫣嬌羞不已。

不一會兒工夫，前院傳來鑼鼓和爆竹聲，還有絲竹聲。

一張紅蓋頭搭在楚含嫣的頭頂，遮擋住她的視線，她只能看到自己的紅袖、紅裙。

隨著外面的熱鬧聲更甚，幾個人的腳步聲漸近。

哪怕聲音再雜，她也能聽出和王爺的腳步聲，也能聞出他的味道。

腳步聲更近，直至來到床前，雙腳站定。

看到搭著紅蓋頭微垂的頭，和王爺笑容更深。今天，終於要把她娶回家了，終於又可以像幼時一樣牽著她的手了。

立時，多年前那個白白胖胖、眉目如畫的小女孩一下子躍入他的眼簾。小女孩的眼睛清澈水潤，如一泉碧潭，難過又不捨地看著一個梳著沖天炮的小男孩，以及一個如仙女般美麗的姑娘。

那個溫馨的畫面，永遠烙印在他的心裡，時常出現在他的夢中……

和王爺正愣神兒，全福夫人打趣道：「喲，新郎官看新娘子看傻了。呵呵，要看，等把新娘子的蓋頭掀開使勁看。」

眾人哄堂大笑，還有幾個孩子喊著「羞，羞，新郎官看新娘子看傻了」。

和王爺紅了臉，低頭輕聲喊道：「妹妹，嫣兒……」

那聲音寵溺，溫柔。

他對她，永遠是這樣的。

蓋頭下的楚含嫣眼裡湧上水霧，動了動嘴唇，無聲地叫道：「哥哥，大寶……」

和王爺沒有聽到聲音，但他知道嫣兒叫他哥哥，叫他大寶了，聲音一如往日的輕柔。

他們去廳屋給老太爺、老侯爺夫婦和楚今宣夫婦見完禮，聽到爹爹和娘親的囑咐及不捨，楚含嫣又流了淚。

和王爺的嘴咧得老大，他不能磕頭，而是長躬及地，他保證道：「岳父、岳母請放寬心，小婿定會善待嫣兒，愛護嫣兒，珍惜嫣兒，永遠，永遠。」

由楚司羽揹著楚含嫣上了花轎。楚司羽今年雖然才九歲，但個頭高、力氣大，揹起苗條的姊姊完全沒問題。

望著那兩個紅通通的背影，陳阿福的眼裡溢出淚水。

她的腦海裡又出現了金燕子的聲音。「媽咪，好遺憾，人家看不到臭大寶和小嫣嫣成親，看不到臭大寶怎樣勾引小嫣嫣做那事……哎喲，氣死人家了……」

這兩個甜蜜的小負擔，纏人的磨人精，終於長大了，成親了，要離開自己的視線過他們的小日子了。

她相信，自己這對寶貝，前景就如這明媚的陽光，浸淫在福澤之中，將來肯定會越過越好……

2018年10月出版

七叔，請多指教

文創風 682～684

殘留的前世記憶和靈敏的耳力讓她格外洞悉世情，
總之重生歸來，她最大的體悟便是，良人不可靠啊！
要保平安就要找對靠山！

萌妻無雙 千金不換／**蘇自岳**

上輩子嫁進蕭家當媳婦，結局是下場淒慘、死得不明不白；
重生歸來，對於同一樁親事，晉江侯府三姑娘葉青蘿自有主張，
小命要緊，當然還是另尋良緣方為上策！
但想不到，跟前世夫君蕭永瀚是沒戲唱了，
卻來了個更強大的蕭家人讓她欲斷難斷——
此人正是蕭永瀚的七叔蕭敬遠，年不及弱冠已戰功赫赫、拜將封侯，
性格嚴肅自持不怒自威，眾人對他是又敬又畏，她更是連話都不敢多說，
沒辦法，兩人輩分懸殊，肯定聊不開的。
直到某次她溜出府不慎被人口販子擄走，危急情況下為他所救，
他得知她實有苦衷，竟願意出手幫忙，甚至當她的靠山隨傳隨到，
如今對他的成見已漸消融，葉青蘿真心覺得七叔好威呀，
只要一出手，天大的難事也迎刃而解！
可就在逐漸習慣依賴他之際，他竟說今後不再見她，這究竟是怎麼了？

初試啼聲　驚豔四座／灩灩清泉

2015年11月出版

寡妻怕夫纏

她自認心臟夠大顆，沒談過戀愛就出車禍穿越了沒關係！
一穿越就變成寡婦，還帶個拖油瓶也沒關係！
成日忙著賺錢謀生，還要應付難搞親戚統統沒關係！
但是那無緣相公竟還活著，甚至渴望與她再續前緣?!
這這這……大大有關係啊！

文創風 350 1

江又梅辛苦打拚大半生，一場車禍卻讓所有成就統統歸零，
不但上演荒謬的穿越戲碼，醒來還有個五歲男孩哭著喊她娘！
定睛一瞧才發現身處的屋子還真是家徒四壁，隨時都有斷糧危機……
也罷，山不轉路轉，要知道，女強人的字典裡沒有「服輸」兩個字，
憑她聰明的商業頭腦、勤快的設計巧手，還怕翻不了身？
哪怕孤兒寡母日子大不易，她也能為自己、為兒子掙得一片天！

文創風 351 2

要在古代生存沒有想的那麼簡單，小自美食服飾，大至農耕投資，
江又梅包山包海，力拚第一桶金，誓要讓兒子小包子過上寬裕日子，
偏偏寡婦門前是非多，前有親戚碎嘴，後有惡鄰逼嫁，
連坐在家中都能遇上侯府世子爺，要求暫住養傷，還不許人拒絕！
這世子爺可不是顆軟柿子，問題出在他看她的眼神竟藏著太多憐惜，耐人尋味，
更令人發毛的是，他長得極為眼熟，分明是放大版的小包子，
這……不會是她想的那個答案吧？不妙，大大不妙！

文創風 352 3

當一切蛛絲馬跡都指向，他極可能是她那早該屍骨無存的「前夫」，
侯府為了不讓血脈流落在外，甚至情願明媒正娶，也要迎她入門，
但難道高高在上的世子要求再續前緣，她就該心存感激笑著接受？
更何況她的事業正待展翅高飛，才不想嫁人束縛自己，
怎奈小蝦米鬥不過大鯨魚，她哪裡有選擇的餘地？
既然逃不掉嫁人的宿命，江又梅只能爭取析產別居，
留在鄉下，遠離京城是非地，對這沒有感情的丈夫眼不見為淨！

文創風 353 4

江又梅本打算與丈夫分隔兩地、各過各的生活，從此相安無事，
豈料他竟死活賴著不走，猛烈攻勢讓她招架不住，險些束手就擒，
然而儘管他再三起誓不會再有別的女人，卻敵不過四面八方的壓力，
這不，連太后都要親自指婚賜平妻，若抗旨可是掉腦袋的事！
眼看距離幸福只差一步，辛苦建立起的踏實日子卻危在旦夕，
如今又回到進退兩難的窘境，下一步該如何是好?!

文創風 354 5 完

身在豪門，隨時都有禍事臨門——
相公才躲過抗旨拒婚的死罪，被逼往窮山惡水剿匪去，
好不容易凱旋而歸，卻又捲入皇位爭奪的風波中！
當年他為了不負誓言，拚死抗旨，教她動容不已，
兩人攜手走過這番風雨，早已在患難中生了真感情，
哪怕局勢凶險，侯府上下再度面臨抄家滅門的危機，
只要能與他生死與共，不論天涯海角、黃泉碧落，她都甘之如飴！

文創風 689

春到福妻到 5 完

國家圖書館出版品預行編目資料

春到福妻到 / 灩灩清泉著. --
初版. -- 臺北市 : 狗屋, 2018.11
冊 ; 公分. --（文創風）
ISBN 978-986-328-931-9（第5冊：平裝）. --

857.7 107016160

著作者	灩灩清泉
編輯	黃鈺菁
校對	沈毓萍　周貝桂
發行所	狗屋出版社有限公司
地址	台北市104中山區龍江路71巷15號1樓
電話	02-2776-5889～0
發行字號	局版台業字845號
法律顧問	蕭雄淋律師
總經銷	知遠文化事業有限公司
電話	02-2664-8800
初版	2018年11月
國際書碼	ISBN-13　978-986-328-931-9

本著作物由起點中文網（www.qidian.com）授權出版

定價250元

狗屋劃撥帳號：19001626

網址：love.doghouse.com.tw　E-mail：love@doghouse.com.tw